HET MEISJE DAT ZIET

SASHA URBAN SERIE: BOEK 1

DIMA ZALES

♠ MOZAIKA PUBLICATIONS ♠

Copyright © 2023 Dima Zales en Anna Zaires
www.dimazales.com/book-series/nederlands/

Gepubliceerd door Mozaika Publications, een imprint van Mozaika LLC.
www.mozaikallc.com

Omslag door Orina Kafe
www.orinakafe.design

Vertaling: Missy Veerhuis

e-ISBN: 978-1-63142-824-1
Gedrukt ISBN: 978-1-63142-823-4

HOOFDSTUK EEN

"Ik ben geen helderziende," zeg ik tegen het meisje van de visagie. "Wat ik ga doen is mentalisme."

"Zoals die mooie man van dat tv-programma?" Het meisje van de visagie voegt nog een vleugje foundation aan mijn jukbeenderen toe. "Ik heb altijd al zijn make-up willen doen. Kun je ook mensen hypnotiseren en lezen?"

Ik haal diep adem om kalm te worden. Het helpt niet veel. De kleine kleedkamer ruikt naar haarlak die een oorlog met de nagellakremover heeft gevoerd, heeft gewonnen, en die daarna wat dampen gevangen heeft genomen.

"Niet precies," zeg ik als ik mijn onrust en de daaropvolgende irritatie onder controle heb. Zelfs met Valium in mijn bloed, houdt de kennis van wat er gaat komen me op het randje van wat normaal is. "Een mentalist is een soort goochelaar wiens illusies met de geest te maken hebben. Als ik het mocht zeggen, dan zou ik gewoon voor 'mentale illusionist' gaan."

"Dat is niet zo'n goede naam." Ze verblindt me met haar lamp en bekijkt zorgvuldig mijn wenkbrauwen.

Ik krimp mentaal ineen. De laatste keer dat ze me zo aan had gekeken, werd ik uiteindelijk met een pincet gemarteld.

Ze moet echter blij zijn met wat ze nu ziet, omdat ze het licht van mijn gezicht afwendt. "'Mentale illusionist' klinkt als een psychotische goochelaar," vervolgt ze.

"Daarom noem ik mezelf gewoon een illusionist." Ik glimlach en bereid me voor dat de make-up als een masker af zal vallen, maar het blijft zitten. "Ben je bijna klaar?"

"Eens kijken," zegt ze, naar een cameraman zwaaiend.

De man laat me opstaan en de lichten van zijn camera gaan aan.

"Dit is het." Het meisje van de visagie wijst naar het nabijgelegen lcd-scherm, waar ik tot nu toe niet naar heb gekeken, omdat het de show laat zien die nu bezig is — de bron van mijn paniek.

De cameraman doet wat hij moet doen en de angstopwekkende show verdwijnt van het scherm en wordt door een afbeelding van onze kleine kamer vervangen.

Het meisje op het scherm lijkt vaag op mij. Door de hakken lijkt mijn gebruikelijke één meter en achtenzestig centimeter veel groter, net als de donkere leren outfit die ik draag. Zonder zware make-up is mijn gezicht symmetrisch genoeg, maar mijn scherpe jukbeenderen laten me eerder knap dan mooi zijn — een effect dat mijn sterke kin versterkt. De make-up verzacht echter mijn gelaatstrekken, brengt de blauwe kleur van mijn ogen naar voren en benadrukt het contrast met mijn zwarte haar.

Het meisje van de visagie heeft het zwaar overdreven — je zou denken dat ik op het punt sta om aan een shampoo-reclame mee te doen. Ik ben geen grote fan van lang haar, maar ik houd het zo, want toen ik het kort had, dachten mensen dat ik een tienerjongen was.

Dat is een fout die vanavond niemand zou maken.

"Ik vind het leuk," zeg ik. "Laten we klaar zijn. Alsjeblieft."

De tv-man schakelt het scherm terug naar de live feed van de show. Ik kan het niet helpen en kijk ernaar en mijn toch al hoge bloeddruk stijgt.

Het meisje van de visagie bekijkt me van top tot teen en trekt even haar neus op. "Je staat erop om die outfit te dragen, toch?"

De echt coole (naar mijn mening) borderline-dominatrix-outfit die ik vandaag heb aangetrokken, is een middel om op het podium mystiek aan mijn persona toe te voegen. Jean Eugène Robert-Houdin, de beroemde negentiende-eeuwse Franse goochelaar die de artiestennaam van Houdini inspireerde, zei ooit, "Een goochelaar is een acteur die de rol van een goochelaar speelt." Toen ik op de lagere school Criss

3

Angel op tv zag, werd mijn mening gevormd over hoe een goochelaar eruit zou moeten zien en ik ben niet te trots om toe te geven dat ik invloeden van zijn gothic rockster-look in mijn eigen outfit zie, vooral het leren jack.

"Wat geweldig," zegt een bekende stem met een sexy Brits accent. "Je zag er in het restaurant niet zo uit."

Me op mijn hoge hakken draaiend kom ik oog in oog met Darian, de man die ik twee weken geleden in het restaurant heb ontmoet waar ik aan tafel goocheltrucs doe — en waar ik genoeg indruk op hem had gemaakt om deze onvoorstelbare kans werkelijkheid te laten worden.

Darian Rutledge, een senior producer van de populaire *Evening with Kacie*-show, is een magere, strak geklede man die me aan een hybride tussen een butler en James Bond doet denken. Ondanks zijn hogere rol in de studio en de fronsrimpels die kriskras over zijn voorhoofd lopen, schat ik zijn leeftijd op eind twintig, hoewel dat ijdele hoop zou kunnen zijn, aangezien ik pas vierentwintig ben. Niet dat hij traditioneel knap is of zo, maar hij heeft wel een zekere aantrekkingskracht. Om te beginnen is hij met zijn sterke neus de zeldzame man die het dragen van een sik kan hebben.

"Ik droeg in het restaurant Doc Martens," zeg ik tegen hem. De extra centimeters van mijn schoenen tillen me naar zijn ooghoogte en ik kan niet anders dan in die groene diepten verdwalen. "De make-up is me opgedrongen," eindig ik onhandig.

Hij glimlacht en geeft me een glas dat hij vasthoudt. "En het resultaat is prachtig. Proost." Hij kijkt dan naar het meisje van de visagie en de cameraman. "Ik zou Sasha graag even privé willen spreken." Zijn toon is beleefd, maar het heeft toch een onmiskenbare sfeer van heerszucht.

Het personeel stormt de kamer uit. Darian moet een nog hogere pief zijn dan ik dacht.

Op de automatische piloot neem ik een slok van het drankje dat hij me aanreikt en huiver bij de bitterheid.

"Dat is een Zeebries." Hij schenkt me een gigantische glimlach. "De barman heeft nogal veel grapefruitsap ingeschonken."

Ik neem een beleefde tweede slok en zet het drankje op de kaptafel achter me, bang dat de combinatie van wodka en valium me nog lichter in mijn hoofd maakt dan ik al ben. Ik heb geen idee waarom Darian alleen met me wil praten, angst heeft mijn hersenen al in een brij veranderd.

Darian kijkt me even zwijgend aan en haalt dan een telefoon uit zijn strakke spijkerbroekzak. "Er is een onaangenaam dingetje dat we moeten bespreken," zegt hij, terwijl hij over het scherm van de telefoon veegt voordat hij hem aan mij geeft.

Ik pak de telefoon van hem aan en houdt hem stevig vast zodat hij niet uit mijn bezwete handpalmen glijdt.

Op de telefoon is een video te zien.

Ik kijk er in verbijsterde stilte naar, en een golf van angst overspoelt me ondanks de medicatie.

De video onthult mijn geheim — de verborgen methode achter de onmogelijke prestatie die ik op *Evening with Kacie* ga uitvoeren.

Ik ben zo de pineut.

"Waarom laat je me dit zien?" weet ik uit te brengen nadat ik de controle over mijn verlamde stembanden weer onder controle heb.

Darian pakt de telefoon voorzichtig uit mijn trillende handen. "Herinner je je nog dat ding waar je het in het restaurant over had? Hoe je net doet alsof je helderziend bent en dat het allemaal trucjes zijn?"

"Juist." Ik frons in verwarring. "Ik heb nooit gezegd dat ik iets echt doe. Als dit erom gaat om mij als een bedrieger te ontmaskeren —"

"Je begrijpt het niet." Darian pakt mijn afgedankte drankje en neemt een lange, maar op de een of andere manier elegante slok. "Ik ben niet van plan om die video aan iemand te laten zien. In tegendeel zelfs."

Ik knipper naar hem, mijn hersenen zijn van de adrenaline en het gebrek aan slaap duidelijk oververhit.

"Ik weet dat je het als goochelaar niet prettig vindt als je methoden bekend zijn." Zijn glimlach wordt vreemd roofzuchtig.

"Klopt," zeg ik, terwijl ik me afvraag of hij op het punt staat om in de stijl van chantage een onfatsoenlijk voorstel te doen. Als hij dat zou doen, dan zou ik het natuurlijk afwijzen, maar uit principe, niet omdat iets onfatsoenlijks doen met een man als Darian ondenkbaar is.

Als je al zo lang als ik niets had gehad, dan

dwarrelen er regelmatig allerlei gekke scenario's door je hoofd.

Darians groene ogen worden koel, alsof hij door de muur helemaal naar de horizon probeert te kijken. "Ik weet wat je van plan bent om na de grote onthulling te zeggen," zegt hij terwijl hij zich weer op mij concentreert. In een griezelige parodie op mijn stem zegt hij, "'Ik ben geen helderziende. Ik gebruik mijn vijf zintuigen, principes van bedrog en gevoel voor show om de illusie te creëren dat ik er een ben.'"

Mijn wenkbrauwen gaan zo ver omhoog dat mijn zware make-up het risico loopt om eraf te schilferen. Het was geen benadering van wat ik op het punt stond om te zeggen — hij had het woord voor woord gezegd en hij had zelfs de intonatie aangenomen die ik heb geoefend.

"Oh, kijk niet zo verbaasd." Hij zet het nu lege glas terug op de kaptafel. "Je hebt in het restaurant precies hetzelfde gezegd."

Ik knik, nog steeds in shock. Heb ik hem dit echt al eerder verteld? Ik kan het me niet herinneren, maar ik moet het hebben gedaan. Hoe zou hij het anders kunnen weten?

"Ik parafraseerde iets wat een andere mentalist zegt," flap ik eruit. "Gaat dit erom om hem krediet te geven?"

"Helemaal niet," zegt Darian. "Ik wil gewoon dat je die onzin weglaat."

"Oh." Ik staar hem aan. "Waarom?"

Darian leunt tegen de kaptafel en kruist zijn benen

bij de enkels. "Wat is er nou aan om een nep helderziende in de show te hebben? Niemand wil iets zien wat nep is."

"Dus je wilt dat ik me als een oplichter gedraag? Doen alsof ik echt ben?" Tussen de plankenkoorts, de video en nu deze onredelijke eis, ben ik bijna klaar om me om te draaien en het op een lopen te zetten, zelfs als ik er de rest van mijn leven spijt van krijg.

Hij moet voelen dat ik op het punt sta om in te storten, want het roofzuchtige randje verdwijnt uit zijn glimlach. "Nee, Sasha." Zijn toon is overdreven geduldig, alsof hij tegen een klein kind praat. "Ik wil gewoon dat je niets zegt. Beweer niet dat je een helderziende bent, maar ontken het ook niet. Vermijd dat onderwerp gewoon helemaal. Daar kun je je zeker toch wel op je gemak bij voelen."

"En als ik dat niet doe, zou je mensen dan de video laten zien? Mijn methode onthullen?"

Het idee alleen al maakt me woedend. Ik wil misschien niet dat mensen denken dat ik helderziend ben, maar zoals de meeste goochelaars werk ik er hard voor om de methoden voor mijn illusies geheim te houden en ik ben van plan om ze mee in mijn graf te nemen — of een boek voor goochelaars te schrijven dat alleen postuum gepubliceerd zal worden.

"Ik weet zeker dat het niet zover zal komen." Darian doet een stap naar me toe en de bergamotgeur van zijn eau de cologne plaagt mijn opengesperde neusgaten. "We willen hetzelfde, jij en ik. We willen dat mensen geboeid door je zijn. Maak gewoon op welke manier dan ook geen claims — dat is alles wat ik van je vraag."

Ik doe een stap achteruit, zijn nabijheid te veel voor mijn toch al wankele gemoedstoestand. "Goed dan. Je hebt een deal." Ik slik moeizaam. "Jij zal de video nooit laten zien en ik zal geen claims maken."

"Er is eigenlijk nog één ding," zegt hij en ik vraag me af of het onfatsoenlijke voorstel op het punt staat om te vallen.

"Wat?" Ik bevochtig nerveus mijn lippen, merk dan dat hij kijkt en realiseer me dat ik het net des te waarschijnlijker heb gemaakt dat hij een ongepaste pass naar me maakt.

"Hoe wist je aan welke kaart mijn gezelschap dacht?" vraagt hij.

Ik glimlach, eindelijk weer in mijn element. Hij moet het over mijn kenmerkende Hartendame-effect hebben — degene die iedereen aan zijn tafel versteld deed staan. "Dat zal je extra kosten."

Hij trekt in een stille vraag een wenkbrauw op.

"Ik wil de video," zeg ik. "E-mail hem naar me en ik zal je een hint geven."

Darian knikt en veegt een paar keer op zijn telefoon.

"Klaar," zegt hij. "Heb je hem?"

Ik pak mijn eigen telefoon en huiver. Het is zondagavond, vlak voor de grootste kans van mijn leven, en toch heb ik vier berichten van mijn baas.

Ik besluit om later te kijken wat de manipulatieve

klootzak wil, ga naar mijn persoonlijke e-mail en controleer of ik de video van Darian heb.

"Ik heb hem," zeg ik. "Nu over het hartendame-ding... Als je zo oplettend en slim bent als ik denk dat je bent, dan kun je vanavond mijn methode raden. Als hoofdact ga ik hetzelfde effect voor Kacie uitvoeren."

"Jij stiekeme meid." Zijn groene ogen vullen zich met vreugde. "Dus je gaat het me niet vertellen?"

"Een goochelaar moet haar publiek altijd minstens een stap voor zijn." Ik geef hem de afstandelijke glimlach die ik in de loop der jaren heb geperfectioneerd. "Hebben we wel of niet een deal?"

"Goed dan. Jij wint." Hij gaat sierlijk op de draaistoel zitten waar ik de marteling van mijn wenkbrauwen heb moeten doorstaan. "Vertel me eens, waarom keek je zo geschrokken toen ik net binnenkwam?"

Ik aarzel en besluit dan dat het geen kwaad kan om de waarheid toe te geven. "Het komt daardoor." Ik wijs naar het scherm waar de live-feed van de show nog steeds te zien is. Precies op dat moment draait de camera naar het grote studiopubliek, die allemaal voor een of andere onzin die de gastvrouw heeft gezegd zit te klappen.

Darian kijkt geamuseerd. "Kacie? Ik had niet gedacht dat die Muppet iemand bang kon maken."

"Niet zij." Ik veeg mijn vochtige handpalmen aan mijn leren jack af en ontdek dat het niet de meest absorberende ondergrond is. "Ik ben bang om voor mensen te spreken."

"Ben je dat? Maar je zei dat je een goochelaar op tv wilde worden en je treedt in het restaurant de hele tijd op."

"Het grootste publiek in het restaurant zijn drie of vier mensen aan een eettafel," zeg ik. "In die studio daar, dat zijn er ongeveer honderd. De angst slaat toe als de cijfers in de tientallen komen."

Darians amusement lijkt toe te nemen. "Hoe zit het met de miljoenen mensen die je vanuit hun huiskamers zullen zien? Maak je je over hen geen zorgen?"

"Ik maak me meer zorgen over het studiopubliek en ja, ik begrijp de ironie." Ik doe mijn best om niet in de verdediging te schieten. "Voor mijn eigen tv-show zou ik met een kleine cameraploeg straatmagie doen — dat zou mijn angst niet al te veel opwekken."

Angst is eigenlijk een understatement. Mijn houding ten opzichte van in het openbaar spreken bevestigt de vele onderzoeken die aantonen dat deze specifieke fobie meer alomtegenwoordig is dan de angst voor de dood. Zeker, ik word liever door een haai opgegeten dan dat ik voor een grote menigte moet verschijnen.

Nadat Darian me over deze mogelijkheid had gebeld, had ik vernomen hoe groot het studiopubliek van de show is en kon ik drie dagen lang niet slapen — daarom voel ik me als een gevangene uit Guantanamo Bay die op weg is naar een uitgebreide ondervraging. Het is nog erger dan toen ik voor mijn stomme baan steeds avonddiensten moest draaien en op dat moment dacht ik dat het de meest stressvolle gebeurtenis van mijn leven was.

Mijn huisgenoot Ariël heeft me haar Valium niet zomaar gegeven. Het vergde een hoop overtuigingskracht van mijn kant en ze gaf pas toe toen ze het niet langer kon verdragen om naar mijn ellendige gezicht te kijken.

Darian leidt me van mijn gedachten af door weer met zijn telefoon te spelen.

"Dit zou je moeten inspireren," zegt hij terwijl rustgevende pianoakkoorden uit de blikkerige luidspreker van de telefoon klinken. "Het is een lied over een man in een vergelijkbare situatie als de jouwe."

Het duurt even voordat ik de melodie herken. Aangezien ik het voor het laatst hoorde toen ik klein was, heb ik mijn schatting van Darians leeftijd met een paar jaar verhoogd. Het nummer is "Lose Yourself," uit de film *8 Mile*, waarin het personage van Eminem de kans krijgt om rapper te worden. Ik denk dat mijn situatie vergelijkbaar genoeg is: dit is mijn grote kans op wat ik het liefste wil.

Onverwacht begint Darian met Eminem mee te rappen en ik vecht tegen een onwaardig gegiechel terwijl een deel van de spanning mijn lichaam verlaat. Klinken alle Britse rappers net zo netjes als de Koningin?

"Daar is die glimlach," zegt Darian, zich niet bewust of onverschillig dat mijn grijns ten koste van hem gaat. "Hou die vast."

Hij pakt de afstandsbediening en zet het volume van de tv harder zodat ik Kacie kan horen zeggen, "Ons medeleven gaat uit naar de slachtoffers van de aardbeving in Mexico. Bel voor een donatie aan het Rode Kruis het nummer dat u ónderaan in het scherm ziet. En nu een korte reclame —"

"Sasha?" Een man steekt zijn hoofd om de hoek van de kleedkamer. "Je moet nu het podium op."

"Veel succes," zegt Darian en hij werpt me een luchtkus toe.

"Dank je." Ik doe alsof ik de kus opvang, hem op de grond gooi en er met mijn stiletto in steek.

Darians lach klinkt steeds verder weg als mijn gids en ik de kamer verlaten en een donkere gang in gaan. Naarmate we onze bestemming naderen, lijken onze stappen luider te worden, in overeenstemming met mijn versnellende hartslag. Eindelijk zie ik een licht en hoor ik het gebrul van de menigte.

Zo moeten mensen die voor een vuurpeloton komen te staan zich voelen. Als ik geen medicijnen had genomen, dan zou ik waarschijnlijk weg zijn gerend, mijn dromen verdoemd. Voor nu moet de gids mijn arm pakken en me naar het licht slepen.

Blijkbaar is het reclameblok bijna voorbij.

"Ga naast Kacie op de bank zitten," fluistert iemand luid in mijn oor. "En haal adem."

Mijn benen lijken zwaarder te worden, elke stap is een enorme wilsinspanning. Hyperventilerend stap ik op het platform waar de bank staat en zet kleine stapjes, in een poging het studiopubliek te negeren.

Mijn angst is zo extreem dat de tijd vreemd voorbijgaat: het ene moment loop ik nog, het andere moment sta ik bij de bank.

Ik ben blij dat Kacie met haar neus in een tablet zit. Ik ben nog niet klaar om beleefdheden uit te wisselen als ik iets moet doen dat zo moeilijk is als gaan zitten.

Met knikkende knieën laat ik me als een fakir op een spijkerbed op de bank zakken (wat overigens geen prestatie van bovennatuurlijke pijnweerstand is, maar de toepassing van wetenschappelijke principes van druk).

Tijdsvervorming moet opnieuw zijn opgetreden, want de muziek die de reclamepauze aangeeft, komt abrupt tot een einde en Kacie kijkt op van haar tablet, haar overdreven volle lippen strekken zich uit tot een glimlach.

Het bonzen van mijn hartslag is zo luid in mijn oren dat ik haar begroeting niet kan horen.

Dit is het.

Ik sta op het punt om op nationale tv een paniekaanval te krijgen.

HOOFDSTUK TWEE

"Overdag werkt Sasha voor de beruchte Nero Gorin in zijn beleggingsfonds," zegt Kacie, de intro voordragend die ik heb voorbereid. De woorden bereiken me alsof ik in een ondergrondse bunker ben. "In de avond treedt ze op in het weelderige, door Zagat gewaardeerde —"

De slokjes Zeebries draaien pijnlijk in mijn maag rond. Over een paar seconden is het mijn beurt om iets te zeggen.

Het publiek kijkt me dreigend aan.

Het cliché om ze in hun ondergoed voor te stellen zorgt ervoor dat ik gewoon wil kokhalzen, dus ik beeld me in dat ze slapen — wat ook niet werkt.

Zonder Ariëls medicatie was ik misschien schreeuwend naar buiten gerend.

Terwijl ik het publiek opnieuw scan, geef ik toe wat niet verrassend had moeten zijn: mam is niet gekomen.

Toen ik haar de uitnodiging had gestuurd, wist ik dat dit waarschijnlijk het geval zou zijn, maar ergens moet ik nog steeds hebben gehoopt tot ze op zou komen dagen. Ik had maar één uitnodiging om uit te delen en nu zou ik willen dat ik die aan iemand anders had gegeven. Mam heeft mijn passie voor 'malle trucs', zoals zij het uitdrukt, nooit goedgekeurd, waarschijnlijk omdat ze bang is dat mijn inkomen drastisch zou kunnen dalen als ik magie als een carrière zou nastreven. En aangezien zij van dat inkomen profiteert —

"Sasha?" herhaalt Kacie, haar glimlach reikt bijna tot aan haar oren. "Welkom bij mijn show, schat."

Ik slik en zeg moeizaam, "Bedankt dat ik mocht komen, Kacie." Als ik het niet een miljoen keer had geoefend, dan zou ik zelfs deze basis begroeting hebben verknoeid. "Ik hoop dat ik een beetje mysterie aan ieders dag toe kan voegen."

"Ik ben zeker geïntrigeerd." Kacie kijkt van mij naar de camera en terug. "Ik begrijp dat je vandaag de toekomst gaat voorspellen. Klopt dat, Sasha?"

Verdomde Darian. Waarom heeft hij me in deze situatie gebracht? Voordat hij me had gevraagd om de show niet met een ontkenning te beëindigen, had ik mijn act en speech perfect gepland. Nu moet ik voorzichtig te werk gaan en alleen de 'veilige' regels uit het patroon kiezen dat ik zo vaak heb gerepeteerd.

Kacie kijkt me verwachtingsvol aan, dus ik knik en ga verder, terwijl ik mijn stem kalmeer en zeg, "Mijn dagelijkse baan bij het beleggingsfonds vereist dat ik kan voorspellen hoe de markt en individuele beleggingen zich zullen gedragen. Dat doe ik door veel financiële en politieke data op te nemen en dit te gebruiken om mijn prognoses te maken. Het blijkt dat ik daar heel goed in ben."

Hoewel goochelaars vaak liegen in hun geklets, is elk woord dat ik net heb gezegd de waarheid. Hoezeer ik mijn werk ook haat, ik blink uit in het voorspellende aspect ervan. Ik ben er zelfs zo succesvol in dat mijn baas Nero mijn onzin tolereert.

Dat gezegd hebbende, de enige reden waarom ik mijn werk ter sprake breng, is omdat elk boek over magische prestaties je opdraagt om je materiaal persoonlijk te maken. Komieken gebruiken dezelfde truc. En aangezien niets persoonlijker voor me is dan mijn huidige vagevuur, werd het in mijn geklets meegenomen.

"Nou dan." Kacie draait zich naar de camera. "Het klinkt alsof er een demonstratie op zijn plaats is."

"Absoluut," zeg ik en in de hoop dat niemand de beving in mijn handen opmerkt, stroop ik nonchalant mijn mouwen op — een beweging die elke goochelaar die haar vak verstaat, doet voordat ze gaat optreden om verdenking van de 'er zit iets in je mouw'-verklaring uit te sluiten.

Ik slik om mijn droge keel te bevochtigen en zeg tegen Kacie, "Twee dagen geleden hebben jij en ik elkaar aan de telefoon gesproken en toen vroeg ik je om aan een speelkaart te denken. Heb je er een gekozen?"

Ik houd mijn adem in, mijn hart bonst in mijn borst. Wat ze vervolgens zegt, zal bepalen hoe geweldig mijn eerste truc voor miljoenen mensen zal lijken.

"Zeker," antwoordt ze. "Ik heb een kaart in gedachten."

Ik adem opgelucht uit, het grootste deel van mijn nervositeit smelt weg. Ze heeft me niet per ongeluk verraden — wat betekent dat ik met haar geheugen heb geknoeid zoals de bedoeling was. Wat ik aan de telefoon tegen haar had gezegd was, "Denk aan een kaart in het kaartspel die jou vertegenwoordigt of een kaart die voor jou persoonlijk aanvoelt."

Er is een wereld van verschil tussen 'denk aan een willekeurige kaart' en 'denk aan een kaart die jou vertegenwoordigt'. Een daarvan is een vrije keuze, de andere is een gerichte keuze.

Vanuit mijn ervaring weet ik dat de meeste vrouwen aan de hartenvrouw zullen denken wanneer ze met mijn zorgvuldig geformuleerde instructie worden geconfronteerd. Deze psychologische truc werkt dubbel goed voor extraverte mensen zoals Kacie, vooral degenen die net zoveel rode lippenstift gebruiken als zij.

"Het is heel belangrijk dat de kijkers begrijpen dat je een absoluut vrije keuze had," zeg ik tegen haar. Ik geniet er echt van om die zin te zeggen, gezien hoe slecht het is. "Bevestig ook aan iedereen dat ik je de kans heb geboden om van gedachten te veranderen als je dat zou willen."

Het tweede deel is waar. Ik heb haar wel gezegd dat ze de kaart kon veranderen, maar ik zei het terloops, achteraf, en ik had haar geen kans gegeven om er echt over na te denken. Het was natuurlijk een risico, maar mensen veranderen bijna nooit van gedachten nadat ze een kaart hebben gekozen, vooral als ze in het idee vastzitten dat de originele kaart 'hen vertegenwoordigt'.

"Dat is precies wat ze heeft gezegd." Kacie staat op het punt om van opwinding in haar zorgvuldig verzorgde handen te klappen. Het is verbazingwekkend hoe magie deze geslepen vrouw weer in een klein meisje kan veranderen.

Als ik besluit dat geluk aan de moedigen toebehoort, zeg ik, "Dit is je laatste kans om van gedachten te veranderen. Als je wilt, kun je dat nu doen."

Kacie schudt haar hoofd, ze heeft duidelijk haast om te weten wat er gaat gebeuren.

Geweldig.

Ze blijft bij haar keuze.

"Zeg nu voor de eerste keer, je kaart hardop." Ik maak wuivend een ga-je-gang gebaar met mijn rechterhand en bereid me voor om niet teleurgesteld te kijken als ik mijn toevlucht tot plan B moet nemen.

"De hartenvrouw," kondigt Kacie triomfantelijk aan.

Ik slik een grijns in. Het tonen van mijn opwinding

zou een aanwijzing voor mijn methode kunnen zijn, net zoals het laten zien van teleurstelling dat zou doen.

Langzaam draai ik mijn uitgestrekte arm naar Kacie toe. "Vergeet niet dat je op elk moment van gedachten had kunnen veranderen."

Ze hapt naar adem, haar spinachtige wimpers knipperen razendsnel.

"Is dat echt?" Haar stem is vol ontzag. Ze is duidelijk het selectieproces vergeten en ze gelooft echt dat ze een vrije keuze had om welke kaart dan ook te kiezen.

"Ik heb dit een paar maanden geleden laten zetten," zeg ik, terwijl ik mijn arm stilhoud om ervoor te zorgen dat het binnen ieders zicht blijft.

Iemand in het publiek fluistert een van mijn favoriete zinnen, "Dat kan niet."

De camera zoomt in op mijn onderarm.

Het grote scherm achter ons toont mijn bleke huid en de ingewikkelde tatoeage die het siert.

De hartenvrouw.

"Wil je het aanraken?" Ik schuif helemaal naar de rand van de bank en duw de tatoeage naar Kacie. "Zorg ervoor dat je zeker weet dat het niet alleen maar is getekend."

Kacie's koele vingers masseren de tatoeage en ze schudt langzaam haar hoofd en fluistert verbaasd iets binnensmonds.

Ik sta mezelf nu toe om breed te grijnzen. Elke keer als een effect als dit lukt en ik het ontzag op de gezichten van mensen zie, krijg ik een enorme kick.

Dit is waarom ik deze carrière van eerlijk bedrog nastreef ondanks mijn angst om in het openbaar te spreken.

Terwijl ik een blik op de menigte waag, merk ik dat zij nog meer onder de indruk zijn dan Kacie — zoals ze ook zouden moeten zijn. Voor zover zij weten, heb ik tegen Kacie gezegd dat ze 'aan een willekeurige kaart moest denken'.

"En natuurlijk is dit de enige tatoeage die ik op mijn lichaam heb." Ik draai mijn linkerarm zonder tatoeage naar de camera en til mijn haar op om de achterkant van mijn nek te laten zien. Ik denk erover om mijn onderrug te laten zien, maar aangezien dat vereist dat ik op mijn nog onvaste benen moet gaan staan, besluit ik om het niet te riskeren en zeg, "Het is in ieder geval de enige tatoeage op een plek die ik op de nationale televisie zou kunnen laten zien."

De grap doorbreekt de opgekropte spanning van de onthulling en iedereen lacht.

Ik straal naar ze.

Ik zal dit moment voor altijd onthouden.

De act is perfect verlopen.

Natuurlijk is er een klein probleem. De mensen die me in het restaurant hebben zien optreden, zoals Darian, zullen misschien begrijpen dat ik altijd de hartenvrouw onthul.

Ik ontmoet zijn ondoorgrondelijke groene ogen in het VIP-gedeelte van de eerste rij en knipoog. Is hij al dichter bij het ontdekken van de methode achter het effect, nadat hij het nu twee keer heeft gezien?

Hopelijk denkt hij dat ik een zorgvuldige manipulator ben die mensen alles kan laten denken wat ik wil — wat volgens mij niet *zo* ver van de waarheid is. De vraag die nu bij Darian zou moeten rijzen is, "Wat als Kacie de hartenvrouw *niet* had genoemd?"

Het antwoord op die vraag is heel eenvoudig: ik zou voor plan B zijn gegaan. Ik heb in mijn rechterzak een pak kaarten — iets wat ik altijd bij me heb. Als Kacie de verkeerde kaart had genoemd, dan zou ik proberen om niet teleurgesteld te kijken en mijn reeds uitgestrekte rechterhand gebruiken om de stapel uit mijn zak te halen. Ik zou Kacie vragen om een getal tussen de een en de tweeënvijftig te noemen en ik zou vanaf de bovenkant van het kaartspel tot dat getal tellen om haar kaart op 'magische' wijze tevoorschijn te laten komen — een effect dat aanvoelt als een voorspelling en voor andere goochelaars lijkt dat misschien een groter wonder dan de versie met de tatoeage. Niemand — behalve Darian — zou beter weten.

Het enthousiast geklap brengt mijn aandacht weer bij het publiek.

"Bedankt." Ik buig lichtjes en negeer het zweet dat over mijn ruggengraat loopt. "Dat was slechts een klein voorproefje voor de hoofdact."

Kacie, de menigte en zelfs Darian (die de methode kent van wat er gaat komen) luisteren aandachtig naar me. Misschien is het aanmatigend, maar ik stel me voor dat de mensen thuis dichter bij hun tv-scherm kruipen.

Ze hebben me net via een tatoeage een vrije gedachte zien voorspellen die in een menselijke geest opkwam en toch noem ik het een voorproefje.

Mijn hartslag is nog steeds te snel en ik word me van een vreemd gevoel bewust, alsof ik vol warme energie zit. Komt het omdat de Valium begint te werken? Ik hoop dat het niet door de cocktail komt die met het medicijn vermengd is.

De zorgen opzijschuivend, concentreer ik me op mijn optreden.

"Een paar weken geleden," zeg ik kalm, "heb ik Kacie een belangrijke brief gestuurd." Ik heb het eigenlijk naar haar assistente gestuurd, maar ze corrigeert me niet, dus ga ik verder. "Kacie, heb je die brief nu bij je?"

Kacie pakt triomfantelijk een grote verzegelde envelop.

"Deze envelop is al die tijd in de studio geweest, nietwaar?" vraag ik en kijk Darian aan.

Er is zojuist een gruwelijk idee in mijn hoofd opgekomen.

Wat als hij niet wil dat ik ontken dat ik helderziend ben, zodat hij de vervloekte video af kan spelen en me als een bedrieger af kan schilderen?

Het ontmaskeren van iemand die niet echt helderziend is, kan goede tv opleveren.

Ik duw die vreselijke gedachte weg en concentreer me weer op Kacie terwijl ze zegt, "Ja, en hij is verzegeld. Er zijn hier geen stiekeme dingen gedaan."

Ik kan haar wel kussen. Nu hoef ik niet te

benadrukken dat er niet met de envelop geknoeid is en dat het voor mij onmogelijk was geweest om er toegang toe te krijgen.

"Geweldig. Dank je," zeg ik. "Kun je voordat we met de envelop beginnen, alsjeblieft de voorpagina van *The New York Times* op dat grote scherm achter mij ophangen?"

De bekende krant verschijnt op het scherm, met het grootste verhaal van de dag prominent in beeld. De kop luidt: *MEXICO DOOR GROTE AARDBEVING GETROFFEN, TIENTALLEN DODEN*. Onder het artikel staat een afbeelding van een hoog gebouw dat op zijn kant ligt, met mensen die in het puin aan het graven zijn.

Dit is mijn moment, maar ik kan het niet helpen dat ik toch een beetje een schuldgevoel krijg. Wat ik ga doen zal vanwege deze verschrikkelijke tragedie veel dramatischer lijken. Natuurlijk had ik geen controle over de krantenkoppen van vandaag en dit soort resultaten is met deze illusie altijd een risico. Een mentalist heeft op deze manier per ongeluk de dood van Elvis voorspeld en tot op de dag van vandaag wordt hij door complottheoretici gestalkt.

Ik slik het schuldgevoel in en zeg op mijn meest gezaghebbende toon, "Kacie, maak alsjeblieft de envelop open en laat iedereen zien wat erin zit."

"Ik weet niet zeker of ik dit wil openen," fluistert Kacie, maar haar vingers scheuren al aan het papier dat voor haar ligt.

Ze reikt behoedzaam in de envelop, alsof er

miltvuur in zit. Ze haalt het grote vel papier tevoorschijn, kijkt ernaar en al het bloed trekt uit haar gezicht weg.

Ik wil haar nog een keer kussen. Haar reactie wakkert de verwachting van het publiek aan.

Ten slotte neemt de entertainer in Kacie het over en draait ze het papier met een zwaai naar de camera.

Op het papier staat een met de hand getekende recreatie van de krant die nog steeds op het scherm achter ons te zien is. In het netste schrift dat ik voor elkaar kon krijgen, had ik *MEXICO DOOR GROTE AARDBEVING GETROFFEN, TIENTALLEN DODEN*, geschreven. Met mijn slordige artistieke vaardigheden had ik ook een groot gebouw getekend dat op zijn kant lag en een paar poppetjes naast wat inktvlekken die het puin voorstellen.

Een van de grafische mensen van de studio plaatst mijn voorspellingsbrief naast *The New York Times* en het beeld is erg krachtig.

Ik heb een verhaal over de moeilijkheid van het voorspellen van aardbevingen voorbereid, maar ik vertel het niet. Dat is niet nodig. Het publiek is in de zeldzame staat van stille shock en ik wil het niet met woorden verpesten. Dit is de coolste reactie waar een goochelaar op kan hopen: angstig ontzag.

Als alternatief kan het publiek als één ademhalen om me vervolgens van het podium te joelen.

Darian verbreekt de betovering door langzaam te klappen, zoals in een tienerfilm.

Het gebrul van het applaus dat volgt is het beste wat

ik ooit heb gehoord. Ik schiet overeind en maak een buiging.

"Bravo," zegt Kacie, haar stem nog steeds onregelmatig. In de camera zegt ze, "We moeten even een korte reclamepauze inlassen en we zijn zo terug."

De muziek van de reclame gaat aan en daar ben ik blij om. Als ik nu in paniek raak, wordt het in ieder geval niet live uitgezonden.

Het publiek vertraagt het geklap en ik zie een paar mensen in de menigte die helemaal niet reageren. De ene is een ziekelijk uitziende oudere heer op de derde rij en de rest zijn bleke mannen met een vliegenierszonnebril en zwarte pakken die me aan bewakers doen denken. Ze zitten helemaal achter in de studio.

Ik kijk naar Darian. Hij houdt op met klappen en staart naar de ongezond uitziende bejaarde man. Iets aan de man moet hem van streek maken, omdat Darians gezicht betrekt. Hij brengt zijn vinger naar zijn oor, zijn lippen zeggen iets en een van de mannen in het zwart herhaalt het gebaar.

Is hij met de beveiliging van de studio aan het praten, en zo ja, waarom?

Ik verberg mijn verbazing en kijk naar Kacie. Ze waaiert zichzelf koelte toe met de envelop, duidelijk nog aan het bijkomen van mijn voorspelling.

Ik blijf staan, wachtend tot het applaus ophoudt. Hoe vereerd ik ook ben door de ovatie, ik hoop dat het snel voorbij is, want mijn knieën voelen zwak aan en het vreemde, warme energetische gevoel is terug, maar deze keer veel sterker. Het is alsof ik er mee overspoeld word, en mijn hartslag versnelt verder, mijn ademhaling versnelt zich oncontroleerbaar.

Wat gebeurt er?

Is dit de paniekaanval die ik probeerde af te wenden?

Mijn nagels drukken zich in mijn handpalmen. Als ik ze niet zo kort zou houden om met kaarten om te kunnen gaan, dan zou ik bloeden.

Een nieuwe tsunami van vreemd aangename energie stroomt mijn lichaam binnen, waardoor mijn ledematen tintelen.

Mijn tenen krommen zich in mijn hoge hakken. Heb ik net waar honderd mensen bij waren een orgasme gehad?

Het genot duurt maar een moment en naarmate de intensiteit toeneemt, verandert het gevoel in pijn.

De felle studiolampen veranderen in zonnen en mijn zicht vertroebelt. Ik knijp mijn ogen dicht, mijn spieren spannen zich aan terwijl ik oncontroleerbaar begin te trillen.

Heb ik een aanval? Een beroerte?

De intensiteit van de ervaring gaat nu verder dan pijn. Ik raak in shock, zoals de dag dat ik een tongpiercing had genomen, alleen oneindig veel erger. Het is alsof mijn hele lichaam in een zenuwuiteinde is veranderd dat iemand met een miljard volt elektriciteit onder spanning heeft gezet.

Als ik de grond onder mijn voeten niet had gevoeld, dan zou ik ervan overtuigd zijn geweest dat ik zweefde, terwijl de bliksem in me sloeg, in Highlander-stijl.

Ik verdraag de sensatie slechts een paar korte ogenblikken voordat er in mijn hersenen kortsluiting optreedt en ik instort en buitenbewustzijn raak.

HOOFDSTUK DRIE

IK LIG OP DE BANK, MIJN BEWUSTZIJN ZO SCHERP ALS EEN diamant.

Het deuntje van de reclame is nog steeds te horen, dus ik moet niet lang buitenbewustzijn zijn geweest.

De ziekelijk oudere man in het publiek springt overeind, waardoor iedereen naar hem en zijn grijze huid staart.

"Houd hem tegen!" schreeuwt Darian en een bleke man in het zwart begint naar het podium te rennen.

Het is een pijnlijke aanblik om naar de ziekelijke man te kijken als hij beweegt. Hij moet een hersenbeschadiging of een spierziekte hebben, omdat zijn ledematen ongecoördineerd zijn terwijl hij ze in schokkerige banen beweegt. Maar ondanks de ogenschijnlijke motorische problemen heeft de man genoeg energie om zichzelf voort te stuwen.

Mensen gillen als hij op de schouders van de toeschouwers op de tweede rij springt.

Dan landen zijn onopvallende zwarte schoenen op twee vrouwen op de eerste rij.

Ze schreeuwen, maar de oude man gebruikt gewoon zijn wandelstok om op het podium te springen.

Ik ben te verdoofd om te bewegen.

De in het zwart geklede beveiligingsman beweegt als een Olympische sprinter, maar hij is te ver achterin en de menigte staat hem in de weg.

Dit zou een goed moment zijn om gillend weg te rennen, maar ik ben nog steeds te versteend om een spier te bewegen.

"Meneer," roept Kacie, haar stem panisch. "U mag hier niet komen!"

De reumatische ogen van de man werpen een blik op Kacie, maar hij moet haar niet de moeite waard vinden, omdat zijn blik op mijn hals gericht is.

De man in het zwart en een paar van zijn collega's zijn er bijna, maar het is duidelijk dat ze de grijsharige gek niet zullen onderscheppen voordat hij me bereikt. Ik heb geen idee wat hij wil, maar ik vind van de uitdrukking op zijn ziekelijk gezicht niet prettig. Misschien heeft hij iets als speed gebruikt.

Een van de cameramannen springt op het podium op het pad van de mafkees. "Meneer! Pardon, meneer — stop. U mag hier niet zijn!"

De man met de grijze huid gooit de cameraman met schrikbarende kracht opzij. Ik vang een glimp van hem op terwijl hij over het podium rolt en ik krijg een pure vecht-of-vluchtreactie, met tunnelvisie en alles.

Ik heb maar een seconde om te beslissen wat ik moet doen.

Als relatief klein persoon heb ik voor de vechtoptie in het ideale geval een wapen nodig.

Ik heb geen conventionele wapens, maar een vlijtige goochelaar kan altijd improviseren. Misschien kan ik de sluitingen die de stud in mijn tong vormen, gebruiken om hem in zijn oog te steken? Of als afleiding van het kaartspel in mijn zak een waterval van kaarten maken?

Ik besluit om een meer alledaagse optie te nemen en doe verwoed mijn rechter stiletto uit en spring overeind, waarbij ik Buffy channel door hem als een staak voor me te houden.

Ik sta nu oog in oog met de man en de meest afschuwelijke geur komt mijn neus binnen. Het ruikt alsof ik met mijn hoofd in een doodgereden dier ben gevallen. De dampen zijn zo misselijkmakend dat ik bijna flauwval.

In plaats van flauw te vallen, zwaai ik met mijn geïmproviseerde staak naar zijn gezicht en mik op zijn oog.

Ik heb alleen met speelkaarten gestoken en ik heb het nog nooit met maar één hoge hak aan gedaan. Als gevolg daarvan belandt mijn wapen ver van het beoogde doel — in het midden van de borst van de man.

Tot mijn grote schrik dringt de hiel een paar centimeter in hem door, alsof er al een gat zit. Zijn kleding is intact, maar ik hoor toch iets scheuren.

Zouden er hechtingen in zijn borst kunnen zitten? Hij ziet er ziek genoeg uit om een hartoperatie te hebben moeten ondergaan, hoewel hij veel te kwiek is.

De man negeert de schoen die uit zijn borst steekt, slaat zijn stinkende handen om mijn nek en begint te knijpen.

Mijn handen vliegen omhoog om naar zijn wurgende vingers te klauwen, maar hij is bizar sterk en ik kan met mijn korte nagels niet veel schade aanrichten. Dus geef ik hem met al mijn kracht een knietje. Pijn schiet door mijn knie, maar ik troost me met de wetenschap dat niemand zo'n aanval kan weerstaan.

Ik heb het fout.

De vingers om mijn nek komen niet los en door mijn wazige zicht heen zie ik zijn glazige ogen zonder te knipperen naar me staren.

Ik klauw vervolgens naar zijn gezicht, maar met een soortgelijk gebrek aan succes. Mijn longen schreeuwen nu om lucht en hoewel ik met het inhouden van mijn adem heb geoefend om op een dag een Houdini-achtige onderwaterontsnapping uit te voeren, word ik door paniek overmand.

Mijn lichaam gaat ongecontroleerd heen en weer en mijn hoofd voelt alsof het naarmate de wereld steeds verder weg lijkt te verdwijnen op het punt staat om door mijn oren te ontploffen.

Met de laatste resten van bewustzijn realiseer ik me dat dit het is.

Alles wordt zwart en ik sterf.

HOOFDSTUK VIER

Ik hap naar adem en terwijl lucht mijn niet-geëxplodeerde longen vult, realiseer ik me dat ik zojuist een nachtmerrie heb gehad.

En wat een rare nachtmerrie was het. Mijn hart bonst nog steeds in mijn borst alsof de wurgende vingers het leven uit me persen.

Dit is klote. Het is onmogelijk dat ik met zoveel adrenaline die door mijn systeem giert weer in slaap kan vallen.

Hoe laat is het? Moet ik opstaan voor mijn werk?

Wacht eens even. Ben ik wel in mijn slaapkamer? Nu ik rustiger ben, voel ik fel licht op mijn oogleden drukken en ik doe 's avonds altijd de extra zware gordijnen dicht.

Verre stemmen die onzin uitspreken zijn ook in strijd met de slaapkamertheorie, net als mijn halfzittende houding.

Ik open mijn oogleden met een micron, maar het is

genoeg om me te laten zien dat ik nog steeds in de tv-studio ben.

Shit.

Heb ik net in het bijzijn van al deze mensen een black-out gehad?

De bezorgde gezichten om me heen ondersteunen die hypothese.

Terwijl ik rechtop ga zitten, druppelen de herinneringen langzaam binnen.

Ik had een soort van aanval en ben op de bank in elkaar gezakt. Nadat ik flauwviel, had ik een rare droom — de meest levendige droom van mijn leven.

Een droom over doodgaan.

Ik knipper met mijn zwaar opgemaakte ogen in een poging om me te heroriënteren.

De muziek van de reclame speelt nog ergens, dus ik kan niet lang buiten westen zijn geweest.

Terwijl ik de menigte scan, krijg ik een sterk gevoel van déjà vu.

De ziekelijke man uit mijn droom springt overeind.

Zijn huid is paars grijs, zijn ogen zijn leeg en zijn goedkoop ogende blazer en te gesteven overhemd zien eruit alsof ze voor het eerst worden gedragen. Net als in mijn droom is de manier waarop hij beweegt zeer vreemd.

Net zoals in mijn droom gaat de aandacht van het publiek naar de vreemde man.

"Houd hem tegen!" schreeuwt Darian weer en de dichtstbijzijnde man in het zwart begint de sprint die me niet op tijd bereikte.

Elk detail van wat er gebeurt, is me zo bekend dat ik aan mijn gezonde verstand begin te twijfelen. Zou ik nu aan het dromen kunnen zijn?

Dat zou betekenen dat de eerste droom een droom in een droom was, zoals in de film *Inception*.

Het studiopubliek reageert allemaal met dezelfde afschuw als de man met de grijze huid weer op de schouders van de toeschouwers op de tweede rij springt.

Droom of waanvoorstelling, ik ga niet zitten wachten tot hij me wurgt. Ik doe mijn hakken uit, maar deze keer met de bedoeling om te vluchten.

"Meneer." Kacie's stem is net zo paniekerig als ik me herinner. "U mag hier niet komen!"

Terwijl de reumatische ogen van de man naar Kacie kijken, spring ik op en ren naar de gang die naar het podium leidt. De vloer is ijskoud onder mijn blote voeten, maar ik merk nauwelijks iets van het ongemak, mijn lichaam is terug in vecht-of-vluchtland.

De deur waar ik door naar binnen ben gekomen is gesloten.

Ik pak het handvat en rammel er verwoed mee terwijl een afschuwelijke geur mijn neusgaten bereikt. Het is de stank van het doodgereden dier uit mijn droom en ik kokhals, terwijl ik mezelf er nauwelijks van kan weerhouden om bij de deur alles eruit te kotsen.

Het handvat beweegt niet.

De deur moet op slot zijn.

Ik draai me om.

Mijn aanvaller grijpt al naar mijn keel — en ik weet hoe dat zal eindigen. Op puur instinct sla ik mijn rug tegen de deur en glijd naar beneden, waardoor mijn nek moeilijker te bereiken is.

Zijn handen raken elkaar met een luide klap waar hij zijn doel mist.

Ik profiteer van zijn tijdelijke afleiding door hem in zijn kruis te stompen, die zich momenteel op mijn ooghoogte bevindt. Mijn vuist maakt contact met sponsachtig vlees, maar net als in mijn droom reageert de man niet op wat voor elke man een verzwakkende klap zou moeten zijn.

In plaats daarvan doet hij een logge stap achteruit en buigt zich over me heen, terwijl zijn handen nog steeds naar mijn nek reiken.

Ik sta op het punt om wanhopig door de kleine opening tussen zijn benen door te schieten als ik achter mijn aanvaller nog een paar benen zie.

Mijn run was geen verspilde moeite.

Het had de in het zwart geklede bewaker de tijd gegeven om ons in te halen.

Met een bonzend hart zie ik hoe bleke, netjes gemanicuurde vingers de schouder van mijn aanvaller vastgrijpen.

Het buigen van de man met de grijze huid stopt, zijn schouder wordt samengedrukt alsof de vingers van de bewaker een hydraulische pers zijn.

Wat er daarna gebeurt, doet me aan de realiteit van dit moment twijfelen. De bewaker houdt zijn gracieuze greep op de schouder van de man met de grijze huid, grijpt de arm van de man met zijn vrije hand en trekt hem met een afschuwelijk scheurend geknars uit de kom.

De stank van rottend vlees neemt toe, maar ik kan alleen maar denken dat er niet genoeg bloed is.

Helemaal niet veel bloed eigenlijk.

Als dit een droom is, dan geef ik Ariël de schuld. Ze is een grote fan van vechtspellen en dit lijkt griezelig veel op hoe ze vorige week mijn personage in *Mortal Kombat* beëindigde — minus de fonteinen van bloed in het spel.

Om mijn gevoel van onwerkelijkheid te vergroten, reageert de man met de grijze huid op het verlies van zijn arm met dezelfde zelfverzekerdheid als op mijn aanval in zijn kruis. Hij blijft op zijn benen staan en probeert me met zijn overgebleven arm te bereiken.

De in het zwart geklede bewaker gebruikt de arm die hij vasthoudt om zijn tegenstander op het hoofd te knuppelen. Er is een misselijkmakend gekraak van botten die breken, hoewel ik niet zeker weet of het de schedel of de arm is.

Ik sla mijn hand voor mijn mond. Ik heb geen zwakke maag, maar dit is meer dan ik kan verdragen.

Mijn aanvaller wankelt, maar ongelooflijk genoeg, blijft hij op de been, zijn glazige ogen nog net zo leeg.

Een andere in het zwart geklede bewaker springt in de strijd en grijpt de gewonde man bij zijn nog intacte schouder aan de ene kant en bij de bloederige overblijfselen van de losgetrokken arm aan de andere kant. Dan, grommend van de spanning, scheurt hij mijn aanvaller doormidden.

Letterlijk.

De inhoud van mijn maag komt omhoog en ik bijt op het vlezige deel van mijn handpalm om een schreeuw tegen te houden.

Dit is zelfs nog onmogelijker dan de arm ervan af trekken. Als dit de klassieke toneelillusie 'een dame in tweeën snijden' zou zijn, dan zou ik een aantal manieren kunnen bedenken om dit te doen. Maar om het echt te kunnen doen, zou de benodigde kracht enorm zijn.

Dit moet een nachtmerrie zijn.

Maar waarom word ik niet wakker?

De bewaker gooit de twee helften van de oude man op de grond en de nachtmerrie gaat verder terwijl de helft met het hoofd blijft trillen, zijn ogen knipperen alsof hij leeft.

"Maak er een einde aan," sist de andere bewaker tegen zijn partner en ik kijk met versuft ongeloof toe hoe de eerste bewaker op de schedel van mijn aanvaller stampt en die als een ei verplettert.

Hij blijft op delen van het lijk stampen totdat de stuiptrekkingen stoppen.

Verdoofd staar ik naar de hersenen die als een griezelig schilderij van moderne kunst op de vloer spatten.

Het duurt even voordat ik weet waar ik ben en als ik naar de menigte omkijk, verspreiden ze zich als kwartels.

Alle uitgangsdeuren moeten echter op slot zitten, want ik zie mensen er tevergeefs mee worstelen.

Kacie verstopt zich onder haar bureau en Darian komt naar ons toe, zijn gezicht is rood van woede.

"Doe *nu* de verslaggeving van de aardbeving in Mexico," zegt hij in een walkietalkie. "We hebben hier in de studio een kleine storing."

Een kleine storing?

Ik onderdruk een maniakale lach.

"Hoe zit het met de vrouwelijke goochelaar?" vraagt de vrouw aan de andere kant van de walkietalkie, haar stem klinkt een beetje statisch. "Ze was nog niet klaar."

"Laat Juan zeggen dat Sasha heeft geprobeerd om de Mexicaanse autoriteiten voor de aardbeving te waarschuwen — dat zou de segmenten met elkaar moeten binden. Zeg dan dat de politici die ze heeft gewaarschuwd sceptisch waren over een Amerikaanse helderziende en ga dan verder met de verslaggeving van de aardbeving," zegt Darian en hij zet het apparaat uit.

Ik ben te verbijsterd om me aan hem te ergeren, omdat hij me voor een helderziende heeft uitgemaakt.

Hij trekt zijn neus op bij het verscheurde lichaam op de vloer en zegt, "Gaius, wat is dit in vredesnaam? Ik had op wat meer subtiliteit gehoopt."

De man die de halvering had gedaan — Gaius — haalt zijn schouders op. "Je wilde het meisje levend hebben en dat is ze ook," zegt hij, de cadans van zijn toespraak vreemd hypnotiserend.

Ik heb eindelijk mijn stem terug. "Wat gebeurt er

allemaal? Wie was hij? Hoe heb je hem zo uit elkaar kunnen scheuren?"

Darian besteedt geen aandacht aan me. "Veeg iedereen schoon," zegt hij tegen Gaius en mijn andere redder en dan herhaalt hij de instructie in zijn oortje. "Ze moeten zich herinneren dat Sasha geweldig was en dat ze naar een ander groot optreden moest," voegt hij eraan toe terwijl bleke bewakers mensen in het publiek beginnen vast te grijpen om ze vervolgens tot wat op een staarwedstrijd lijkt te dwingen.

"En zij?" Gaius wijst naar mij.

"Ze is een Cognizant, maar niet onder het mandaat," zegt Darian alsof ik er niet ben. "Zelfs je illustere leider zou haar niet volledig kunnen betoveren. Of wel?"

"Als het tijd is voor ongepaste vragen, had *jij* dit dan niet allemaal moeten voorzien?" de hypnotiserende stem van Gaius druipt van zoetsappige kwaadaardigheid. "En hoe ben je van plan om te voorkomen dat de Raad haar hiervoor vermoordt?"

Darians ogen vernauwen zich. "Doe gewoon je best met haar."

"Dat zal ik zeker doen," zegt Gaius met hetzelfde arrogante vertrouwen als de handelaren in mijn dagelijkse werk.

Hij knielt zodat zijn ogen op gelijke hoogte zijn als die van mij.

Ik probeer achteruit te krabbelen, maar met de gesloten deur achter me kan ik nergens heen.

Gaius doet zijn zonnebril af.

Hij heeft het soort mooie gezicht waar een

aantal vrouwen bij zouden zwijmelen, maar ik ben geen fan. Zijn ogen hebben de kleur van de lucht van de Noordpool. Dan beginnen ze te veranderen. De pikzwarte pupil wordt reflecterend zilver en begint uit te zetten, eerst de iris en daarna het oogwit.

Mijn adem wordt gelijkmatiger. De gespiegelde bollen die de ogen van Gaius zijn, weerspiegelen elk een vervormd beeld van mij, mijn gezicht doorschijnend bleek en mijn pupillen zo groot als schoteltjes.

Een dronken soort sereniteit komt over me heen. Analytisch gezien weet ik dat het iets met zijn blik te maken heeft, maar hoe hard ik ook mijn best doe, ik kan mijn ogen niet sluiten of van hem wegkijken.

Mijn bewustzijn zakt in een donkere, ondergrondse plek weg. De enige andere keer dat ik me ooit zo heb gevoeld, was toen ik dronken was van een dozijn shots tequila.

Door het waas heen registreer ik slechts fragmenten van gebeurtenissen.

De bewakers, als dat is wat ze zijn, eindigen hun vreemde gestaar naar elk persoon in de menigte. Gaius tilt me op als een veertje en een oogwenk later lig ik half liggend in een limousine die over West Side Highway zoeft.

Net als mijn geest helder begint te worden, staart Gaius weer in mijn ogen en het waas omhult me opnieuw.

Als ik weer bij zinnen kom, zit ik in de lift van mijn

gebouw, ondersteund door een lichaam dat zo hard is dat het net zo goed van marmer kan zijn.

"Bijna thuis", zegt de bekende hypnotiserende stem terwijl de gespiegelde ogen in de mijne staren. "Je bent verbazingwekkend goed tegen betoveren bestand. Ik ben echt onder de indruk."

Ik moet weer een black-out hebben gekregen, want het volgende moment sta ik bij de deur van mijn appartement met een sterke arm die me rechtop houdt. De bleke vinger van Gaius drukt op de deurbel en ik ben te ver heen om hem te berispen dat hij mijn huisgenoten wakker maakt terwijl ik de sleutel van de woning heb.

De deur gaat open en dan komt Ariël in haar zijden nachtjapon in beeld.

De arm om me heen spant zich aan en ik kan Gaius zijn reactie niet kwalijk nemen. Zelfs als ze ziekenhuiskleding draagt — kleding die is ontworpen om verpleegsters er minder sexy uit te laten zien — lijkt Ariël op een supermodel en in dit nauwsluitende nachthemdje zouden mannen voor haar aandacht visolie met een lepel opdrinken.

Als ik naar mooie mensen kijk, dan denk ik er vaak filosofisch over na wat iemands gezicht en lichaam zo aantrekkelijk maakt. Is het symmetrie en verhoudingen? Als dat zo is, dan is dat van Ariël een van de meest symmetrische gezichten die ik ooit heb gezien en de 0,7 waist-to-hip verhouding van haar lichaam is pure wiskundige perfectie. Bovendien is haar huid zo glad als gesmolten snoep, zelfs nu, als ze geen make-up draagt. En terwijl traditionelere mooie gezichten kinderachtige, kleine gelaatstrekken hebben, zijn Ariëls Griekse neus en kaak sterk, maar beide zijn op haar gezicht subliem, wat haar een exotisch tintje geeft.

Haar donkerbruine ogen staren me bezorgd aan en richten zich dan met onverholen vijandigheid op mijn chaperonne.

"Wat is er aan de hand? Wat ben je met haar aan het doen?" Ariëls stem is melodieus, zelfs als ze boos is.

"Sasha voelt zich niet lekker." Gaius laat zijn zonnebril een paar centimeter zakken en bekijkt Ariël van top tot teen, zijn blik blijft in plaats van op haar borsten op haar ballerinalange hals hangen. "Ik zou haar graag naar bed willen brengen. Waarom vraag je me niet om binnen te komen?"

"Echt niet. Ik neem het vanaf hier wel over, bedankt." Ze reikt naar me en slaat een gespierde arm om mijn rug.

"Wat jij wil," zegt Gaius en hij doet een stap achteruit, zodat Ariël me volledig ondersteunt.

Ze staat op het punt me het appartement in te slepen als hij zegt, "Nog één ding." Hij steekt zijn hand uit en windt een haar van mijn hoofd om zijn vinger en voordat Ariël of ik kunnen protesteren, trekt hij het eruit.

Ik krimp ineen maar voel niets — ik moet te verbijsterd zijn om zulke lichte pijn te voelen.

Hij steekt de haar in zijn zak en zegt, "Ze zal zich dit morgenochtend waarschijnlijk niet herinneren, dus je wilt haar misschien geen onnodig verdriet bezorgen door haar hieraan te herinneren."

In plaats van antwoord te geven, trekt Ariël me het appartement in en gooit de deur dicht, waarbij hij de bleke man bijna in zijn gezicht raakt.

"Wat is er gebeurd?" vraagt ze en ze draait me naar zich toe. Haar ogen zoeken mijn hals af alsof ze op zoek is naar een zuigzoen. "Heeft hij —"

Ik zwaai heen en weer op mijn voeten. "Ik moet gewoon gaan slapen zodat ik wakker kan worden."

"Goed idee," zegt Ariël, en hoewel we bijna even groot zijn, tilt ze me als een bruidegom op en draagt ze me zonder een greintje moeite naar mijn slaapkamer.

Iedereen die dit zou zien zou verbaasd zijn, maar ik ben dit soort dingen van Ariël gewend. Ze noemt zichzelf graag 'legersterk' en ik vraag me soms half gekscherend af of het leger haar speciale medicijnen heeft gegeven om haar in een supersoldaat te veranderen.

"Heb je hulp nodig met je kleding?" vraagt ze zodra ze me op het bed legt.

Omdat ik op zo'n moeilijke kwestie geen goed antwoord kan bedenken, knipper ik naar haar en val in slaap zodra mijn hoofd de gelukzaligheid van mijn traagschuimkussen raakt.

HOOFDSTUK VIJF

Ik heb geen lichaam. Dit doet me aan het spelen van een virtual reality-game denken, een spel waarin ik naar beneden kijk en in plaats van mijn borsten een futuristisch pistool zie, of wat de ontwerpers van het spel ook hebben besloten. In dit geval zie ik een muur met een grote klok boven rijen op rijen grijze metalen vierkanten. Het is een bezienswaardigheid die regelmatig op CSI-shows te zien is — de binnenkant van een mortuarium.

In tegenstelling tot lichaamloos zijn van VR, kan ik mijn omgeving ruiken, hoewel ik zou willen dat ik dat niet kon. De chloor- en vage parfumgeuren maskeren de stank van de dood niet, en het ergste is dat ik de rottende dampen ergens van herken.

Volgens de digitale klok aan de muur is het maandagochtend 5:29 uur. Betekent dit dat ik zo op moet staan om te gaan werken? En zo ja, zou ik dan niet eerst mijn lichaam moeten lokaliseren?

Er komt een vrouw de kamer binnen. Ze heeft een hartvormig gezicht en de omtrek van haar lippen weerspiegelt het, hoewel haar mond me meer aan de vorm van schoppen doet denken (zoals in speelkaarten) — deels dankzij de zwartheid van de lippenstift. Haar ogen en haar zijn ook zwart, door de tl-lampen met metaalachtige ondertonen. Met haar zwarte rok en witte kanten top is haar outfit meer voor een cocktailparty geschikt dan voor het mortuarium, maar haar oorlellen zijn met bungelende oorbellen versierd die in kleine schedels eindigen.

Ze reikt in haar kleine zwarte tasje, haalt een smartphone tevoorschijn en begint om zich heen te kijken.

Ik denk dat ze niet kan vinden wat ze zoekt, want ze gromt afkeurend en reikt naar het dichtstbijzijnde metalen vierkant en trekt het er met een krijsend geluid uit.

Het is niet verwonderlijk dat er een lijk in ligt.

Het is een man van in de veertig. Zijn grijze huidskleur komt me vreemd bekend voor en het heeft iets met de geur te maken. Ik kan me echter niet herinneren wat. Mijn geheugen werkt zonder mijn fysieke brein waarschijnlijk niet zo goed.

De vrouw bestudeert het lijk aandachtig. Ze loopt naar zijn hoofd, doet zijn mond open en legt haar telefoon erin, alsof dat een heel normale plek daarvoor is.

De telefoon blijft niet in de mond van het lijk zitten

en de lippen van de vrouw vervormen zich duidelijk geïrriteerd.

Met een boze beweging reikt ze weer in haar tas en haalt er een mes uit. Het is in vlinderstijl, waarbij het mes tussen twee handvatten zit.

Met een whoosh opent ze stijlvol het mes met een goed ingestudeerde zwaai die de artiest in mij kan waarderen.

Met het mes in de hand onderzoekt ze het lichaam dat voor haar ligt even en snijdt dan in de borst van de dode man — over de littekens heen die van het balsemen zijn overgebleven.

Nu mijn lichaam weg is, lijkt ook mijn vermogen om misselijk te worden weg te zijn, omdat ik in kalmte gefascineerdheid toekijk terwijl ze het snijden van een gat afrondt en haar telefoon in de macabere houder klemt, hem omhoogduwend zodat hij verticaal in het dode vlees zit.

Ze staart naar de telefoon, kijkt dan op naar de digitale klok en de ontevreden blik op haar gezicht wordt erger. Ze lijkt ongeduldig op iets te wachten.

Ze draait zich om en trekt nog een la met een lichaam tevoorschijn, dit is een man van in de negentig. Zachtjes strijkt ze met haar vingertoppen over het kale hoofd en de slappe spieren van de man. Ze lijkt echter ontevreden over iets aan dit lijk te zijn, want ze sluit de la en haalt er een andere uit.

Deze man is in de vijftig en heeft een paarsachtige tint.

Ze bekijkt hem van top tot teen en knikt goedkeurend.

Haar telefoon begint de noten van *Piano Sonata No. 2* van Chopin te spelen, beter bekend als de *dodenmars.*

Ze loopt terug naar het eerste lijk om naar haar grimmige telefoonstandaard te kijken en drukt op het scherm om de oproep aan te nemen.

"Hallo, Beatrice," zegt een geamuseerde stem. "Zoals ik je blijf zeggen, hoeven we niet elke keer een videogesprek te voeren. Zeker niet als je in je natuurlijke habitat bent."

"Je bent te laat." De stem van Beatrice is verrassend opgewekt. "Ik wilde een voorsprong hebben. Hoe frisser het lichaam, hoe beter mijn liefjes blijken te zijn."

"Je moet gisteravond een hele oude hebben gebruikt." Het amusement in de toon van de vreemdeling wordt door een toon van minachting vergezeld. "Ik neem aan dat dat je excuus is dat je gefaald hebt?"

"Je hebt me nooit verteld dat er een ziener bij betrokken zou zijn." Beatrice gebruikt haar mes om iets in de huid van het lijk voor haar te snijden. "En je bent vooral vergeten om de vampiers te benoemen."

"Ik bied je de kans om onder het mandaat te gaan en je hier in vrede te vestigen." Zijn stem is nu spottend. "Had je gedacht dat dat makkelijk zou zijn? En bovendien, waarom zou *jij* je zorgen maken over vampiers? Ik dacht dat ze jouw soort haatten omdat *zij* bang zijn voor wat je kunt doen."

Beatrices gezicht wordt duisterder. "Ik hou er gewoon niet van om dodelijke vijanden in de buurt te hebben. Aangezien ik nieuw ben in dit hele mandaat-gedoe, vertel me eens, kan het echt zo zijn dat ze niet zullen proberen om me te vermoorden als ze me zien?"

"Nee, zo'n wonder kan het niet bewerkstelligen. Maar het mandaat zorgt ervoor dat iedereen die je kwaad doet met zijn leven zal boeten. Het markeert je als een van ons en dat geeft je zoiets als menselijke rechten. Maar niets kan hun angst en haat voor jouw soort ongedaan maken. Ondanks het mandaat haten de zieners mijn soort nog steeds en vice versa." Aan de toon van zijn stem zou je denken dat hij blij is met de stand van zaken die hij beschrijft. "Maar het mandaat haalt de angel uit zulke haat. De vampiers verachtten vroeger alle weerwolven, maar kijk nu eens naar hoe de zaken ervoor staan. Na eeuwen van het mandaat zijn er huwelijken tussen hen. Is dat niet wat je hier aanspreekt — onze liberale houding?"

Als ik wenkbrauwen had, dan zou ik ze bij de vermelding van vampiers en weerwolven op willen trekken, maar aangezien ik die niet heb, blijf ik maar hangen.

"Je bent een vlotte prater, zelfs voor iemand van jouw soort." Beatrice kerft nog een symbool in het dode vlees. "Vertel me eens, hoe kan ik een ziener te slim af zijn?"

"Hij zal het risico niet nemen om zich ermee te bemoeien na wat ze op tv heeft gedaan," antwoordt de stem aan de telefoon, die voor het eerst serieus klinkt.

"Hij heeft een groot genoeg risico genomen om het op te zetten. Ik neem tenminste aan dat hij dat heeft opgezet, maar ik heb dankzij de vampiers geen bewijs."

"Maar is *zij* niet ook een ziener?" Beatrice stopt met haar griezelige werk en maakt oogcontact met de camera van de telefoon. "Zal ze me niet aan zien komen?"

"Zelfs hij heeft je niet aan zien komen," antwoordt de mysterieuze man. "Wat kan een ongetraind groentje hopen te voorzien? Ondanks wat ze willen dat je denkt, zijn zieners niet alwetend. Als dat zo was, dan zou vrije wil slechts een verre herinnering zijn. Houd in gedachten dat door voor mij te werken, mijn krachten op je overslaan — daarom ben je niet net zo dood als je 'liefjes'."

"Ik ben niet bang voor de dood." Beatrice kijkt het mortuarium rond alsof het haar woonkamer is. "Het is het enige echte mysterie dat nog in de wereld is."

"Is dat zo? Nou, ik kan je helpen om het te ontdekken als je zo blijft falen."

"Wat zou je ervan zeggen om in plaats van te dreigen nog eens vijfhonderdduizend over te maken?" Haar glimlach is een en al tanden. "Plus de onkosten natuurlijk."

"Anders nog wat?" vraagt hij sarcastisch. "Een sleutel tot een bordeel vol maagden? Soep gemaakt van kittens?"

"Er is nog iets," zegt ze onverstoorbaar. "Als ik tijdens deze klus sterf, dan moet je voor mijn lichaam zorgen. Ik wil dat het wordt omgezet in kunstmest. Ik zal je de exacte instructies e-mailen." Beatrice veegt haar mes aan de huid van het dichtstbijzijnde lijk af voordat ze het opvouwt en in haar tas stopt. "Het is de ultieme recycling. Als ik bedenk hoeveel voedingsstoffen er in de grond zitten opgesloten in plaats van er weer in terug te gaan..."

"Ik heb niet veel tijd." De stem aan de telefoon klinkt weer geamuseerd, maar het commando erin is duidelijk. "Wat je ook maar wilt, zul je krijgen. Doe. Alleen. Je. Werk."

In plaats van te antwoorden, gaat Beatrice rechtop staan en heft haar armen naar het plafond, alsof ze bidt dat de sproeiers aan zullen springen.

Veelkleurige stralen van energie verlichten de kamer terwijl ze vanuit Beatrices vingers in de twee dode lichamen schieten.

De bliksem verspreidt zich door de lijken. Ze stuiptrekken als de poten van een kikker in Galvani's elektrische experimenten en de snedes die ze in hun borst heeft gemaakt, lichten van binnenuit op, alsof ze heldere LED-lampen onder de huid heeft geïmplanteerd.

Even later worden de lichamen stil, maar de snedes glanzen nog steeds.

"Ik weet dat ik er spijt van krijg dat ik het vraag, maar waarom staan ze niet op?" vraagt de stem aan de telefoon en hoewel ik zijn gezicht niet kan zien, zie ik dat er een grijns op staat.

"Deze symbolen zijn er om met een kleine vertraging te programmeren." Ze wijst naar een van de heldere snedes. "Ik doe dit wanneer ik me de luxe kan veroorloven."

"Waarom?" Het is vreemd om een volwassen man als een plagerige vijfjarige te horen klinken. "Wil je er niet bij aanwezig zijn als je liefjes opstaan? Ik dacht dat je de relatie zou willen consumeren als de gelegenheid zicht voordoet. Nee, wacht, ik denk aan een ander soort necro."

"Dit gesprek is duidelijk voorbij." Beatrice slingert haar tas over haar schouder, pakt haar telefoon en hangt zonder gedag te zeggen op.

Ze kijkt dan met een onleesbare uitdrukking naar de twee lijken en verlaat de kamer.

Ik zweef nog een seconde totdat ik me iets realiseer dat in het begin van deze vreemde episode bij me op had moeten komen.

Dit moet een droom zijn.

Zodra ik het woord 'droom' denk, word ik wakker.

HOOFDSTUK ZES

WAT EEN RARE NACHTMERRIE.

Ik ga rechtop in bed zitten, wrijf in mijn geïrriteerde ogen en vraag me af of ik met mascara op heb geslapen.

Terwijl de droom uit mijn duizelingwekkende brein verdwijnt, herinner ik me de veel vreemdere gebeurtenissen die eraan voorafgingen. De details van het optreden van gisteravond komen langzaam bij me terug en ik ben er zeker van dat de meeste, zo niet alle, een droom of een hallucinatie moeten zijn geweest.

De hamvraag is: hoeveel?

Heeft de show echt plaatsgevonden?

Ik pak mijn telefoon en merk dat hij dood is — ik was te ver heen om hem op te laden.

Mijn wekker laat zien dat het maandagochtend 05.20 uur is, tien minuten voordat mijn wekker zou moeten gaan en negen minuten voor het tijdstip in het mortuarium van mijn nachtmerrie.

Ik sta op, leg mijn telefoon aan de oplader en trek de gordijnen open.

Als ik mezelf in de spiegel bekijk, bevestig ik dat ik zware make-up op heb — bewijs dat ik in een tv-studio ben geweest en dat ik te ver heen was toen ik thuiskwam om mijn gezicht te wassen.

Hoewel ik dolgraag achter mijn computer wil gaan zitten om wat antwoorden te krijgen, doe ik een badjas aan en ga ik naar de badkamer om me op te frissen. Zodra ik me halfmenselijk voel, haast ik me terug naar mijn kamer en kleed ik me aan voor mijn werk.

Ik knoop mijn blouse dicht, open mijn laptop en laad YouTube.

Evening with Kacie heeft de show van gisteravond al gepost en als ik de vier miljoen views zie die het van de ene op de andere dag heeft verzameld, lopen de rillingen over mijn rug.

In paniek ga ik door de opmerkingen onder de video. Hoewel een paar trollen wat gore opmerkingen over mijn uiterlijk hebben gemaakt, zijn de meeste mensen ondersteboven van mijn optreden. De opmerkingen lopen uiteen van 'het helderziende meisje was ongelooflijk,' tot 'wat een geweldige goochelshow,' tot 'ze heeft gewoon geluk gehad' — en een heleboel dingen in het Spaans.

Mijn blote voeten zijn koud, dus ik stop ze onder mijn kont terwijl ik de video vooruitspoel.

"Overdag werkt Sasha voor de beruchte Nero Gorin voor zijn beleggingsfonds," zegt Kacie op het scherm voordat ze op het verhaal ingaat over mijn optreden in het restaurant.

Nero, mijn baas bij mijn vaste baan, is misschien boos over het 'beruchte' stukje, maar het management van het restaurant zal enthousiast zijn over de reclame op tv.

Met een kritische blik zie ik mezelf het effect van de hartenvrouw uitvoeren, gevolgd door de voorspelling van de krantenkop. Het is verbazingwekkend hoe kalm ik er in deze video uitzie, gezien het feit hoe erg ik in paniek was geraakt. Komt het door Ariëls Valium of door al dat harde werk dat ik in de repetities heb gestoken?

Na de voorspelling van de krantenkop kom ik, niet verwonderlijk, niet meer in beeld. In plaats daarvan neemt een verslaggever genaamd Juan de berichtgeving over de Mexicaanse aardbeving over. Hij noemt me een helderziende en beweert dat ik de Mexicaanse autoriteiten voor de aardbeving heb gewaarschuwd — wat niet verder van de waarheid kan zijn en wat waarschijnlijk achter een aantal van de commentaren op YouTube in het Spaans zit.

De BS die Juan zegt, klinkt echter bekend. Het is wat Darian had gezegd, in wat ik had gehoopt het droomgedeelte van de gebeurtenissen van gisteravond was geweest — het deel dat nog steeds wazig is.

Als het geen droom was, kan iets anders dan de dingen verklaren die ik vannacht heb gezien?

Het was ermee begonnen dat ik aangename gewaarwordingen had en daarna flauwviel, wat, als het echt is gebeurd, zou kunnen worden verklaard door een hersenprobleem, zoals een beroerte.

Ik bijt op mijn lip, Google 'beroertes' en 'genot' en vind niet veel resultaten. Toch denk ik dat het geen kwaad kan om proactief te zijn, dus ik navigeer naar de website van het NYU-ziekenhuis en vraag een afspraak met mijn arts aan. Als er iets mis is met mijn hersenen, dan wil ik dat zo snel mogelijk na laten kijken. Aan de andere kant, als het probleem een psychose is, dan kan mijn huisarts me waarschijnlijk ook naar de juiste specialist doorverwijzen.

Als ik aan dokters denk, krijg ik een idee van wat de mistigheid en vreemde herinneringen van gisteravond nog meer zou kunnen verklaren.

Valium.

Die verklaring zou oneindig veel beter zijn dan een beroerte of gek worden.

Ik typ gretig enkele gerelateerde zoektermen in, in de hoop bevestiging te krijgen.

Wanneer de resultaten van mijn zoekopdracht verschijnen, ben ik zowel opgelucht als doodsbang. De bijwerkingen van het medicijn omvatten inderdaad hallucinaties, psychosen, wanen en nachtmerries — en natuurlijk moest ik weer al het bovenstaande krijgen. Bij verdere studie leer ik ook iets waar Ariël me voor had moeten waarschuwen: je zou met benzodiazepinen zoals Valium grapefruit moeten vermijden. Blijkbaar blokkeert grapefruit een enzym genaamd CYP3A4, waardoor zowel de niveaus van het medicijn in het bloed als de ernst van de bijbehorende bijwerkingen toenemen. En het engste is dat je de medicatie helemaal niet met alcohol mag mengen, omdat dit de gevaarlijkste effecten van beide stoffen versterkt.

Ik had de Zeebries die Darian me aanbood zeker af moeten wijzen.

Als ik het verleden op magische wijze zou kunnen herschrijven, dan had ik nooit in de verleiding gekomen om Valium te nemen. Het maakt niet uit hoe graag ik een tv-goochelaar wil zijn, het gebruik van een medicijn dat mijn neurotransmitters aantast, is niet de manier om het te doen. Het lijkt erop dat ik een grote meid moet worden en mijn stomme angst voor het spreken in het openbaar moet overwinnen. Op de een of andere manier.

En ik moet ook een manier bedenken om Ariël van dit gif af te krijgen, dit kan een project voor de langere termijn zijn. Toen ze in het Midden-Oosten diende, had mijn huisgenoot dingen gezien waar ze nooit over praat. Hoewel ik geen psychiater ben, vermoed ik dat ze PTSS heeft — iets wat ze heftig ontkent. Ze beweert dat haar angstaanvallen door de stress van haar medische opleiding worden veroorzaakt en niets met het leger te maken hebben.

Aangezien ik al op de computer zit, dien ik wat voorspellingen in bij het Good Judgment Project. Ik had er in een van mijn favoriete niet-magische boeken, *Superforecasting*, voor het eerst over gehoord. De verklaarde missie van het project is 'het benutten van de wijsheid van de menigte om wereldgebeurtenissen te voorspellen.'

Het idee hier verschilt niet veel van wat ik voor mijn dagelijkse werk doe, behalve dat deze voorspellingen echt iets goeds in de wereld kunnen brengen, in plaats van alleen mijn baas en zijn obsceen rijke klanten rijker te maken. Alle deelnemende voorspellers lezen openbaar beschikbare informatie en maken gefundeerde gissingen over een toekomstige gebeurtenis, zoals wie een verkiezing zal winnen, of dat een of ander land tegen die en die datum kernwapens zal ontwikkelen. Ik ben een van de beste voorspellers in dit project en ik ben er net zo goed in als in het voorspellen van de markt voor Nero. De topvoorspellers in dit project zijn naar verluid '30% beter dan inlichtingenofficieren die toegang tot daadwerkelijke geheime informatie hebben.'

Als New Yorker die in de buurt van de plek woont waar ooit de Twin Towers hebben gestaan, vind ik dat kleine feitje erg eng.

Ik realiseer me dat ik door het internet op een zijspoor raak en mijn ontbijttijd voor dingen gebruik die ik vanaf mijn bureau op het werk kan doen. Ik sluit de laptop en mijn maag begint bij het idee van eten te rommelen. Ik heb gisteravond voordat ik me liet opmaken in het toilet van de studio het kleine diner dat ik kon verdragen er weer uitgegooid.

Maar eerst moet ik mijn favoriete schepsel ter wereld voeren: mijn huisdier, een chinchilla met de naam Fluffster.

Het is eigenlijk verrassend dat hij me niet heeft begroet toen ik wakker werd. Misschien is hij boos dat ik zondagavond niet met hem heb doorgebracht. Aan de andere kant zou hij verstoppertje kunnen spelen.

Ik ga van het laatste uit en kijk om me heen. Mijn kamer is voor New York redelijk groot, wat betekent dat een schepsel van dertig centimeter lang (zonder de pluizige staart) met een gewicht van een halve kilo kan hopen om zich hier te verstoppen, in ieder geval voor eventjes.

Een poster van Houdini kijkt me aan met ogen die geen hoge pet op hebben van mensen die verstoppertje met hun huisdier spelen, vooral als dat huisdier een soort knaagdier is.

Ik loop naar de boekenplank om te kijken of Fluffster zich op dezelfde plek verstopt als de vorige keer en haal er een boek uit — *Bobo Moderne Magie met Munten*. Maar het enige teken van mijn chinchilla is de hoek die hij er die dag uit verveling vanaf heeft gekauwd.

Ik kijk achter Corinda's *13 stappen naar mentalisme*, gevolgd door *Erdnase's expert aan de kaarttafel*, met hetzelfde gebrek aan resultaten.

Vervolgens kijk ik achter mijn toetsenbordplantengrap aangezien Fluffster er af en toe van heeft gegeten, maar daar is geen chinchilla te vinden.

De toetsenbordplant is een project waar ik me op aan het voorbereiden ben voor als mijn huisgenoot Felix op vakantie gaat. Hij gebruikt een fraai mechanisch toetsenbord voor zijn codering, dus ik heb op eBay een kapotte versie van hetzelfde toetsenbord gekocht en ik heb vervolgens chiazaadjes in de openingen tussen de toetsen geplant. Sinds het gras is gegroeid, stel ik me de blik op het gezicht van Felix voor als hij van die toekomstige vakantie terugkomt en hij zijn toetsenbord op zijn bureau ziet staan waar zich groen uit ontspruit.

Uit de keuken komt de geur van koffie en pannenkoeken en mijn maag maakt weer een salto.

"Fluffster, lieverd, ik heb te veel honger om spelletjes te spelen," zeg ik smekend. "Als je nu tevoorschijn komt, dan zal ik je drie rozijnen geven."

De chinchilla komt niet tevoorschijn, hoewel ik een opgewonden getjilp onder mijn bed vandaan hoor komen.

Ik reik naar de bovenkant van de boekenplank en pak een klein plastic huisje gevuld met wit poeder.

"Ik ga dit stofbad hier maar neerzetten," zeg ik en plaats het favoriete voorwerp van elke chinchilla aan het voeteneinde van het bed. "Het zal er maar gedurende vijf tellen staan. Eén."

Fluffster houdt zo veel van zijn stofbad dat je zou denken dat het met cocaïne gevuld is (en zo ziet het eruit) en niet met fijn puimsteen (wat het is).

Er komt een groot oor onder het bed vandaan en daarna snorharen. Dan torpedeert de rest van Fluffster het stofbadhuis in en hij begint in het witte poeder te rollen met bewegingen die zo fijntjes en schattig zijn als voor een chinchilla maar mogelijk is.

Oorspronkelijk afkomstig uit de hooggelegen gebieden van het Andesgebergte, zien chinchilla's eruit als konijnen die met eekhoorns en kangoeroes gekruist zijn, maar ze zijn luchtiger dan ze allemaal samen. Het enige wezen met een dichtere vacht is een zeeotter, maar op het gebied van schattigheid verslaan chinchilla's de otters. Naar mijn (mogelijk bevooroordeelde) mening zijn ze ook schattiger dan kittens, puppy's, een jonge Leonardo DiCaprio en baby's. Het aanraken van een chinchilla is een bijna spirituele ervaring, omdat hun vacht zachter is dan wolken — een eigenschap wat ze soms hun leven kost, aangezien types zoals Cruella de Vil er dure jassen van maken.

Na een minuut springt Fluffsters neus uit zijn stofbadhuis en lijkt zijn gezichtsuitdrukking te zeggen, "Ik heb iets gehoord over rozijnen."

"Je kwam niet tevoorschijn toen ik het zei, dus je krijgt er maar twee en *alleen* als je belooft je pellets en wat hooi op te eten," zeg ik streng. "Slijp ook je tanden op dat krijt dat ik voor je heb gehaald."

Fluffster stapt uit het bad, rent naar zijn kom en staart er demonstratief naar, klaar voor zijn pellets.

Ik weet dat eigenaren van gezelschapsdieren hun pluizige kinderen altijd vermenselijken en denken dat hun dieren de slimste ooit zijn, maar in mijn geval moet het waar zijn. Fluffster is een geniale chinchilla, slimmer dan welke hond dan ook — en sommige mensen — die ik heb ontmoet. Hij is zindelijk en hij begrijpt minstens een paar duizend woorden. Hij weet dat hij zichzelf niet in het toilet moet verdrinken (nat worden kan dankzij die superdikke vacht schimmel veroorzaken), niet op elektriciteitsdraden moet kauwen (tenminste, nu doet hij dat niet meer), niet zonder mijn toezicht het appartement te verlaten (een ontmoeting met een kat in de gang heeft hem dat geleerd) en hij weet dat hij uit de buurt van een rat uit New York City moet blijven, mocht er ooit nog een ons appartement binnenvallen. Hij heeft geprobeerd om de eerste die hij had ontmoet te berijden en laten we zeggen dat ratten uit NYC volgens gevangenisregels leven.

Als Fluffster verzadigd is, loop ik naar de keuken.

Ariël zit aan de tafel in haar vervaagde Batman-t-shirt. Ze is duidelijk net wakker geworden, maar toch ziet ze er geweldig uit. Ik ben niet te trots om enige jaloezie toe te geven, vooral niet over Ariëls onwankelbare vertrouwen in haar uiterlijk. Toen ik een tiener was, was ik een puinhoop van tegenstrijdige onzekerheden, het ging van, "Oh nee, waar zijn mijn borsten?" rechtstreeks naar, "Oh nee, iedereen staart naar mijn nieuwe borsten." Ariël lijkt daarentegen altijd goed in haar vel te hebben gezeten. Welk kostuum ze voor Halloween ook draagt, er komt onvermijdelijk een 'sexy' voorvoegsel voor te staan, zelfs het jaar dat ze een broodrooster was.

We hebben elkaar als laboratoriumpartners in biologie op de universiteit ontmoet. Ze studeerde als eerste af en ze vond Felix op Craigslist (hopelijk onder huisvesting>kamers/gedeeld en niet contactadvertenties>wild & feesten). Het was de grootste vondst ooit: niet alleen worden we elke ochtend gevoed, maar we zijn nu alle drie goede vrienden.

Felix staat bij het fornuis te prutsen en legt de laatste hand aan de pannenkoeken. Hij is een kop groter dan Ariël, maar heeft ongeveer hetzelfde gewicht. Vanaf de achterkant ziet hij eruit als een 'voor'-afbeelding voor reclames van een sportschool.

"*The Matrix* is een betere film dan *Batman Begins*," zegt hij over zijn schouder tegen Ariël, een oud argument van hen herhalend. "Hij heeft een 73 op Metacritic, terwijl *Batman Begins* een 70 heeft, en hij heeft op IMDb en Rotten Tomatoes een hogere waardering."

"Die scores zijn opgeblazen, omdat mensen die online films beoordelen, eerder de voorkeur aan *The Matrix* geven." Ariël trekt haar haren in een paardenstaart en zet het met een scrunchie vast. "Kun je het er op zijn minst mee eens zijn dat de regie en het acteerwerk in *Batman Begins* beter waren? Het was het meesterwerk van Christopher Nolan en het beste acteerwerk uit de carrière van Christian Bale."

"Morgen," zeg ik vanuit de deuropening. Ik wil Ariël naar gisteravond vragen, maar ik weet niet zeker hoe ik het moet aanpakken, dus zeg ik in plaats daarvan, "Mag ik dit filmische debat voor eens en altijd voor jullie oplossen?"

"Daar ben je," zegt Felix zonder zich om te draaien. "Ik heb speciaal voor jou pannenkoeken met bananen gemaakt."

Ik loop naar de koelkast en pak een pak

sinaasappelsap. Als ik naar Felix zijn rug kijk, zeg ik, "De beste film die ooit is gemaakt is eigenlijk *The Illusionist* — en het kan me niet schelen wat de scores daarover te zeggen hebben." Ik kijk Ariël uitdagend aan. "En het *echte* meesterwerk van Christopher Nolan was *The Prestige*, waar ik ook het *echte* beste acteerwerk in de carrière van Christian Bale heb gezien."

"Je bent op die films gefixeerd, omdat er toneelgoochelaars in zitten." Ariël schudt ontkennend haar hoofd als ik haar sinaasappelsap aanbied.

"Dat is hetzelfde als zeggen dat Felix van *The Matrix* houdt omdat hij, net als Neo in de film, een programmeur/hacker is." Ik schenk voor mezelf een glas sap in en plof in een keukenstoel.

"Precies." Ariël straalt naar me. "Mijn Batman-verslaving is daarentegen puur."

"Als Ben Affleck, George Clooney, Val Kilmer en Michael Keaton begeren puur kan worden genoemd." Ik nip van mijn sap en de stroom koude suikercalorieën raakt de pleziercentra van mijn hersenen.

"Vergeet de oudere versies met Adam West, Robert Lowrey en Lewis G Wilson niet," zegt Felix. "Bovendien begeert ze ook elke Robin en misschien zelfs enkele van de schurken."

"Wat voor slet maak je van mij?" zegt Ariël met schijnverschrikking. "Ik begeer George Clooney niet — zelfs *ik* hield niet van *Batman en Robin*."

"Zelfs als we films met goochelaars uitsluiten, zou Sasha's mening over films niet mee moeten tellen."

Felix draait de pan met pannenkoeken om op een groot bord. "Ze voorziet altijd alle plotwendingen, dus ze kan er niet op hetzelfde niveau van genieten als alle anderen."

"Ik ben hier hoor, je hoeft niet in de derde persoon over me te praten," werp ik tegen. Wat hij zegt, is eigenlijk wel een beetje waar. Ik geef de voorkeur aan documentaires en non-fictieboeken, want als een verhaal een onverwachte wending heeft, wat veel van fictie heeft, dan zie ik het meestal aankomen. Verdedigend voeg ik eraan toe, "De meeste mensen die veel hebben gelezen en gezien, kunnen voorspellen wat er in een film gaat gebeuren, je zou zulke wijze meningen zelfs moeten waarderen, niet afwijzen."

"Wijs. Tuurlijk." Felix pakt het grote bord en loopt naar de tafel.

De ouders van Felix zijn vanuit de Sovjet-Unie naar de Verenigde Staten verhuisd, net op het moment dat het instortte. Hun thuisland Oezbekistan is, zoals zijn vader met zijn zware accent zegt, 'een land dat rijk is aan veel etniciteiten'. Het gezicht van Felix is een wiskundig gemiddelde van al die etniciteiten. Hij heeft Slavische jukbeenderen, Ariëls gebruinde uiterlijk zonder ooit in de zon te zijn geweest, een zwarte doorlopende wenkbrauw en — en dat heeft niets met zijn afkomst te maken — een bizar lange ringvinger. Hij ziet er als hij fronst (wat hij zelden doet) vaag Midden-Oosters uit en Aziatisch als hij lacht (wat hij veel doet, ook nu).

"Je bent de beste huisgenoot ooit," zeg ik als Felix

een paar bananenpannenkoeken op mijn bord legt. "Ontzettend bedankt."

Felix knikt en ik val de eerste pannenkoek aan met de felheid die Fluffster op rozijnen ontketent.

"Hoe voel je je vandaag?" vraagt Ariël voorzichtig terwijl ze haar vork neerlegt. "Je hebt blijkbaar een veelbewogen avond gehad."

Ik knik, dankbaar dat ze het zelf ter sprake brengt. "Ja, daarover gesproken... De dingen zijn in mijn hoofd een beetje wazig." Nadenkend over wat ik nu moet zeggen, bedek ik mijn pannenkoeken met een dikke laag van de wonderhoning die de grootouders van Felix regelmatig vanuit Oezbekistan naar hem opsturen. "Heeft een bewaker me gisteravond naar huis begeleid? Ik denk dat je de deur hebt geopend, maar —"

"Ja, je bent met een begeleider thuisgekomen." Ariël pakt haar vork.

Bij het noemen van een man fronst Felix zijn wenkbrauwen, waardoor ik me weer afvraag of zijn gevoelens voor mij net zo platonisch zijn als de mijne voor hem.

"Beloof me dat je die vent in de toekomst mijdt," zegt Ariël terwijl ze driftig in een pannenkoek steekt en Felix knikt bijna onmerkbaar.

"Dat zou niet moeilijk moeten zijn, aangezien ik geen idee heb wie hij is. Zijn voornaam was volgens mij iets van Gaius, maar dat is alles wat ik —"

"Heeft hij iets tegen je gezegd of bij je gedaan?" Ariëls donkere ogen kijken me bezorgd aan.

"Ik denk het niet, maar ik weet het niet zeker meer."

Ik slik een klein stukje met honing overladen pannenkoek door als er opluchting op Ariëls gezicht verschijnt. "Je Valium heeft me enorm onderuit geschopt. Ik had dankzij dat gif hallucinaties en nachtmerries. Ik denk dat je het onder geen enkele omstandigheid meer moet nemen."

Ze fronst haar wenkbrauwen en propt haar mond vol met een hele pannenkoek — waarschijnlijk haar manier om niet op mijn pleidooi te reageren.

"Je zou voor je angst paddo's moeten proberen," zegt Felix met volle mond tegen haar.

"Geweldig idee," zeg ik sarcastisch. "Psilocybine zal een uitstekende vervanging voor Valium zijn. Op die manier zie je dingen bewust in plaats van per ongeluk."

"Er zijn studies die paddenstoelen als een behandeling voor PTSS hebben onderzocht," zegt Felix. Als hij Ariëls frons nog dieper ziet worden bij het benoemen van de aandoening die ze ontkent te hebben, voegt hij er haastig aan toe, "Het is ook nuttig voor veel andere dingen en in tegenstelling tot Valium zijn paddenstoelen iets natuurlijks."

"Uranium is ook iets natuurlijks," antwoord ik. Tegen Ariël zeg ik, "Totdat de FDA iets als medicijn goedkeurt, zou ik het vermijden, vooral als het door dokter Felix wordt aanbevolen."

Ze verschuift op haar stoel. "Ik ben eerlijk gezegd een aantal alternatieve behandelingen aan het proberen. Ik heb volgende week een afspraak voor Reiki."

Felix trapt me onder de tafel met zijn voet, maar ik

heb zijn herinnering niet nodig om stil te blijven. Hoewel ik zeer sceptisch tegenover Reiki's uitgangspunt voor massage zonder aanraking sta, houd ik mijn mening voor mezelf. Als student geneeskunde weet Ariël alles van gecontroleerde studies, dus wie ben ik om zo'n veilige placebo weg te nemen? Laat iemand met zijn handen om haar lichaam zwaaien als dat betekent dat ze geen extra Valium neemt.

"Dat is een geweldig idee." Felix staat op, pakt een koffiepot en zet die midden op tafel. "Paddo's kunnen je een slechte trip bezorgen, maar dat is hierbij niet het geval."

"Je optreden was trouwens geweldig," zegt Ariël tegen me in een duidelijke poging om van onderwerp te veranderen. "Betekent dat dat je de tv-show krijgt die je zo graag wilt?"

Ik grijns. "Nog niet, maar het is een goed begin."

Ariël zucht. "Ik snap nog steeds niet waarom je zo graag tv-goochelaar wilt worden. Je bent geweldig in magie, begrijp me niet verkeerd, maar je hebt zo'n veelbelovende carrière in de financiële wereld en daar ben je net zo goed in."

Een deel van mijn opwinding verdwijnt. Om wat voor reden dan ook, steunt geen van mijn huisgenoten mijn ambities voor een tv-carrière. Ze zijn er niet zo duidelijk over als mijn moeder, maar ik heb altijd elke keer als ik het erover heb een beroemde goochelaar te willen worden, een subtiele ondertoon van afkeuring van hen opgevangen. Ik snap het niet, want het zijn mijn beste vrienden, maar zo is het altijd geweest. Als een van hen op tv te zien was geweest zoals ik gisteravond, dan zou dat het eerste zijn geweest waar ik ze naar had gevraagd, maar ze doen alsof het gewoon een normale ochtend is, bijna alsof ze willen vergeten dat de grootste doorbraak van mijn carrière als artiest gisteravond plaats heeft gevonden.

"Je weet dat ik er een hekel aan heb om voor Nero te werken," zeg ik tegen Ariël en realiseer me dat mijn telefoon nog aan de oplader in mijn kamer ligt. Alsof het zat te wachten tot ik het me zou herinneren, gaat hij precies op dat moment over. Ik onderdruk de instinctieve drang om erheen te rennen en het op te nemen en zwaai met mijn hand naar mijn slaapkamer. "Zie je? Het is niet genoeg dat ik om zeven uur 's ochtends op mijn werk moet zijn. Ze bellen me nu al — en iemand heeft me zelfs gisteravond, op een zondag, gebeld."

"Maar dat komt gewoon omdat je baas een klootzak is," zegt Felix. Hij kent Nero persoonlijk, hij heeft een paar keer als freelancer voor ons fonds gewerkt. "Wat Ariël bedoelt is, waarom zoek je niet gewoon een andere baan, bij een bank of een ander fonds?"

Ik trek een gezicht. "Door in de financiële wereld te werken, voel ik me een radertje in een machine die totaal nutteloos is voor de menselijke samenleving." Ik schenk voor mezelf een kop koffie in en schep er wat suiker in. "Als ik optreed, dan heb ik het gevoel dat ik het leven van mensen beter maak, ook al is het op een kleine manier."

"Dus? Dat zou je kunnen doen zonder op tv te zijn."
Felix blaast op zijn koffie. "Je hebt je restaurant en —"

"Laat me je een vraag stellen," zeg ik. "Noem zo snel
mogelijk een paar tv-goochelaars voor me op."

"David Blaine. Copperfield." zegt Felix zonder te
aarzelen. Hij wrijft over zijn kin met kuiltjes en voegt
eraan toe, "Ook die twee Duitse kerels met de witte
tijgers, die Britse jongen waar je me over hebt verteld,
plus je favoriet, Criss Angel."

"Zie je wel? Je hebt geen enkele vrouw genoemd.
Als je de term 'beroemde goochelaars' in Google typt,
dan krijg je een lange lijst met namen en foto's, maar
geen van hen zal een vrouw zijn."

Ariël zucht weer. "Dus je wilt de eerste beroemde
vrouwelijke goochelaar zijn."

"Ik zou niet bepaald de eerste zijn." Ik nip van mijn
koffie. "Er zijn al enkele semi-beroemde vrouwelijke
goochelaars, maar ik wil de eerste zijn die een begrip
wordt, zoals de jongens die Felix net heeft opgenoemd.
Ik wil meer meisjes inspireren om in magie te gaan. Het
is gek dat in deze tijd een vrouw president kan worden
en bedrijven kan leiden, maar geen enkele is een grote
naam in de magie geworden. Het gaat in ieder geval
niet alleen om mijn ego. Ik ben dol op de uitdrukking
van ontzag op de gezichten van mensen, en —"

"En het is een manier voor haar om haar
onophoudelijke verlangen naar oplichterij en grappen
veilig te kanaliseren." Felix grinnikt. "Sasha en magie is
een match made in heaven."

"Ik snap dat allemaal, denk ik." Ariël gebruikt haar botermes om nog een pannenkoek te snijden. "Het is alleen zo dat als ik de markt zou kunnen verslaan zoals zij dat kan, ik in een oogwenk in de financiële wereld zou werken."

"Niemand kan de markt verslaan," zeg ik. "Iedereen die de markt lijkt te verslaan, heeft gewoon geluk, ik ook. Weet je hoe eng het is om een baan te hebben waar je altijd verwacht dat je geluk opraakt?"

"Ik denk dat het in jouw geval geen geluk is," zeggen Ariël en Felix allebei, bijna in koor.

Ze kijken elkaar aan en lachen.

Felix gebaart dat Ariël verder moet gaan met spreken, dus zegt ze, "Trouwens, hoe wist je van de aardbeving in Mexico? Heb je de Mexicaanse regering er echt voor gewaarschuwd?"

"Ik denk dat ik weet hoe ze het heeft gedaan," zegt Felix.

"En je gaat niets zeggen." Ik zwaai in een schijndreiging met mijn botermes naar hem.

Het is eigenlijk griezelig hoe goed Felix is in het raden van de methoden achter mijn effecten. Hij beweert dat hij dat kan omdat hij als programmeur heel logisch is, maar ik denk dat hij in het geheim naar de twaalfjarigen kijkt die de magische methodologie op YouTube blootleggen, zodat hij af en toe voor ons kan pronken.

"Maar ik wil het echt weten." Ariël pruilt en maakt puppyogen waardoor elke mannelijke goochelaar ter plekke toe zou geven. "Je moet me vertellen hoe je je trucs doet."

"Trucs zijn wat hoeren doen," zeg ik voor de tiende keer. "Ik voer effecten uit."

"Goed dan." Ariël rolt met haar ogen. "Kun je dan wat 'effecten' uitleggen?"

Ik stop het laatste stuk van de pannenkoek in mijn mond en twijfel of ik het effect wil doen dat ik voor deze gelegenheid heb voorbereid.

"Ik zal een deal met je maken." Ik sta op. "Ik zal je iets laten zien en als je raadt hoe ik het doe, dan zal ik het toegeven."

"En ik dan?" vraagt Felix. "Mag ik ook raden?"

"Nee." Ik zet mijn bord in de vaatwasser. "Alleen Ariël."

"Dan moet ik maar raden hoe je je tv-voorspelling hebt gedaan." Felix veegt zijn handen aan zijn joggingbroek af. "En ik zal mijn gok in het bijzijn van Ariël doen."

"Dat is chantage." Ik spoel mijn eigen handen af in de gootsteen en veeg ze demonstratief met keukenpapier af. "Maar goed. Als Felix raadt hoe het moet, zal ik het ook toegeven. Maar je moet het bij de eerste gok meteen goed hebben. Als je ook maar één detail fout hebt, dan gaat de deal niet door."

"Dit is zo spannend." Ariël schuift de rest van het eten in haar mond en kauwt snel.

"Ik ga mijn kaarten uit mijn kamer halen," zeg ik terwijl ik de keuken uitloop. "Felix, kun je alsjeblieft de tafel afruimen? Ariël, kun je je M9-mes pakken?"

"Ooh, een truc met mijn mes." Ariël springt overeind. "Ik bedoel, een effect."

In mijn kamer pak ik mijn telefoon en wat ik voor de demonstratie nodig heb en ga terug naar de keuken.

Ik geef Felix een pak kaarten en beveel "Schud ze".

Hij schudt gedachteloos het dek in bovenhandse stijl.

"Ik heb het," zegt Ariël, terwijl ze in de keuken terugkomt. Ze laat het grote zakmes zien alsof ze het op tv wil verkopen. "Vertel me alsjeblieft dat tijdens de truc Felix neergestoken wordt. Of wat dacht je ervan als ik hem in zijn hand steek en dat jij de wond dan laat verdwijnen?"

"Ik zal een methode moeten bedenken om dat te doen." Wat Ariël net suggereerde zou inderdaad een geweldig effect zijn, misschien zelfs beter dan degene die ik ga laten zien. Ik schuif het idee opzij voor later en zeg, "Dit zal iets te maken hebben met de kaarten die Felix in zijn voorlopig intacte handen heeft. Zoals Hofzinser, een van de grote goochelaars van de negentiende eeuw, ooit zei, "Kaarten zijn de poëzie van magie.'"

Felix schudt verder en we kijken hem allebei streng aan, Ariël begint met haar ogen te rollen.

"Geef Ariël even de kans om ze te schudden," zeg ik als het duidelijk is dat hij tot de lunch zou blijven schudden als hij kon.

Felix geeft Ariël met tegenzin het kaartspel en ze legt het mes op tafel zodat ze de kaarten op een manier kan schudden die ze van een ex in het leger heeft geleerd.

"Nu." Ik draai mijn rug naar haar toe zodat Felix me niet kan beschuldigen van het lezen van geheime tekens op de kaarten of reflecties in haar ogen. "Kies er één."

Vanuit mijn ooghoek zie ik de borstelige doorlopende wenkbrauw van Felix omhoogkomen. Hij weet dat dit selectieproces veel eerlijker is dan wanneer ik de kaarten in mijn eigen handen zou houden, zoals andere goochelaars gewoonlijk doen.

"Ik heb er een," zegt Ariël opgewonden.

"Zet het in je geheugen." Ik betrap mezelf erop dat ik naar het mes wil grijpen, maar ik stop net op tijd, omdat ik niet wil dat Felix me van knoeien met het wapen gaat beschuldigen.

"Onthouden," zegt ze.

"Leg het terug in het dek en schud opnieuw," zeg ik zonder me om te draaien. "Zelfs jij zou niet moeten weten waar het zit."

Ik hoor het geluid van Ariël die schudt voordat ze "Oké," zegt.

Ik draai me om en wijs naar het midden van de tafel. "Leg het dek daar."

Ariël legt het neer.

"Pak nu het mes," zeg ik heerszuchtig.

Ariël kijkt naar Felix en fluistert, "Dat meent ze niet." Ze pakt het mes en staart me aan, al ontzag in haar blik.

"Steek in het dek." Ik boots de beweging na die door

slasherfilms beroemd is geworden. "Gebruik al je kracht. Laat het mes zoveel mogelijk kaarten doorsnijden."

Met een standvastige hand, maar ogen die glinsteren van opwinding, heft Ariël haar arm op en ze laat het mes zo hard op het dek neerkomen dat de tafel bijna omvalt.

Haar lange wimpers knipperen van verbazing door haar vakwerk.

Het mes is tot ongeveer halverwege het dek doorgedrongen.

Ze fronst en kijkt naar het mes dat nog in haar hand zit. "Ik had gedacht dat ik het hele ding zou doorboren en de tafel zou verpesten."

"Zelfs *jij* hebt daar niet genoeg kracht voor." Ik twijfel of ik ze over het onderzoek moet vertellen dat ik naar dit onderwerp heb gedaan, zoals het feit dat je een kogel van 9 millimeter met iets minder dan tien kaarten kan bedekken, maar ik beslis om het niet te doen en zeg in plaats daarvan, "Haal alsjeblieft het mes eruit."

Dat doet ze.

"Zoek de eerste kaart van boven die geen messteek heeft en leg hem hier, met de afbeelding naar beneden." Ik gebaar nonchalant naar dezelfde plek waar het dek had gelegen — het midden van de tafel.

Ariël waaiert de kaarten in haar handen uit, zoekt de kaart in kwestie en legt deze op tafel.

Zonder een woord te zeggen, steek ik mijn hand uit en ze legt de rest van de stapel erin.

"Welke kaart heb je onthouden?" Instinctief leg ik het kaartspel dat ik nu in mijn handen heb recht.

"De harten zeven." Ariëls ogen boren een gat in de kaart op tafel.

"Draai die kaart om, alsjeblieft," zeg ik, terwijl mijn spieren zich in afwachting aanspannen.

Zowel Felix als Ariël buigen zich over de tafel en Ariël doet wat ik vraag terwijl ik van hun afleiding gebruik maak.

Wanneer de kaart op tafel als de harten zeven wordt onthuld, gilt Ariël als een tienermeisje bij een Justin Bieber-concert.

"En natuurlijk" — ik spreid de stapel open over de tafel — "heb je hier in ongeveer twintig kaarten gestoken. Als het een kaart meer of een minder was geweest, dan had dit niet gewerkt."

Ariël staart naar de voorkant van de kaarten en schudt langzaam haar hoofd.

"Ik weet hoe je dat hebt gedaan," zegt Felix als Ariël rustiger is. "Het kaartspel dat Ariël in haar handen had, bestond uit tweeënvijftig exemplaren van de harten zeven."

Ik pak een glas water en neem langzaam een slok, op deze manier zal het niet duidelijk zijn als ik geen commentaar geef op wat Felix zegt.

"Ze liggen daar en ze zijn allemaal anders," zegt Ariël, naar de kaarten op tafel wijzend. "In de helft is gestoken en de andere helft is nog heel."

"Ze is van dek gewisseld," zegt hij. "Toen we door de kaart op tafel werden afgeleid, wed ik dat ze het ene kaartspel in haar zak heeft gestoken en er een andere uit heeft gehaald."

Ik neem nog een slok.

"Maar de gestoken kaarten —"

"Vooraf gestoken voordat de truc begon." Felix probeert mijn eerdere stekende beweging te herhalen, maar het ziet eruit als masturbatie in de lucht. "Ze moet hebben geschat hoeveel je zou kunnen doorboren, of ze heeft het aan een of andere gespierde man in de sportschool gevraagd om het voor haar te doen om je enorme kracht na te bootsen."

Ariël pakt haar mes en steekt het in het gat van een van de kaarten op tafel. De kaart en het mes passen perfect.

"Ze moet je kamer zijn binnengeslopen en je M9-mes hebben geleend," zegt Felix preventief. "Vergeet niet dat ze niet heeft gezegd, 'Neem een mes mee.' Ze heeft je specifiek om dat mes gevraagd."

Ik neem een grotere slok.

"Heeft hij gelijk?" Ariël lijkt al teleurgesteld te zijn — een belangrijke reden waarom de methodologie van effecten *altijd* geheim moet blijven.

Ik wijs naar het water in mijn mond en haal mijn schouders op.

"Als je het niet zo hebt gedaan, laat dan een van ons aan je zakken voelen?" zegt Felix, terwijl zijn wangen rood worden — waarschijnlijk bij de gedachte om aan me te voelen.

Ariël krabt aan haar hoofd. "Heb je voor de truc echt al die moeite gedaan?"

Ik neem nog een kleinere — en hopelijk vrijblijvende — slok water en verzet me ertegen om haar te berispen, omdat ze weer het 't'-woord heeft gebruikt.

"Ik denk dat je deze vrijdag maar beter met me kunt gaan stappen," zegt Ariël grinnikend. "Je moet dringend seks hebben."

Een luid gesnuif probeert uit mijn mond te ontsnappen, maar het zorgt er alleen maar voor dat het grootste deel van het resterende water eruit spuit, hoewel een deel pijnlijk in mijn neus terechtkomt.

Ik begin om mijn eigen reactie te hoesten en te lachen, maar ook om de bietrode uitdrukking op het gezicht van Felix. Ik had het niet voor mogelijk gehouden, maar hij is zo'n vijftig tinten roder dan eerst. Mijn theorie is dat hij er alleen maar aan dacht om me met het probleem van 'seks' te helpen, maar als hij dat deed, dan weet ik niet waarom zijn bloed de verkeerde kant op is gestroomd.

Als ik me halfnormaal voel, staar ik Ariël met samengeknepen ogen aan die proberen te zeggen, "Er is plagen en er is over mijn niet-bestaande seksleven praten waar Felix bij is. Niet cool."

Ze kijkt me alleen maar met op en neergaande wenkbrauwen aan en ik weet dat ze wil antwoorden, "Je bent gewoon chagrijnig omdat je al twee jaar niets hebt gehad."

En het is waar. De laatste keer dat ik seks heb gehad, was met mijn ex-vriend van de universiteit en het lijkt zo lang geleden dat ik me soms zorgen maak dat de dingen daar beneden dicht groeien. Het is duidelijk dat het een grote fout was om dit feitje met Ariël te delen en niet alleen omdat seks zo gemakkelijk voor haar is dat ze mijn problemen niet kan begrijpen. Ik wed dat ze alleen maar haar wijsvinger naar elke man hoeft te wijzen, hoe heet hij ook is.

Ik zie uit deze situatie geen waardige uitweg, ik reik in mijn zak en haal mijn telefoon eruit. "Oh nee," zeg ik terwijl ik demonstratief naar het scherm kijk. "Iemand van het werk doet wanhopig zijn best om me te bereiken."

Helaas vertel ik de waarheid. In mijn telefoon staat een bericht van Nero Gorin zelf — en hij neemt bijna nooit thuis rechtstreeks contact met me op, aangezien hij zijn assistenten het vuile werk laat doen.

Bel me NU, zegt het bericht.

"Dus, heeft ze die tv-voorspelling ook verwisseld?" vraagt Ariël aan de nog blozende Felix en haar woorden bereiken me als van een afstand.

Ik negeer haar, mijn hartslag versnelt terwijl ik het recordaantal gemiste oproepen en berichtjes bekijk. Er moet iets groots aan de hand zijn op kantoor en ik zit waarschijnlijk in de problemen.

Vaag registreer ik Felix die zegt, "Ze heeft de envelop niet aangeraakt. Kacie heeft het geopend," terwijl ik verwoed het eerste berichtje lees.

De heer Gorin gaat maandagochtend op de One Alpha Conferentie presenteren. Hij heeft je nodig om hem van RANR op de hoogte te brengen.

"Heeft ze je gevraagd om *The New York Times* te

hacken om de kop te krijgen?" vraagt Ariël, terwijl ik de andere berichten bekijk.

"Ze heeft die voorspelling weken geleden gestuurd," zegt Felix, maar blokkeer hem, mijn gedachten zijn voor één keer niet bij mijn magie.

De assistenten van Gorin wilden dat ik zondag naar kantoor kwam om Nero van een aandeel op de hoogte te brengen dat ik aan het onderzoeken was. Het is voor zijn presentatie om 8:00 uur op de Alpha One Conferentie, een bijeenkomst van honderden van de belangrijkste beleggingsfonds-hotemetoten. Nadat ze me zondag niet konden bereiken, wilden ze dat ik vanmorgen om zes uur naar het werk zou komen. Dan om 6:30 — een onmogelijke taak, want het is op mijn telefoon al 06:37 en mijn woon-werkverkeer duurt een half uur.

Ik ben te laat voor mijn normale begintijd, laat staan dat ik vroeg op kantoor zou kunnen komen.

"Hoe heb je dat dan gedaan, Sasha?" vraagt Ariël terwijl ik de telefoon in mijn zak stop en haastig mijn tas en sleutels pak.

"Heel goed, hopelijk," zeg ik automatisch, van mijn ingestudeerde reactie gebruikmakend. In mijn hoofd ben ik de snelste route naar kantoor aan het uitstippelen en probeer excuses te bedenken voor het missen van alle eerdere correspondentie.

"Het spijt me, jongens, maar ik moet echt naar mijn werk rennen," zeg ik terwijl ik de voordeur open. "Tot later."

Wat ik niet zeg, is dat ze me misschien eerder terug

zullen zien dan ze denken — als Nero me binnen de aankomende minuten via de telefoon ontslaat. En hoe graag ik ook met deze baan zou willen stoppen, die dag is nog niet gearriveerd.

Ik heb het nog steeds nodig om het leeuwendeel van onze enorme huur te betalen.

HOOFDSTUK ZEVEN

Terwijl ik herhaaldelijk op de knop van de lift druk, twijfel ik of ik Nero nu moet bellen of zijn woede onder ogen moet zien als ik op kantoor kom.

De liftdeuren glijden uit elkaar en stellen mijn beslissing uit.

Er is in de lift geen mobiele ontvangst.

Ik sta met één voet in de lift als mijn telefoon tingelt met een inkomende app.

Ik bekijk het bericht meteen.

Tot mijn opluchting is de tekst van Darian.

Geweldig gedaan gisteravond, staat er.

Bedankt, app ik snel terug. *Ik zou graag nog eens komen als Kacie me wil hebben.*

"Sasha," zegt een bekende luchtige stem achter me. "Ik ben zo blij dat ik je tref. Ik heb je hulp nodig bij een *enorme* noodsituatie."

Het is Rose, een oudere dame met wie ik voor het eerst bevriend ben geraakt door haar te helpen om haar verloren kat terug te vinden — een stiekem wezen dat op een van de jachten in de jachthaven in Battery Park was beland.

Verdomde Darian en zijn bericht. Eén seconde, en Rose zou me gemist hebben. Maar nu ik de bezorgdheid in haar stem hoor, kan ik niet zomaar weggaan, dus draai ik me om.

Zoals gewoonlijk is de make-up van Rose even zwaar als vakkundig aangebracht, haar haren vakkundig gekleurd en haar sieraden onberispelijk gekozen om zowel haar leeftijd (die ik op meer dan tachtig schat) als haar kwetsbaarheid te verhullen. Ik laat me echter niet door dit fineer van vitaliteit misleiden. Rose heeft goede en slechte dagen, soms lijkt ze zo actief als een jong meisje en op andere dagen heeft ze moeite met lopen. Aan haar wandelstok te zien is dit niet een van de goede dagen. Hoewel ze meestal een mysterieuze glimlach op haar gezicht tovert, ziet ze er vandaag zo bezorgd uit dat er rimpels op haar voorhoofd verschijnen — en ik zou zweren dat ze er lang geleden botox in had laten spuiten.

Ze grijpt naar de muur, alsof ze zichzelf in balans wil brengen en ik ren bezorgd naar haar toe. "Wat is er aan de hand?"

"Het is Luci," zegt ze bijna huilend. "Ze is stervende."

Natuurlijk, het is weer die verdomde kat. Ze bezorgt Rose alleen maar problemen, daarom heb ik het ding in gedachten tot Lucifur omgedoopt. Nou, daarom en omdat ze bijna Fluffster heeft opgegeten toen ze elkaar op die noodlottige dag in de gang hadden ontmoet. De enige reden dat mijn kleine vriend het heeft overleefd, is omdat ik net op tijd het appartement uit was gerend. Voordat ik dat gemene monster aan het schrikken had gemaakt, zei de blik op haar gezicht, "Dat daar is een nobel feestmaal dat onze majesteit waardig is."

Lucifur is een Pers met een misleidend schattig uiterlijk. Haar heldergroene ogen en engelachtige snoet lijken op die van de Fancy Feast-lijn van kattenvoer. Volgens haar papieren (en ja, deze kat heeft papieren), is haar kleurclassificatie Chinchilla / Shaded — wat de reden moet zijn waarom ze dacht dat Fluffster voorbestemd was om haar prooi te zijn.

"Waar is ze?" vraag ik met tegenzin. "Wat heeft ze nu weer gedaan?"

"Ze is daar." Rose laat me haar naar haar appartement leiden en als ik binnenkom, merk ik dat het gebruikelijke parfumaroma van Chanel plaats heeft gemaakt voor een vage ondertoon van katachtig maagzuur. "Ze had zondagavond diarree en ze heeft de hele nacht overgegeven," zegt Rose. "Ze was eerder aan het miauwen, maar nu is ze catatonisch."

Midden in de woonkamer ligt de kat tot een strak balletje opgerold.

"Luci," roept Rose, maar de berg met haar geeft geen antwoord.

"Hé, jij," zeg ik sussend terwijl ik het beestje bekijk.

De kat antwoordt niet.

Ik weet dat het onmogelijk is dat ze doet alsof ze

ziek is, maar voor het geval dat, waag ik een gok die het voor eens en voor altijd op zou lossen door te zeggen, "We moeten met haar naar de dierenarts."

Lucifur speelt geen spelletje, want het woord 'dierenarts' zou haar normaal gesproken een psychotische aanval bezorgen. Ik heb dit op de harde manier geleerd toen ik Rose hielp om het beest voor haar jaarlijkse controle in haar speciale reismand te zetten. Nu zeggen we onder geen enkele omstandigheid het d-woord, net zoals we nooit, "Het is tijd voor je bad," zeggen.

Haar laatste bad is hoe ik aan de littekens ben gekomen die ik met de tatoeage van de hartendame heb bedekt.

Voorzichtig knielend leg ik mijn hand op de rug van de kat. Hoewel haar vacht niet zo hemels zacht is als die van een echte chinchilla, is het misschien wel de zachtste die de genen van een kat kunnen produceren. Het arme ding is vochtig en koortsig en van dichtbij hoor ik heel zwak miauwachtig snikken dat medelijden in mijn hart veroorzaakt.

"Wanneer is dit begonnen?" fluister ik.

"Gisteravond toen ik op tv naar je keek — wat geweldig was, wilde ik je nog vertellen. Later op de avond werd het erger." Rose lijkt weer op het punt te staan om te gaan huilen. "Kun je haar alsjeblieft naar dr. Katz brengen?"

Ik ben zo van slag van de toestand van de kat dat zowel de lof van Rose als de humor van de naam van de dierenarts aan me voorbijgaan. Ik ben net zo bezorgd om Rose als om de kat, als er iets met Lucifur gebeurt, dan weet ik niet zeker of Rose het aan zou kunnen.

Ik moet me naar mijn werk haasten als er een kans is om mijn baan te redden, maar ik kan Rose in deze situatie niet in de steek laten. De kat moet naar de dierenarts, dat weet ik zeker, en ik kan Felix of Ariël niet vragen om in mijn plaats te gaan, omdat ze hun eigen maandagochtendverantwoordelijkheden hebben. Het zou oneerlijk zijn om ze in de problemen te brengen. Bovendien kent Rose geen van beiden genoeg om hen met haar kindje te vertrouwen. Dan blijft alleen Rose zelf over, maar ze is niet in staat om zelf te gaan, anders zou ze er al zijn.

"Ik kan de sleutel van mijn deur niet vinden," zegt Rose, alsof ze mijn gedachten kan lezen. Het is duidelijk dat ze elk excuus zal gebruiken, hoe zwak ook, in plaats van toe te geven dat ze zich niet goed voelt.

"Het is geen probleem, Rose." Ik pak de kattenmand. "Ik neem haar nu meteen mee."

De kat miauwt jammerlijk terwijl ik haar voorzichtig in het kooiachtige apparaat plaats en haar het appartement uit draag, met Rose bezorgd naast me.

"Heel erg bedankt, Sasha," zegt ze als ik de lift instap. "Bel me zodra je weet wat er aan de hand is."

"Dat zal ik doen," zeg ik en druk op de knop van de parkeergarage.

Hoewel ik meestal een taxi naar mijn werk neem, besluit ik mijn Vespa te pakken om het verkeer te vermijden en de kat naar de dierenarts te brengen voordat het te laat is. De rit is misschien iets hobbeliger, maar ik ben een uitstekende chauffeur — naar mijn niet-zo-nederige mening, een van de beste in de stad.

Ik steek mijn telefoon in een speciale houder die aan het wiel is bevestigd en zet de kattenmand achterop vast. Arme Luci ziet er nog ellendiger uit.

"We zijn er zo," zeg ik. "Ga alsjeblieft niet dood."

Ik zorg ervoor dat mijn helm met compatibele Bluetooth-headset aan mijn telefoon is gekoppeld, zet de helm op en start de Vespa.

Ik overtreed de snelheidslimiet, zoef door de parkeergarage en vlieg de straat op.

De Oculus — het beroemde treinstation van vier miljard dollar in de binnenstad — doemt een paar straten verder aan mijn rechterkant op. Vanuit deze hoek lijkt het op het karkas van een dinosaurus, hoewel het vanuit de ramen van ons appartement op de gevleugelde duif lijkt die het bedoeld was te zijn.

Ik ontwijk een gele taxi en een paar suïcidale voetgangers terwijl ik een bocht naar rechts maak. Zolang ik me kan herinneren, heb ik een griezelig vermogen gehad om op verkeersgedrag te anticiperen en me dienovereenkomstig aan te passen. Net als sommige van mijn andere, vergelijkbare vaardigheden, stel ik me voor dat dit slechts een goed ontwikkelde vaardigheid is die instinctief aan begon te voelen — een beetje zoals wat Malcolm Gladwell in Blink beschrijft: *De kracht van denken zonder te denken.*

Hopelijk zal mijn zesde zintuig voor het verkeer mij en de kat veilig houden.

Terwijl ik een stroom opdringerige voetgangers voorbij laat gaan, overweeg ik de snelste route naar de dierenarts, die zich in Canal Street bevindt, net als je Chinatown binnenkomt. Als de stroom mensen afneemt, ga ik weer verder.

Terwijl ik alles negeer wat ik over het gebruik van telefoons tijdens het rijden heb gelezen, bereid ik me voor om de AI van de telefoon te vragen om Nero te bellen.

Voordat ik de kans krijg om iets te zeggen, licht mijn telefoon met een inkomend videogesprek op.

De nummerweergave laat zien dat het Makenzie Ballard is, of, zoals ik haar ken, mam. Het kost me een extra moment om te beseffen wie het is, want ik ben, afgezien van de creditcardbeveiligingsvragen, nog steeds niet aan haar meisjesnaam gewend. Mam begon over het veranderen van haar achternaam van papa's — Urban — terug naar haar eigen achternaam te praten zodra mijn ouders gingen scheiden, maar het had meer dan tien jaar geduurd voordat ze eraan toe kwam om het officieel te doen.

Maar vijf minuten nadat haar officiële naamsverandering was doorgevoerd, begon mama me op te jagen om hetzelfde te doen en ze weigert om te begrijpen dat ik de oude achternaam vanwege traagheid en luiheid behoud, niet als een subtiele manier om papa te bevoordelen. Ik zou haar kunnen vertellen dat ik al een eeuwigheid niet meer met hem heb gesproken, dat ik zijn pogingen om opnieuw contact te maken negeer, maar om de een of andere reden heb ik niets gezegd — deels omdat ik niet wil dat ze zichzelf voor de gek houdt door te denken dat ik het voor haar doe.

Ik laat de oproep naar de voicemail gaan en bid dat mijn moeder me per ongeluk met haar kont heeft gebeld.

Dat geluk heb ik niet.

De telefoon gaat weer, de nummerweergave laat de naam van mama zie.

Als ik niet opneem voordat ik Nero bel, dan gaat mam opnieuw bellen en dat blijft ze doen. Mijn telefoon maakt elke keer een vervelende pieptoon en ik zal waarschijnlijk een ongeluk krijgen als ik voor de honderdste keer haar oproep wil weigeren. Het is misschien makkelijker om gewoon op te nemen en te weigeren wat ze wil, dus ik accepteer het videogesprek.

Ik houd mijn ogen op de weg gericht en kijk vanuit mijn ooghoek naar het scherm — een vaardigheid die ik voor mentalisme oefen, zodat ik altijd ergens naar kan gluren. Mam draagt vandaag haar bruine bril met hoornen montuur, haar discreet gekleurde blondgrijze haar is netjes achter haar oren gestopt. Zoals gewoonlijk straalt ze een aristocratische sfeer uit, wat logisch is. Haar familie komt van heel oud geld — iets wat ze nooit iemand laat vergeten, ondanks het feit dat het geld jaren voordat ze mijn vader ontmoette en met hem trouwde op was — en mijn vader *nieuw* geld had.

"Sasha." Zelfs met de headset kan ik haar met het

rumoer van de straten van New York om me heen nauwelijks horen. "Waarom duurde het zo lang voordat je opnam?"

"Kun je om me heen kijken, mam?" Ik stop voor een rood licht. "Ik zit op mijn Vespa."

Ze kijkt naar mijn hoofd die een helm op heeft. "Dat verklaart de afschuwelijke herrie."

"Is dit dringend?" vraag ik ongeduldig. "Ik kan een bekeuring krijgen omdat ik tijdens het rijden aan het bellen ben."

Geen enkele agent zou, dankzij mijn headset, kunnen zien dat ik aan de telefoon ben, maar dat hoeft mama niet te weten.

"Herinner je je mijn vriendin Zamantha, met een Z?" zegt ze, niet verrassend de niet-zo-subtiele hint negerend dat ik nu niet wil praten. "Zam Durand?"

Hoe kan ik het vergeten? Zoals ik ooit in mijn tienerdagboek had geschreven, "Zam iz een van Mamz meezt pretentieuze vriendinnen."

"Ik herinner me haar," antwoord ik, terwijl ik me afvraag of mam op zijn minst zal erkennen dat het tv-optreden van gisteravond heeft plaatsgevonden, laat staan dat ze me wat lof zal geven.

"Zam heeft me in haar kasteel in Parijs uitgenodigd," zegt ze en zelfs vanuit mijn ooghoek zie ik haar wangen rood worden van een opwinding die meestal alleen verschijnt als ze dure sieraden koopt. "Ik had gehoopt dat je het niet erg zou vinden als ik ga."

Vertaling: "je het niet erg zou vinden als ik ga" is mama's taal voor "je het niet erg vindt om voor mijn reis naar Frankrijk te betalen." Ze zal niet direct om geld vragen, tenzij ze echt wanhopig is, maar we weten allebei waar dit over gaat.

Zodra ik aan Columbia was afgestudeerd en uit mama's herenhuis in de Upper West Side verhuisde, stopte pap eindelijk om haar cheques te sturen. Hoewel het misschien een beetje onredelijk is, gezien hoelang ze op dat moment al gescheiden waren, ben ik daar nog steeds boos om. Als eigenaar van een bloeiend technologiebedrijf is hij in een veel betere positie om geld naar mama te sturen dan ik.

"Nog een vakantie?" vraag ik voorzichtig. "Ben je niet net naar je yoga-retraite geweest?"

Vertaling: "Heb ik niet net voor je yoga-retraite betaald?"

"Dat was twee maanden geleden," zegt mama zonder met haar ogen te knipperen. "Ik was vreselijk gestrest. Dat ben ik nog steeds. Het kasteel van Zam is precies wat ik nodig heb. Weet je niet meer hoe vredig het was? Ik heb je er het jaar na... je weet wel... mee naar toe genomen."

Mooi. Ze *moet* me er nog even aan herinneren dat ik het jaar nadat ze me hadden geadopteerd inderdaad met haar en papa naar Frankrijk ben geweest.

Ze had net zo goed het schuldcentrum van mijn hersenen met een elektrisch snoer kunnen prikkelen.

"Hoeveel kost een ticket?" vraag ik, in de veronderstelling dat ik een maand lang kan overslaan om geld in mijn spaarpot 'Stoppen bij Nero Fonds' te steken.

"Twaalf," zegt mama met afkeer.

Voor iemand die zoveel geld uitgeeft, praat ze er niet graag over.

"Twaalf wat?" Ik reed bijna een oude man aan die besloot om op Broadway door rood te lopen. "Duizend Amerikaanse dollars?"

Ze kijkt me met een onleesbare uitdrukking aan en knikt.

"Is het zo veel omdat je last-minute gaat, of eerste klas?"

Pap had een uitdrukking over mama die luidde, "Bij twijfel, pruilen." En pruilen is precies wat ze doet, terwijl ze zegt, "Natuurlijk is het voor de eerste klas. Je wil toch niet dat ik tussen de —"

"Ik zal je een cheque van tweeduizend sturen." Ik leg zo veel vastberadenheid in mijn stem als ik op kan brengen. "Daar zou je een ticket voor business class voor moeten kunnen krijgen. Als alternatief kun je met economy vliegen, zoals de meeste mensen dat doen." Ik twijfel of ik haar moet vertellen dat juist dit gesprek de kans vergroot dat ik mijn baan ga verliezen en zij haar spaarvarken in de vorm van Sasha zal verliezen, maar ik besluit haar niet tot hysterie te provoceren. In plaats daarvan zeg ik smekend, "Er groeit geen geld op mijn rug, mam."

"Oké." Mam ziet er nog steeds boos uit, maar aanvaardt haar nederlaag met gratie. "Vertel alsjeblieft aan niemand dat ik businessclass vlieg," voegt ze er fluisterend aan toe.

"Afgesproken." Ik wacht bij een stopbord en vraag

me af met wie ik zo'n gemeen gerucht zou moeten delen. Omdat ik het gesprek wil beëindigen, zeg ik, "Ik moet echt ophangen, mam."

"Dat is prima, lieverd," zegt mam. "Ik zal mijn reisagent moeten bellen om te zien wat ze kan vinden."

Ik zucht. Natuurlijk gebruikt mama geen Expedia, of Orbitz, of Priceline, of een van de miljoenen goedkope reissites. Ze zou het risico kunnen lopen om geld te besparen als ze zo'n volkse modus operandi zou gebruiken.

"Dag, mam!"

"Dag," zegt ze en verbreekt de verbinding.

Ik start eindelijk een videogesprek met Nero en tot mijn schrik neemt mijn baas de oproep persoonlijk op — ik had verwacht dat ik door ten minste één assistent zou worden doorgelicht.

Hij staat bij het whiteboard in zijn enorme kantoor en maakt aantekeningen met een uitwisbare stift. Hij staat met zijn rug naar de camera en ver genoeg weg dat ik zijn slanke, breedgeschouderde gestalte kan zien. Zijn kastanjebruine haar is extra kort — hij moet net naar de kapper zijn geweest — en hoewel ik zijn gezicht niet kan zien, kan ik me zijn sterke kin en prominente jukbeenderen gemakkelijk voorstellen.

"Als het niet de bezige bij is die ons eindelijk met haar aandacht verwaardigt," zegt hij met een diepe, lage stem die zijn vrouwelijke assistenten laat ovuleren — hoewel het als je het mij vraagt, als een mengeling tussen het gebrul van een dinosaurus en het gegrom van een beer klinkt. "Je komt een keer op tv en dat is het dan? Bel je me om te zeggen dat je ermee stopt?"

"Nee," antwoord ik, terwijl ik probeer om hem niet de voldoening te geven om defensief te klinken. "Er is een noodgeval tussen gekomen."

Hij stopt met schrijven en bijna onmiddellijk vult zijn gezicht het scherm. Hij kijkt me nu recht aan en het valt me op dat ondanks de aanstaande conferentie zijn typische, duivelse, zware stoppelbaard nog steeds zijn gezicht siert.

"Wat voor een noodsituatie?" vraagt hij en als ik niet beter wist, zou ik zweren dat ik bezorgdheid in die blauwgrijze ogen zag — maar zulke fantasieën negeer ik. Nero zou zich alleen zorgen maken als het fonds van de ene op de andere dag een hoop miljarden zou verliezen, wat nooit zal gebeuren, gezien hoe slim hij de zaak runt.

Ik overweeg om iets beters te bedenken dan de waarheid, maar Nero staat om zijn vermogen bekend om leugens te ontdekken. Er wordt gezegd dat hij alleen maar een CEO van een bedrijf tijdens een driemaandelijkse telefonische vergadering hoeft te horen en hij zou weten hoe goed het bedrijf het echt doet. Wat nog belangrijker is, Nero heeft zo'n hekel aan BS dat het risico om ontslagen te worden altijd lager is als je hem de ergste waarheid vertelt.

Als hij je op een leugen betrapt, dan ben je dood voor hem.

"Mijn bejaarde buurvrouw had een groot

noodgeval," zeg ik. Het is de waarheid, maar slechts de helft ervan. Ik hoop dat hij niet dieper graaft.

"Wat is er gebeurd?" Er zit geen empathie achter de vraag, alleen milde nieuwsgierigheid.

"Het is haar kat." Ik stop voor een oranje licht zodat ik opzij kan leunen en hem de reismand achter me kan laten zien. "Ze is ziek."

"De *kat* is ziek." Nero laat de vraag als een statement klinken, maar ik knik toch.

Hij staart me even aan. Zijn limbale ring — de cirkel rond de iris van het oog — is vreemd donker en dik, waardoor het wit van zijn ogen witter en het blauwgrijs dieper wordt. Ik zie dit natuurlijk alleen vanwege de fascinatie van een goochelaar voor visuele illusies — niet omdat ik ervan geniet om in die ogen te kijken en zeker niet omdat ik me een konijn voel dat in de blik van een slang gevangen zit.

"Je laat mensen misbruik van je maken," zegt hij en ik ontwaak uit mijn roes als het licht op groen springt. Ik wend knarsetandend mijn ogen van de telefoon af en geef gas.

Ik heb altijd geweten dat hij koud was, maar dit benadrukt het alleen maar. Natuurlijk beschouwt hij het helpen van een aardige oudere vrouw als misbruik.

"Kan ik je telefonisch van RANR op de hoogte brengen?" vraag ik, zijn eerdere opmerking negerend.

Hij kijkt op zijn Patek Philippe-horloge van een miljoen dollar en fronst zijn wenkbrauwen. "We hebben niet veel keus, toch?"

Ik sta op het punt om mijn verhaal over het bedrijf

te vertellen dat ik heb onderzocht, te beginnen met hun revolutionaire nieuwe product, wanneer mijn autobewustzijn in paniek schreeuwt.

Hoewel ik nog niet weet wat het gevaar is, weet ik wel dat ik nog nooit zo'n sterke waarschuwing heb gevoeld.

Ik negeer Nero even en concentreer me op mijn omgeving in de hoop dat ik de reden kan voorkomen dat mijn alarm afgaat.

Het laatste wat ik wil is mezelf en de kat bij een vreselijk auto-ongeluk doden.

HOOFDSTUK ACHT

Hoewel het kruispunt van de voertuigen en mensen barst, vallen twee doelen me in mijn hyperbewustzijn op.

Een snelbus en een oude Ford Crown Victoria.

De gigantische bus raast op de tegenoverliggende rijstrook op me af, de chauffeur wil duidelijk te graag het groene licht halen terwijl de voetgangers voor de verandering op het trottoir staan.

De aftandse Crown Vic staat in de rijstrook loodrecht op de mijne en gaat zo snel dat hij bij het rode licht vast en zeker een paar mensen zal overrijden — en dan mijn Vespa zal vermorzelen.

Zonder volledig te begrijpen wat ik doe, trek ik aan het stuur terwijl ik maximaal gas geef.

Terwijl mijn scooter draait, vang ik een glimp van de bestuurder van de Crown Vic op. Het is een man van in de vijftig, zijn huid vreemd grijs met een paarsachtige tint. Iets in zijn gezicht doet een heel ver belletje rinkelen, maar ik verlies hem snel uit het oog, de snelbus neemt mijn hele gezichtsveld over.

De buschauffeur weet nog niet dat hij af moet remmen.

Als mijn paniekerige brein mijn huidige manoeuvre met slechts een fractie verkeerd berekend heeft, dan zal er in een oogwenk een tortilla in de vorm van een Vespa/Sasha/Lucifur op de voorkant van de bus liggen — een tortilla die de Crown Vic er dan vanaf zal schrapen en in een mens-en-kat gevulde metalen burrito zal veranderen.

In mijn haast let ik niet op obstakels op de stoep, dus ik realiseer me pas dat ik over het putdeksel ben gereden nadat het is gebeurd.

Als een stier op de rodeo probeert de scooter me van zich af te werpen.

Mijn hart probeert zonder mij van de Vespa te springen.

Ik knijp met al mijn kracht in het stuur en span mijn dijen aan tot ze verkrampen. Als ik er niet vanaf vlieg, beloof ik voor Ariël nog een jaar lidmaatschap van de sportschool te kopen, omdat ze me heeft gedwongen om die op een gynaecologische onderzoekstoel geïnspireerde machine te gebruiken.

Gelukkig blijft de reismand met de kat ook op zijn plek zitten, maar mijn telefoon heeft niet zoveel geluk: hij vliegt uit de houder en landt ergens achter me.

Ik heb ook geen idee of de hobbel me voldoende heeft afgeremd om de bus niet te raken.

Een seconde later passeer ik de bus met een ruimte

zo breed als een zeepbel, maar voordat ik opgelucht kan uitademen, klinkt er een kreet van metaal en plastic dat op elkaar botst.

De Crown Victoria is zojuist tegen de bus gebotst.

Als ik niet zo snel had gehandeld, dan zat ik nu tussen hen ingeklemd.

Ik rem een beetje af en discussieer over wat moreel en wettelijk gezien in deze situatie van mij wordt verlangd. De idioot in de Crown Vic is waarschijnlijk dood, maar de mensen in de bus zouden in orde moeten zijn, alleen gehinderd. Iemand zou de hulpdiensten moeten bellen, maar mijn telefoon ligt in stukken onder de bus.

Als ik zie dat minstens een dozijn mensen hun mobiel gebruiken en bij het ongeluk staan te gebaren, neem ik aan dat er hulpdiensten zijn gebeld. Als ik Lucifur wil redden, dan moet ik weer verder — ze is net naast wat er met haar aan de hand is door elkaar geschud en ik kan niet wachten tot ik bij de dierenarts ben.

Ik versnel en de rest van mijn weg naar het kantoor van Dr. Katz is heerlijk vrij van botsingen.

Een voordeel van een scooter is dat je er makkelijker een parkeerplaats voor kunt vinden. Ik laat mijn Vespa tussen twee geparkeerde auto's staan en haak de bagagedrager los, waarbij ik een vreemde vislucht van een gigantische plas in de buurt negeer.

"We zijn er bijna," fluister ik tegen de niet-reagerende kat. "Hou alsjeblieft vol."

De rit met de lift en door de gangen gebeurt in een waas.

Als ik het kantoor van de dierenarts binnenkom, ren ik naar de receptioniste en ratel ik, "Mijn naam is Sasha en ik heb hier de kat van Rose. Ze gaat dood. Je moet me helpen. Alsjeblieft."

Het meisje komt meteen in actie. Het duurt niet lang of de lange en slungelige Dr. Katz vraagt me naar de symptomen van de kat en neemt de reismand mee, met de belofte dat hij me na wat testen zal laten weten wat er aan de hand is.

Ik slaak een zucht van verlichting. Dit kantoor is behoorlijk indrukwekkend. Ze hebben beter op de noodsituatie gereageerd dan sommige instanties die voor mensen zorgen.

"Mag ik van je telefoon gebruikmaken?" vraag ik aan de receptioniste.

"Tuurlijk," zegt het meisje. "Kom maar aan deze kant."

Ik loop naar haar bureau en realiseer me dat ik geen idee heb wat Nero's telefoonnummer is.

"Het spijt me, kun je iets voor me op je computer opzoeken?" vraag ik. "Ik heb het hoofdnummer van het Gorin-fonds nodig."

Het meisje geeft me het nummer dat ik nodig heb en ik bel, om vervolgens te horen dat het niet zo'n eenvoudige taak is om de laagste telefoniste te vragen om me met het hoofd van het fonds door te verbinden.

Eerst krijg ik een assistent van een assistent, die een assistent is van een van Nero's laagst gerangschikte assistenten. Van daaruit word ik heen en weer geslingerd en ik ben twee lagen assistenten omhooggeklommen als Dr. Katz naar buiten komt, dus ik vraag de norse assistent waarmee ik spreek om even een momentje geduld te hebben.

De klootzak legt me neer.

"Er zit een vreemd object in de maag," zegt de dokter tegen me, terwijl hij met de zwart-witte röntgenfoto in zijn hand staat te zwaaien. "Het komt met de symptomen overeen die je beschreef."

"Een wat?"

"Hier." Hij houdt de röntgenfoto tegen het licht.

Er is een spookachtige omtrek van een kat te zien — met een sleutelvormig voorwerp in haar maag.

"U maakt een grapje," zeg ik. "Heeft ze de sleutel van de voordeur van Rose ingeslikt?"

"We zien dit veel bij honden — met een breed scala aan objecten." Dr. Katz laat de röntgenfoto zakken. "Maar het gebeurt ook met katten."

Het is moeilijk om je voor te stellen dat iets of iemand een sleutel op zou eten, maar als ik een kat zou moeten nomineren die zoiets zou kunnen doen, dan zou Lucifur bovenaan op mijn lijst staan. De rest van de lijst zouden allemaal katten zijn die op Hitler lijken.

"Dus, wat nu?" vraag ik. Mijn ingewanden voelen koud aan, alsof ik er zelf een metalen voorwerp in heb zitten. "Moet u haar opensnijden?"

"Nee, niets ernstigs," zegt dr. Katz, met een scheve glimlach op zijn smalle gezicht. "We zullen het er endoscopisch uit halen."

Toen ik jonger was, had mijn vader een endoscopie om een maagzweer te diagnosticeren, maar ik wist niet dat het bij een kat kon.

"Ze zal onder narcose gebracht moeten worden," zegt dr. Katz als hij me ziet ontspannen. "Daar zijn risico's aan verbonden."

"Is er een andere oplossing?" vraag ik. "Kan ze het gewoon uitpoepen?"

Dr. Katz fronst zijn wenkbrauwen. "Ik zou de endoscopie ten zeerste aanbevelen."

"Oké," zeg ik. "Ik ben ervan overtuigd, maar dit is de beslissing van Rose."

"Eerlijk gezegd heeft ze een toestemmingsformulier in geval van nood voor dierenverzorging op jouw naam ingevuld," zegt de receptioniste, zwaaiend met een papier van haar bureau.

"Dat is voor als we haar niet kunnen bereiken," zegt dr. Katz. "We moeten het proberen."

Gelukkig hebben ze het nummer van Rose op de kaart van Lucifur staan — ja, katten hebben medische kaarten en natuurlijk heeft deze kat een dikke.

Het kost maar een paar seconden uitleg om Rose zover te krijgen dat ze met de procedure instemt.

"Ik wist dat ik die sleutel niet zomaar kwijt was geraakt," zegt Rose door de luidspreker nadat dr. Katz is vertrokken om de kat klaar te maken.

"Hoe lang wil je Luci hier houden?" vraag ik de receptioniste terwijl we Rose nog aan de lijn hebben.

"Elke patiënt is anders," zegt het meisje. "Maar we

gaan haar na de narcose waarschijnlijk nog een paar uur in de gaten houden."

"Maar mag ze vandaag naar huis?" zegt de stem van Rose krakend.

"Ja," antwoordt het meisje. "We zullen jullie allebei van haar vorderingen op de hoogte houden."

"Ik heb mijn telefoon onderweg hierheen vermoord," zeg ik tegen hen allebei. "Bel het nummer van mijn kantoor als je me wilt bereiken, dan regel ik zo snel mogelijk een nieuw mobieltje."

"Zal ik doen," zegt de receptioniste en ze geeft me een visitekaartje met het telefoonnummer van de praktijk erop.

Ik schrijf het nummer van Rose op de achterkant van de kaart terwijl Rose zelf nog een aantal vragen stelt.

Nadat we Rose hebben opgehangen, excuseer ik me en haast me naar mijn scooter. Er is een kleine kans dat ik nog voor de presentatie van 8:00 uur op kantoor kan zijn en ik ben vastbesloten om het te proberen.

Wanneer ik het doktersgebouw verlaat, duurt het even voordat ik me herinner waar ik mijn Vespa heb achtergelaten, maar als ik dat eenmaal weet, ren ik ernaartoe en spring erop — precies op het moment dat een gele taxi over de naar vis ruikende plas rijdt en de smerige substantie over me heen sproeit.

Er zitten overal op mijn broek en shirt donkere, stinkende vlekken.

Elke andere dag zou ik naar huis gaan om me om te

kleden en laat op mijn werk aankomen, maar op dit moment heb ik die luxe niet.

Hopelijk zal het spul uitdrogen en minder walgelijk worden als ik rijd.

De rest van mijn rit naar kantoor is als een scène uit *The Fast and the Furious*, alleen op een scooter met een topsnelheid van zestig kilometer per uur.

Mijn kleren lijken niet meer te stinken, maar de vlekken zijn gebleven. Als ik bij mijn bureau kom, kan ik in ieder geval mijn shirt met de jas bedekken die ik daar heb hangen voor de dagen dat de AC op kantoor te koud wordt. Alleen is het nu 7.43 uur en Nero wil dat ik hem voor achten van de aandelen op de hoogte breng.

Ik sprint langs de beveiligingsbalie en blijf rennen tot ik bij Nero's kantoor kom.

Venessa, een van Nero's assistenten, bekijkt me van top tot teen zonder haar overweldigende minachting te verbergen. "Daar ben je," zegt ze op een toon waarvan veel bitchy vrouwen denken dat het vriendelijkheid uitstraalt, maar eigenlijk het tegenovergestelde doet. "Meneer Gorin heeft instructies achtergelaten in het onwaarschijnlijke geval dat je zou arriveren."

Ik kijk Venessa verwachtingsvol aan terwijl ik probeer om op adem te komen.

"Aangezien je geen tijd hebt om hem voor te bereiden, moet je persoonlijk op One Alpha presenteren." Venessa geeft me een laptop en aangezien ik op dit moment te verbijsterd ben om na te denken, grijp ik de computer gewoon als een reddingsvlot vast.

"Gebruik dat om op weg naar het auditorium voor te bereiden wat je nodig hebt."

Ik kom in de verleiding om de laptop te gebruiken om meer onderzoek naar Valium en de nachtmerries te doen die het kan veroorzaken, omdat het lijkt alsof ik in mijn ergste nachtmerrie ben beland.

Het auditorium van het gebouw biedt plaats aan driehonderd mensen en bij One Alpha-bijeenkomsten zit de zaal altijd vol met financiële mensen — plus leden van de media die normaal gesproken moeten staan.

Venessa marcheert naar de lift.

Ik sta stokstijf stil, mijn voeten zijn met lood gevuld. Afgezien van mijn slordige staat, ben ik gewoon niet voorbereid om over dit aandeel te praten. Ik heb mijn tv-act minstens vijftig uur ingestudeerd en dat waren maar een paar regels. Niet dat het ertoe zou doen om voorbereid te zijn. Alleen al de gedachte om voor al die mensen te spreken-

"Waarom sta je daar?" snauwt Venessa en ze draait zich om om me aan te kijken terwijl ze op de knop van de lift drukt. "Ga je je werk nog doen of niet?"

Ik sleep mijn zware voeten naar de lift die opengaat.

Als ik naar binnen stap, bevestigt het reflecterende oppervlak in de lift dat de vlekken nog steeds op mijn kleding zitten.

De deuren gaan dicht.

Venessa trekt haar neus op. "Ruik je vis?"

"Ik moet me voorbereiden," zeg ik en open de laptop, terwijl ik mijn gezicht verberg en ik verwoed

PowerPoint start en bedenk wat ik zal zeggen als ik niet bevries wanneer het moment daar is — wat ik waarschijnlijk zal doen.

RANR is de ticker voor Rapid Rabbit Biotech LLC, of Rabid Rabbits, zoals insiders uit de industrie ze hebben genoemd. RANR zal binnenkort een nieuw product met de naam Focusall aankondigen, een stof waardoor Adderall in vergelijking een kalmerend middel lijkt. Ik heb veel gegevens over het medicijn bekeken, proefpersonen geïnterviewd en zelfs een monster weten te bemachtigen. Het was toen ik zelf aan het medicijn zat dat ik besloot dat we absoluut, zeker weten zoveel mogelijk RANR-aandelen moesten krijgen als we kunnen, hoge waardering of niet. Terwijl ik Focusall gebruikte, voltooide ik mijn gebruikelijke analyse in een fractie van de tijd die het gewoonlijk kost, daarna had ik aan een dozijn andere projecten gewerkt en ze voltooid, terwijl ik daarbij zo gefocust bleef als een zenmonnik en zo gelukkig als een schelpdier.

Het was zelfs zo goed dat ik de pillen niet door de wc heb gespoeld, maar de pillen voor een regenachtige dag heb bewaard. En zodra het medicijn op de markt komt, zal ik een manier vinden om er meer van te krijgen — tenzij ze bijwerkingen ontdekken, die tot nu toe mild tot niet-bestaand lijken te zijn.

Het is een bewijs van Nero's respect voor mijn analytische vaardigheden dat hij onze handelaren op een koopwoede van RANR liet gaan zodra ik het had aanbevolen en zonder dat ik de details had uitgelegd.

Nu is het een van onze grootste posities en als ik deze presentatie eenmaal heb gegeven dan zal het aandeel waarschijnlijk door het dak gaan. Ongetwijfeld heeft Nero daarom besloten om het op het laatste moment in zijn presentatie op te nemen: omdat een deel van de reden voor deze conferenties het creëren van een soort zichzelf vervullende voorspelling is. Als je andere slimme beleggingsfondsen met je pitch overtuigt, dan zullen ze op de aandelen springen en de prijs opdrijven, waardoor jouw investering veel waardevoller wordt.

De belangrijkste reden voor de conferentie is natuurlijk om te roepen, "Kijk eens hoe slim we bij het Gorin-fonds zijn. Investeer bij ons. Werk voor ons. Denk er niet aan om ons te reguleren. Weerstand is nutteloos."

Venessa sleept me de lift uit en de gangen door, terwijl ik met mijn neus in de laptop begraven zit.

Tegen de tijd dat we backstage van het auditorium zijn, heb ik een paar zeer eenvoudige dia's klaar en, belangrijker nog, een rudimentair idee van wat ik zal zeggen. Niets van dit alles dempt echter de waanzinnige hartslag in mijn oren of vertraagt mijn onregelmatige ademhaling, en de wereld krijgt een surrealistische tint.

Nero is op het podium al aan het woord. Hij stelt me met lovende woorden voor en zijn diepe stem lijkt zo versterkt in mijn hoofd dat mijn hersenen door mijn trommelvliezen dreigen te exploderen.

"Ga." Venessa duwt me het podium op en terwijl ik

op geleiachtige benen naar het podium loop, klinkt het lauwe applaus oorverdovend in mijn oren.

"Je kunt dit," fluistert Nero terwijl hij het podium verlaat.

Hij moet iets in mijn gezicht zien wat hij niet leuk vindt, want hij haalt de laptop uit mijn verdoofde handen en sluit hem voor me aan.

De hilariteit van Nero Gorin die zich als audio/video-techneut voordoet dringt niet tot mijn angst door. Het enige waar ik me op kan concentreren is de slopende overtuiging dat ik op het punt sta om een hartaanval te krijgen.

Ik neem plaats achter het podium en probeer rechtop te staan. Door het waas van paniek heen realiseer ik me dat Nero nog steeds naast me staat — en hoewel ik te vol adrenaline zit om zeker te zijn, geloof ik dat zijn gespierde arm me stiekem overeind houdt.

Ik zou nu mijn ziel verkopen voor wat Valium. De angst die ik op tv had gevoeld, is maar een kleine echo van wat er nu gebeurt.

"H-hallo," stotter ik in de microfoon terwijl ik de menigte aanschouw.

Driehonderd hongerige ogen staren me vanuit de afgrond achter het podium aan.

De muren van het auditorium krimpen en verstikken me.

De duisternis komt dichterbij.

HOOFDSTUK NEGEN

IK WORD WAKKER EN BEVIND ME IN DE LUCHT.

Ben ik aan het vliegen?

Als ik mijn ogen open, besef ik dat ik weer als een bruid gedragen wordt. Deze keer door de sterke armen van Nero, en voordat ik volledig begrijp wat er gebeurt, laat hij me backstage op een grijze leren bank zakken.

Is dit weer een ongepaste droom over mijn baas? Tot nu toe was er alleen die over een kus, maar dit lijkt een volledige natte droom te zijn.

Mijn onthouding begint echt met mijn hoofd te knoeien.

Hij pakt een telefoon en belt. "We hebben een ambulance nodig bij —"

Ik sluit me voor hem af en probeer mijn gedachten op een rijtje te krijgen. Dit is *geen* droom. Ik stond op het podium en ben flauwgevallen. Hij belt met de hulpdiensten, maar ik weet zeker dat wat er net is gebeurd een paniekaanval was, geen echt medisch noodgeval.

"Het gaat wel weer," zeg ik zwak en probeer rechtop te gaan zitten.

"Dat gaat het niet," zegt Nero, terwijl hij ophangt met de hulpdiensten. "Een momentje."

Hij draait een ander nummer en zegt, "Lucretia, kom even backstage." Hij pauzeert even, luistert naar een antwoord en voegt er dan aan toe, "Dat is geweldig. Blijf lopen en praten, alsjeblieft, dit is urgent."

Hij gaat dan verder met haar uit te leggen wat er met mij is gebeurd en het is duidelijk dat hij ook vermoedt dat ik een paniekaanval heb gehad.

Lucretia Rossi is een psychiater en haar taak bij het fonds is (zoals ik het zie) om handelaren te helpen om meer vertrouwen te krijgen — wat net zoiets is als kakkerlakken overlevingsvaardigheden aanleren. Analisten zien haar zelden of nooit, dus de enige reden waarom ik me zelfs maar van haar bestaan bewust ben, is omdat een paar mensen me hebben verteld dat ik ze aan haar doe denken. Dat beschouw ik als een compliment aangezien Lucretia nogal opvallend is en bij het fonds om haar intellect bewonderd wordt. Persoonlijk zie ik echter geen fysieke gelijkenis tussen ons, afgezien van haar- en oogkleur en misschien de bleekheid van onze huid.

"Lucretia is er bijna." Nero bekijkt me nog eens goed. "Je ziet eruit alsof het goed zou moeten komen, althans voor nu. Ik ga je presentatie redden."

Voordat ik kan antwoorden, stapt hij terug het podium op, werpt een blik op mijn dia's op de laptop voor hem en zegt, "Zoals deze dia suggereert en zoals velen van jullie al weten, hebben we een lange positie in RANR."

Nog steeds verbijsterd luister ik naar Nero die spreekt en ik word jaloers. Als ik niet had geweten dat Nero deze lezing vanaf mijn zojuist gemaakte dia's leidt, dan zou ik het nooit geraden hebben. Als ik voor een grote menigte zo op mijn gemak zou kunnen zijn, dan zou mijn carrière als illusionist geen grenzen kennen.

Hoe kom ik op dat niveau van zelfverzekerdheid?

Hoe kan ik leren om met zo'n grote menigte om te gaan?

"Sasha," fluistert een vrouwenstem rechts van me. "Ik heb je toch niet laten schrikken, hè?"

Blijkbaar zijn ninjavaardigheden een onderdeel van de toolkit van een psycholoog. Dat, of Lucretia is een betere goochelaar dan ik, omdat ze net de illusie van een verschijnende psycholoog heeft gedaan.

"Hoi," zeg ik, in de hoop dat het missen van tijd en visuele wanen geen deel uitmaken van wat er met me gebeurt.

Haar rode lippen vormen een brede glimlach. "Vergeef me dat ik de beleefdheden heb overgeslagen, maar Nero heeft me op de hoogte gebracht en ik zou graag meteen met de therapie willen beginnen, als je het niet erg vindt."

Ik knik verbijsterd en voel een golf van

ontspanning bij de ietwat vreemde cadans van haar stem. Het is net zo rustgevend voor mijn oren als Fluffsters vacht voor mijn handpalmen is.

"Welke sensaties voel je nu in je lichaam?" vraagt ze, me met een raadselachtige uitdrukking onderzoekend aankijkend.

Verdorie. De kantoorlegendes over deze vrouw moeten waar zijn — ze *is* goed. Ik voel een diepe drang om precies te doen wat Lucretia zegt, dus na een moment van introspectie zeg ik tegen haar, "Ik heb een onregelmatige hartslag en last van kortademigheid."

"Prachtig," zegt ze. "Maak je geest leeg en luister naar binnen. Maak een lijst van zoveel sensaties als je kunt."

"Ik ben bezweet," zeg ik zacht, verbaasd over hoe gemakkelijk ik iets dat zo gênants is met een vrouw deel met wie ik voor het eerst spreek. "Mijn borst deed eerst pijn, maar het gaat nu beter."

"Het is goed dat je je de gevoelens van je borst herinnert," zegt ze en ik realiseer me dat ze een of ander vaag accent heeft. "Kun je er nog meer opnoemen?"

"Ik dacht dat ik gek aan het worden was," zeg ik en ze knikt bemoedigend. "Ik dacht ook dat ik ziek zou kunnen zijn."

"Hoe zit het met je spieren?"

"Mijn onderrug is stijf," zeg ik, terwijl ik me nu realiseer dat dit het geval is. "Ik ben over het algemeen behoorlijk gespannen."

"Focus op deze sensaties." Lucretia's gitzwarte haar bedekt haar rechteroog, dus doet ze de verdwaalde lok achter haar bleke oor zonder oorbel. "Bestudeer ze. Leg ze vast in je geheugen. Als je je van deze veranderingen in je lichaam bewust bent, dan kun je de controle behouden. Het vertelt je dat je niet irrationeel bent en dat je geen hartaanval krijgt. Je ervaart alleen symptomen die je kunt leren verminderen."

Ik ga rustig zitten en volg haar instructies. Afgezien van alle sensaties die ik al heb beschreven, ben ik moe en een beetje licht in mijn hoofd, dus dat deel ik met haar.

"Nu wil ik je coachen." Ze legt een hand boven haar borsten en een andere op haar buik. "Leg je handen zo neer."

Ik doe wat ze zegt.

"Niet helemaal." Lucretia kruipt naar me toe op de bank tot onze zijden elkaar bijna raken. Ze pakt mijn rechterhand en brengt die dichter bij mijn navel. En hoewel ik de aanraking van een vreemde gewoonlijk verontrustend zou vinden, lijkt het bij haar volkomen natuurlijk — haar ijskoude vingers zijn eigenlijk aangenaam verfrissend op mijn huid.

"Sluit je ogen zodat je je op je ademhaling en op de beweging van je buik onder je linkerhandpalm kunt concentreren. Je rechter handpalm zou snel stil moeten blijven liggen," mompelt ze bijna in mijn oor, haar stem hypnotiserend. "Je ademt via je onderbuik. Dit wordt een middenrifademhaling genoemd."

Ik sluit mijn ogen en doe wat ze zegt. Sommige van mijn symptomen, vooral de onregelmatige ademhaling, verbeteren.

"Vertraag je ademhaling," zegt ze, haar stem nog zachter en melodieuzer. "Tel mentaal tot vijf terwijl je inademt en tel tot vijf als je de lucht eruit laat gaan."

Ik volg de aanwijzingen, verbaasd over hoe effectief dit is. Het gemompel van Nero's presentatie en het applaus van de menigte lijken nu ver weg te zijn, net als mijn angst.

"Nu gaan we aan je spieren werken," zegt Lucretia. "Krom je tenen terwijl je inademt, ontspan ze terwijl je uitademt."

Dit doet me aan een visualisatie-meditatie denken die een hippie-counselor ons op kamp liet doen. De overeenkomst wordt sterker naarmate Lucretia meer spieren van het lichaam noemt om aan te spannen en weer te ontspannen.

Tegen de tijd dat ze me mijn voorhoofdspieren laat ontspannen, ben ik zo kalm als een ondergronds meer.

De sereniteit duurt een paar minuten voordat ik van alleen maar zitten en ademen chagrijnig begin te worden en ik vraag me af hoe het kan dat dit haar nog niet verveelt.

"Dit is geweldig," zeg ik na nog een paar minuten, als ik niet meer stil kan zitten. Ik open mijn ogen en vraag, "Wat nu?"

"Om wat meer privacy te krijgen, is het beter dat we naar mijn kantoor gaan," zegt Lucretia. "Kun je lopen?"

Ik knik.

"Mooi." Ze staat op. "Probeer terwijl je loopt langzaam te ademen. Behandel het als een oefening."

Ik sta op en volg haar suggestie. In plaats van het als een oefening te behandelen, iets dat ik met 'pijn en winst' associeer, pak ik dit op dezelfde manier aan als dat ik nieuwe goocheltechnieken leer. Wanneer ik voor een routine een nieuwe vingerbeweging nodig heb, dan oefen ik die steeds opnieuw, totdat de beweging een tweede natuur wordt en ik het in mijn slaap kan doen. In dit geval kan het letterlijk waar zijn, als ik lang genoeg langzamer ademhaal, dan kan mijn ademhaling in het algemeen, ook tijdens de slaap, vertragen.

Tijdens het lopen langzaam ademen is echter buitengewoon uitdagend en tegen de tijd dat ik op een bruine leren chaise longue in Lucretia's kantoor plof, heb ik er veel plezier in om mijn ademhaling volledig te negeren en in plaats daarvan mijn omgeving te onderzoeken.

In tegenstelling tot de rest van het gebouw, dat 'ultramodern' schreeuwt, heeft het kantoor van Lucretia een sfeer van de vorige eeuw. Tegenover me staat een antiek ogende boekenkast vol met papieren boeken en in plaats van jaloezieën bedekken ingewikkelde gordijnen de glazen wanden van het kantoor.

Lucretia trekt die gordijnen dicht, waardoor er een theaterachtige sfeer ontstaat, en ze laat zich gracieus in haar grote, troonachtige stoel zakken.

"Alles wat je tegen me zegt, wordt door de vertrouwelijkheid van arts en patiënt beschermt," begint ze en ze gaat verder met mijn privileges in detail uit te leggen, met als belangrijkste punt dat niemand — zelfs Nero niet — haar kan laten onthullen wat ik deel.

"Begrepen," zeg ik, terwijl ik me afvraag wat voor geheimen ze verwacht dat ik haar vertel.

"Uitstekend." Ze spitst haar vingers en kijkt me aan alsof ik de interessantste persoon ter wereld ben. "In dat geval zou ik graag willen dat je me vertelt waarom je denkt dat je je zo angstig voelde."

Net als eerder word ik in haar aanwezigheid door een bijna onnatuurlijk gemak overweldigd. Hoewel ik intellectueel gezien weet dat je een therapeut in vertrouwen moet nemen, had ik nooit gedacht dat ik het zo graag zou doen. Ik voel me bijna gedwongen om mijn diepste en duisterste geheimen met haar te delen — dingen waar ik niet eens graag aan denk, laat staan dat ik ze hardop uit zou spreken.

"Mijn vroegste herinnering is op de luchthaven van JFK," zeg ik, terwijl ik verbaasd naar mijn eigen woorden luister. "Ik was verdwaald. Bang. Ik moest iemand, wie dan ook, om hulp vragen, maar ik was te bang om dat te doen. Er waren gewoon te veel mensen. Ze waren allemaal zo groot. Ze spraken zo snel."

Ik pauzeer en realiseer me dat mijn verhoogde hartslag en nog een paar verontrustende symptomen terug zijn, dus ik vertraag mijn ademhaling zoals ze me had geleerd.

De empathie op Lucretia's gezicht is zo oprecht dat je gemakkelijk zou kunnen vergeten dat dit slechts haar werk is. "Waarom was je verdwaald?"

"Ik weet het niet. Mijn ouders — mijn adoptieouders — denken dat mijn biologische ouders me die dag op het vliegveld zijn kwijtgeraakt, maar ik weet het niet zeker."

"Dus, wat is er gebeurd?" vraagt ze. Nogmaals, iets in haar doordringende blik maakt dat ik dit met haar wil delen, ook al heb ik er nog nooit met iemand over gesproken, zelfs niet met Felix en Ariël.

"Ik was overweldigd. Opgerold tot een bal bij een van de terminals," zeg ik, terwijl mijn ademhaling zich ondanks mijn poging tot controle versneld. "Mam — de vrouw die me uiteindelijk heeft geadopteerd — zag me. Zij en papa stonden op het punt om op vakantie te gaan. Ze sprak tegen me, kalmeerde me en ze begon de zoektocht."

Lucretia zit doodstil, alsof ze denkt dat zelfs ademhalen me zou kunnen laten schrikken — en misschien is dat waar.

"Mama heeft mijn vader, haar toenmalige echtgenoot, ervan overtuigd om hun reis naar Fiji te annuleren en mij te helpen," vervolg ik. "Eerst dacht iedereen dat mijn biologische ouders ergens heen waren gevlogen — dit was tenslotte een luchthaven. Niemand kon echter achterhalen wie ze waren. Elk stel dat met een kind van mijn leeftijd aan het reizen was had hun kind bij zich en niemand had me als vermist opgegeven. Later, toen de politie erbij betrokken raakte, konden ze er ook niet achter komen wie ik was. Ik was waarschijnlijk drie jaar oud, omdat ik drie vingers opstak toen iemand me naar mijn leeftijd vroeg en het enige wat ik wist was dat mijn naam Sasha was. Ik wist mijn achternaam niet of waar ik woonde. Mijn ouders weten niet eens zeker of ik Amerikaans ben. De naam Sasha is in Oost-Europa populairder en ik formuleerde Engelse woorden heel bewust als ik sprak. Maar aan de andere kant praten veel kinderen op een vreemde manier —"

Er gaat een telefoon, die me uit de trance-achtige staat haalt.

Het is Lucretia's kantoortelefoon en ze kijkt hem zo vernietigend aan dat het een wonder is dat het ding niet smelt.

Ik schuif ongemakkelijk heen en weer op mijn stoel en oefen de langzame ademhaling opnieuw terwijl ik probeer te achterhalen waarom ik zoveel met de therapeut heb gedeeld. Ik denk dat het haar werk is om de waarheid uit me te krijgen, maar toch, ik kan niet geloven dat ik zo door heb zitten praten. Zou dat incident op de luchthaven echt de oorzaak van mijn angst om in het openbaar te spreken kunnen zijn? Het was het eerste dat in me opkwam toen ze ernaar vroeg, maar als dat het geval is, betekent dit dan dat dit besef me uiteindelijk zal helpen om voor grote groepen mensen te kunnen spreken (en nog belangrijker, effecten uit te voeren)?

De telefoon stopt niet met rinkelen, dus Lucretia neemt op.

"Het is de ambulance," vertelt ze me en zoals ze het zegt, klinkt het alsof ze net een f-woord weg heeft kunnen laten.

"Oh, ik denk niet dat ik die nog nodig heb," zeg ik, terwijl mijn gezicht warm wordt van de herinnering.

"Daar ben ik het mee eens, maar Nero staat erop."

"Goed," zeg ik terwijl ik opsta.

"Voordat je gaat..." Ze staat op en kijkt me doordringend aan. "Je zou nog eens bij me langs moeten komen, zodat we deze sessie af kunnen maken. En overweeg alsjeblieft om me vanaf nu regelmatig te bezoeken."

"Ik dacht dat je alleen handelaren behandelde," flap ik eruit.

"Mijn diensten zijn voor iedereen beschikbaar die bij Nero in dienst is," zegt ze, terwijl ze haar scherpomlijnde wenkbrauwen optrekt. "Ik ben hier om ervoor te zorgen dat iedereen optimaal functioneert, vooral de mensen in wie hij geïnteresseerd is."

"Oké." Ik kijk in de diepten van Lucretia's lapisblauwe ogen en zou willen dat we echt op elkaar leken.

De telefoon gaat weer en met de blik die ze hem geeft, verwacht ik half dat ze hem van haar bureau zal rukken.

"Ik kan maar beter gaan," zeg ik, voorzichtig om me niet vast te leggen om terug te komen. Ik moet lang en diep nadenken of ik me op mijn gemak voel om regelmatig een therapeut te zien, vooral bij een baan die ik als tijdelijk beschouw.

"Ik hoop je snel te zien," zegt ze in plaats van gedag te zeggen. Ze moet iets van mijn tegenzin hebben opgemerkt.

Verdwaasd loop ik naar beneden voordat de ambulancemensen naar boven komen. Ik hoop dat ik ze weg kan krijgen voordat het hele bedrijf van mijn gênante incident hoort.

Nero is beneden en hij staat met een ambulancemedewerker te praten. Ik vang Nero's blik en ik zou zweren dat hij er even opgelucht uitziet. Dan is zijn gebruikelijke arrogante uitdrukking terug en ik besluit dat ik het me verbeeld moet hebben.

"Ik wil niet naar het ziekenhuis," zeg ik, terwijl ik mijn best doe om niet als een nukkig kind te klinken.

"Je bent ten overstaan van half Wall Street flauwgevallen," zegt Nero. "Als ik je niet laat onderzoeken, dan zullen mijn advocaten er niet over ophouden."

"Nou, waarom heb je dat niet eerder gezegd? Advocaten blij maken is mijn levensambitie. Ik geef ze al maanden Zoloft, maar als ze ook nog van me verlangen dat ik naar het ziekenhuis moet..."

De ambulancemedewerker grinnikt en Nero kijkt hem streng aan.

Ik weet niet eens zeker waarom ik hierin tegen Nero in ga. Zelfs naar het ziekenhuis gaan is leuker dan mijn gebruikelijke dag hier op kantoor — en hier staat mijn baas, die me zo'n beetje beveelt om de kantjes ervan af te lopen. Dan herinner ik me een reden waarom ik bij mijn bureau moet zijn.

"Ik heb daarstraks mijn telefoon vernietigd, toen ik je onderweg hierheen op de hoogte probeerde te brengen," zeg ik tegen Nero.

"Hoe kan ik dat vergeten?" zegt hij, zijn gezicht merkbaar duisterder. "Ik dacht eerst dat je een ongeluk had gehad en toen besefte ik wat er echt was gebeurd."

"Nou, de dierenarts kan het nummer op mijn bureau bellen en —"

"Juist. De kat." Hij klinkt als een fanaat die me van ketterij beschuldigd.

Ik frons naar hem. "Ja, de kat. Wat, ben je allergisch?"

"Ik ben allergisch voor absurditeit." Nero reikt in zijn zak, haalt er een telefoon uit die een replica is van degene die ik kapot heb gemaakt, speelt er even mee en geeft hem aan mij.

Met tegenzin pak ik de telefoon aan. Het is hetzelfde Android-model dat iedereen bij het fonds op hun eerste werkdag krijgt — iets dat met het beveiligen van onze correspondentie te maken heeft. Net als iedereen gebruik ik de mijne voor bellen buiten het werk om te voorkomen dat ik meerdere telefoons bij me heb.

"Maar deze is van jou," zeg ik tegen Nero, terwijl ik naar de ambulancebroeder kijk voor ondersteuning, maar die krijg ik niet.

"Ik zal Venessa een andere voor me laten halen." Nero wuift afwijzend met zijn hand, alsof de twee mille die deze telefoons kosten voor hem slechts een cent zijn. "Ze zal ook de inkomende oproepen van je bureau naar dit nummer doorsturen."

"Het klinkt alsof ik naar het ziekenhuis ga," zeg ik en kijk stiekem of hij e-mails of appjes in de telefoon heeft achtergelaten. Helaas is het apparaat naar de fabrieksinstellingen teruggezet, wat Nero blijkbaar heeft gedaan toen hij ermee aan het spelen was.

"Hier." Hij geeft me een stapel biljetten. "Ziekenhuizen zijn duur."

Ik kijk verbaasd naar het geld. "Ik heb een ziektekostenverzekering."

"Er is een eigen risico," zegt Nero, terwijl hij zijn ogen samenknijpt. "Neem het geld aan."

Ik stop het geld in mijn zak, mompel een bedankje en storm het gebouw uit, met de ambulancebroeders in mijn kielzog.

Voordat iemand me kan voorstellen dat ik op een brancard of iets vernederends moet gaan liggen, ren ik naar de ambulance, spring erin, ga op een bed zitten en oefen de ademhalingstechniek die Lucretia me net heeft geleerd.

DE REIS NAAR HET ZIEKENHUIS IS NET ZO NUTTELOOS ALS IK HAD VERWACHT. Mijn hart en hersenen worden op verschillende manieren gescand en het oordeel is dat ik zo gezond als een met grasgevoerd, scharrel, biologisch, niet-GGO-paard ben.

Tijdens mijn taxirit terug naar kantoor, maak ik de nieuwe telefoon helemaal van mij door op al mijn accounts in te loggen om mijn e-mail en andere details in te stellen. Ik bel dan de dierenarts en hoor dat de sleutel uit Lucifurs maag is verwijderd en dat ze nu van de narcose aan het herstellen is. Ze verzekeren me dat ze bellen als ik de kat na het werk op kan halen.

Terug op mijn werk ren ik naar de cafetaria en haal een gigantische salade voor de lunch, zodat ik die aan mijn bureau kan eten terwijl ik onderzoek doe naar een aantal farmaceutische bedrijven die we aan ons portfolio willen toevoegen.

Het telefoontje van de dierenarts komt om 20.30 uur terwijl ik als avondeten een bonenburrito eet.

Lucifur is eindelijk klaar om opgehaald te worden.

Ik schrok snel mijn eten op en ga naar de lift, de half jaloerse, half vuile blikken van mijn collega's negerend. Ze blijven waarschijnlijk nog minstens een paar uur werken, maar aan de andere kant, zij geven om hun carrière en ik niet.

De snelheidsbeperkingen en verkeerslichten gehoorzamend, zoem ik op mijn Vespa richting Chinatown. Ik ben een paar minuten van mijn bestemming verwijderd als het zesde zintuig dat me eerder heeft gered een nieuw alarm slaat.

Mijn ademhaling wordt snel en oppervlakkig, maar ik gebruik de kalmerende technieken van Lucretia niet — als ik op het punt sta om een ongeluk te krijgen, dan wil ik alert zijn zodat ik het kan vermijden.

Het probleem is dat ik geen gevaarlijke scenario's voor me zie.

Ik rij gedurende een paar hectische hartslagen super voorzichtig totdat ik besef wat er aan de hand is.

Het gevaar ligt achter me.

Een zilveren Dodge Charger rijdt veel te dicht op me.

HOOFDSTUK TIEN

ALS IK MIJN LEVEN EROP ZOU MOETEN VERWEDDEN, WAT nu ongeveer het geval is, dan zou ik zeggen dat de bestuurder van de Charger me probeert in te halen zodat hij als een stoomwals over mijn scooter kan rijden.

In de hoop dat ik gewoon paranoïde ben, wissel ik van rijstrook.

De Charger gaat ook naar mijn rijstrook.

In de veronderstelling dat een kleine omweg een kleine prijs zou zijn om van de idioot af te komen, maak ik een scherpe bocht naar rechts.

In mijn spiegel zie ik de Charger om de hoek verschijnen.

Zou dit nog steeds een raar toeval kunnen zijn?

Ik versnel en voel de bonenburrito als een koud stuk graniet in mijn maag liggen.

De auto achter me laat zijn motor draaien.

Ik sla linksaf.

De Charger volgt.

Ik negeer het rode licht en ga terug naar Broadway, in de hoop dat de grotere straat meer mogelijkheden biedt om mijn achtervolger kwijt te raken.

Met gierende banden draait de Charger Broadway op, waarbij alle resterende twijfel dat hij me volgt, verdwijnt.

Ik geef weer maximaal gas en schiet voor een gele taxi, het boze getoeter negerend.

Mijn achtervolger wisselt van rijstrook en sluit zich al snel bij me aan.

Ik vang een glimp op van het gezicht van de bestuurder. Het is een man van in de veertig, zijn huid is ziekelijk grijs. Hij komt me vaag bekend voor, maar er is geen tijd om bij het hoe en waarom ik hem misschien ken stil te staan.

Het kan mijn verbeelding zijn, maar ik zou zweren dat de man op het punt staat om tegen me aan te rijden.

Om een mogelijke botsing te vermijden, besluit ik tot een wanhopige manoeuvre. Er is aan mijn rechterkant een kleine opening tussen een SUV en een Lexus, dus ik draai aan het stuur en trap het gas in, in de hoop dat de bestuurder van de Lexus alert genoeg is om me niet plat te rijden.

De geur van verbrand rubber komt mijn neusgaten binnen als de bestuurder van de Lexus op de rem trapt en obsceniteiten roept. Maar zoals ik had gehoopt, is de opening tussen hem en de SUV veel te klein voor mijn achtervolger om zich er doorheen te wurmen, dus verlies ik de Charger uit het oog, wat hopelijk betekent dat hij mij uit het oog verliest.

Van mijn korte uitstel gebruikmakend, zwenk ik het trottoir op, tussen verwarde en geërgerde voetgangers slingerend terwijl ik keer op keer "Pardon" schreeuw.

Als dit spitsuur was, dan zou ik al over iemands voet zijn gereden, maar toch kan ik op deze manier niet zover komen.

Ik zie een dikke eik staan en stuur ernaartoe. Ik kom bij de boom, stop volledig en spring eraf, ik zet de scooter tegen de stam aan voordat ik naar de Duane Reade-apotheek ren, die tien meter verderop zit.

De man bij de kassa moet extra traag zijn, want er staat een lange rij. Ik baan me een weg door de winkel tot ik diep in de winkel ben en dan kijk ik door de gigantische etalageruit naar de weg.

Dit is wanneer ik iets zie dat waarschijnlijk het avondnieuws zal halen.

De auto's en voetgangers negerend vliegt de Dodge Charger op mijn geparkeerde scooter af.

De haren in mijn nek gaan overeind staan als ik zie hoe de auto een grote man aanrijdt — die over de motorkap vliegt, omrolt en op het trottoir landt.

De grill van de Charger raakt met het geluid van een spijker-op-schoolbord de achterband van mijn scooter.

Voetgangers verspreiden zich terwijl de scooter naar het raam vliegt waar ik momenteel doorheen sta te staren. De Charger vertraagt echter niet — niet totdat hij de arme Vespa in het midden van de rotatie vangt en hem als een vlinder tegen het raam plet.

Er dwarrelen onderdelen van de Vespa op het trottoir en het glas valt in een regen van scherven uiteen.

Het lot van de man met de grijze huid is een les in het belang van het omdoen van je veiligheidsgordel. Als een crashdummy vliegt hij uit zijn kapotte voorruit en gooit het Hallmark-schap voor ons om alsof het een kaartenhuis is. Een gekarteld stuk glas steekt uit zijn oogkas - het lijdt geen twijfel dat hij dood is.

Rechts van me schreeuwt een vrouw.

Ik gooi de burrito die ik als diner heb gegeten eruit. Wanneer mijn kokhalzen stopt, op een vreemde manier op de automatische piloot handelend, ga ik naar de uitgang en baan me met mijn ellebogen een weg door de sensatiezoekers. Het idee om de apotheek te verlaten moet ook in de gedachten van alle anderen zijn gekomen, dus voordat ik halverwege ben, word ik in een stormloop gevangen die me de straat op en weg van de crash voert.

Er gillen al sirenes in de verte, dus ik neem niet de moeite om het alarmnummer te bellen.

Zonder een vastomlijnd plan in gedachten te hebben loop ik de straat over en sprint ik naar Canal Street zonder achterom te kijken naar de plek van het ongeluk.

Twee blokken later realiseer ik me dat mijn conditie niet goed genoeg is om dit tempo tot aan de dierenarts vol te houden, dus steel ik brutaal een taxi van een man in een pak.

Als de taxichauffeur iets gemeens probeert te zeggen, duw ik van de stapel die Nero me eerder had gegeven een honderdje in zijn hand en zeg tegen hem, "Geen wisselgeld als je me in vier minuten naar Canal Street kunt brengen."

Ik kan niet eens op adem komen, deels omdat de taxi in drie minuten op mijn bestemming is — duidelijk een overpresteerder.

"Wacht alsjeblieft op me," zeg ik terwijl ik de deur achter me dichtgooi. Ik denk wel dat hij dat zal doen, in de hoop nog een grote fooi te krijgen.

Terwijl ik over de trappen van het gebouw van de dierenarts ren, laat ik me volledig realiseren wat er is gebeurd.

Een man had me gevolgd en ik denk dat hij me met zijn auto wilde rammen.

Waarom zou iemand dat willen doen?

Misschien was het een geval van persoonsverwisseling. Zou deze man een hekel kunnen hebben aan een vrouw die op een Vespa rijdt, iemand waar ik toevallig op lijk?

Met de helm op is dit semi-plausibel.

Nee, dat lijkt niet logisch te zijn. Ik had bovendien het gevoel dat ik zijn gezicht eerder had gezien — en nu ik niet in een wilde achtervolging zit, weet ik zelfs van waar.

Hij was een van de lijken in de nachtmerrie over het mortuarium.

Dat is natuurlijk krankzinnig, maar er zou een logische verklaring kunnen zijn. Misschien is deze man een seriemoordenaar die graag via auto-ongelukken moordt à la Tarantino's *Death Proof*. Om wat voor reden dan ook, misschien vanwege de Vespa, had hij mij als zijn slachtoffer gekozen en was hij me al dagen aan het volgen. Ik heb hem misschien een paar keer vanuit mijn ooghoeken gezien en de droom die ik eerder had gehad, was een waarschuwing waarvan mijn onderbewustzijn had besloten om hem naar mijn bewuste te sturen.

Er valt me iets anders op. De bleke chauffeur die me vanmorgen bijna had aangereden, leek ook erg op een van de lijken in de nachtmerrie over het mortuarium.

Betekent dit dat ik tegenover een team van seriemoordenaars sta? Werken ze zelfs als teams?

Wat hun redenen ook zijn, één man is zeker dood — die glasscherf in zijn oog zal me voor altijd achtervolgen. De ander zou op zijn minst gewond moeten zijn en mogelijk ook dood — afhankelijk van of hij zijn veiligheidsgordel om had gedaan en of zijn oude Crown Vic airbags had. Toch moet ik de politie bellen en uitleggen wat er met me is gebeurd voor het geval de eerste man het heeft overleefd of als het hypothetische seriemoordenaarsteam groter is dan twee leden. Maar als ik de politie bel, krijg ik dan problemen omdat ik de plaats van deze ongelukken heb verlaten?

Ik moet dit als ik thuis ben onderzoeken en misschien een advocaat bellen.

Ik open de deur van het kantoor van de dierenarts en begroet de receptioniste.

Een paar minuten later overhandigt Dr. Katz me een reismand met Lucifur. De kat is nog steeds verdoofd, maar ziet er toch een miljoen keer gezonder uit dan vanmorgen. "Onze Majesteit is moe," lijkt ze met haar groene ogen te zeggen. "Snel, mijn dienaar, breng ons naar huis en je zou een uithaal kunnen vermijden."

"Hier." De dokter geeft me een kleine plastic zak met de sleutel erin.

Ik pak de zak met de toppen van mijn vingers en stop hem, zonder te veel te analyseren, in mijn zak. "Bedankt dat u haar heeft gered."

"Graag gedaan," zegt dr. Katz. "Ik heb al met Rose gesproken over hoe ze voor Luci moet zorgen, dus je bent klaar om te gaan."

Ik verlaat het kantoor en zie dat de taxichauffeur inderdaad op me heeft gewacht.

Als we bij Battery Park aankomen, geef ik hem een geweldige fooi, maar niet zo uitbundig als eerst.

Tijdens de rit in de lift naar boven, kan ik niet anders dan aan de aanslag op mijn leven te denken. Ik heb mijn vage herinnering van de aanval in de tv-studio als een waanidee, een nachtmerrie of een hallucinatie veroorzaakt door Valium afgedaan — maar wat als tenminste een deel ervan op de realiteit gebaseerd was? Iets over die aanvaller was vergelijkbaar met de mannen in de Crown Vic en de Dodge Charger. En, ervan uitgaande dat ik de studio-aanval verzonnen heb, zou die droom dan door mijn onderbewustzijn tot stand kunnen zijn gekomen dat me probeerde te vertellen dat er een derde man in de hypothetische seriemoordenaarsclub is?

Ik besluit de politie te bellen zodra ik de kat heb overhandigd, vervloek de gevolgen. Ik zal ook Darian bellen en aan hem vragen wat er gisteravond is gebeurd. Hij zal waarschijnlijk denken dat ik gek ben en ik zal toekomstige hulp van hem vaarwel moeten kussen, maar ik moet het weten.

Hoe dan ook, zou Darian het bij het verkeerde eind hebben als hij denkt dat ik gek ben? Ik voel me prima, maar mensen met een psychische aandoening beseffen dat niet altijd. Toegegeven, mijn hersenscans waren voorbeelden van perfectie, maar ik denk niet dat de meeste psychische aandoeningen op dergelijke scans te zien zijn. En ja, ik heb vandaag ook met een psychiater gesproken, maar ik heb haar alleen over de symptomen vertelt die met mijn angst verband houden om in het openbaar te spreken. Ze zou helderziend moeten zijn om me met het weinige dat ik haar had gegeven te diagnosticeren.

Uiteindelijk komt het hierop neer: als ik zo gek ben dat ik me die ongelukken zo levendig heb voorgesteld, dan ben ik te ver heen. Ik kan net zo goed doen alsof ik normaal ben totdat ik in een gewatteerde kamer wakker wordt.

Het is een beetje zoals vrije wil en bewustzijn. Als illusionist vind ik het idee dat vrije wil een illusie is — iets wat sommige wetenschappers en filosofen beweren — erg aantrekkelijk. Kleine voorbeelden hiervan zijn er in overvloed, zoals vanmorgen, toen Ariël dacht dat ze een vrije keuze had, maar eigenlijk alleen de harten zeven voor het in het dekstekende effect kon selecteren. Op grotere schaal bepalen de natuurwetten de toestand van mijn hersenen op elk moment en een krachtige kwantumsupercomputer zou theoretisch gezien kunnen voorspellen in welke staat mijn hersenen zich zouden kunnen bevinden. En toch denk ik dat we moeten doen alsof we een vrije wil hebben — omdat het in het 'gekke' scenario de enige manier is om te bestaan, wat logisch lijkt.

Op dezelfde manier stellen sommige wetenschappers dat bewustzijn een andere illusie is. Wat ik denk dat ze bedoelen is dat ons brein een chemische computer is en wat wij als bewustzijn beschouwen, is hoe het voor de vleescomputer voelt om zijn berekeningen uit te voeren. Maar nogmaals, in het dagelijks leven is de enige logische manier om je te gedragen alsof bewustzijn echt is.

De deuren van de lift rinkelen en halen me uit mijn *Introductie naar Filosofie* mijmeringen. Ik pak de reismand en loop naar de deur van Rose, terwijl ik me realiseer dat ik haar nog nooit eerder na het werk heb bezocht. Wat als ze net zoals mijn moeder om negen uur gaat slapen? Maar nee. Zelfs als ze gewoonlijk vroeg naar bed gaat, zou ze vandaag zeker wachten tot de kat terug is gekomen.

Ik bel aan.

Er is bijna een minuut geen reactie. Misschien was mijn vroeg-naar-bed-theorie toch perfect?

De deur gaat open.

Het is niet Rose die de deur opendoet. In plaats daarvan staat er een man.

Een man die ik op een omslag van een tijdschrift zou verwachten, niet in het appartement van mijn bejaarde vriendin.

Hij heeft een imposant voorhoofd en zijn bleke gezicht is extreem symmetrisch, alsof het uit ivoor is gesneden. Niets dat zo wiskundig foutloos is, kan biologisch zijn, toch? Zijn glanzende zwarte haar valt tot op zijn schouders, de golven doen me aan posters in salons denken en zijn ogen zijn zo donker dat ze het licht van de gang lijken te absorberen, als zwarte gaten. Zijn verleidelijke lippen vormen een afkeurende lijn terwijl hij naar me staart. Het is alsof de natuur die duistere en sombere blik op zijn gezicht wilde oefenen en dicht bij perfectie is gekomen.

Ik schraap mijn plotseling droge keel. "Ik kom voor Rose." Ik hef de kattenmand op als uitleg. "Wie ben je?"

"Sasha," zegt Rose over de brede schouder van de man. "Ik dacht dat je nu net pas vrij zou zijn van je werk."

De knappe vreemdeling draait zich om om Rose me te laten zien.

"Ik ben weggegaan zodra ik het telefoontje van de dierenarts had gekregen," zeg ik en als ik haar blik opvang, kijk ik heel nadrukkelijk naar het gebeeldhouwde gezicht dat ons belangrijkste gespreksonderwerp zou moeten zijn.

"Oh, waar zijn mijn manieren?" Rose pakt de reismand, kijkt er bezorgt in en kijkt dan naar ons op. "Vlad, maak kennis met Sasha. Sasha, dit is Vlad."

"Hoi, Vlad," zeg ik, terwijl ik hem de charmante glimlach schenk die ik gebruik om toeschouwers op hun gemak te stellen voordat ze hun geest met een bijzonder slinks effect versteld laat staan.

"Hallo, Sasha. Aangenaam kennis met je te maken." Hij spreekt mijn naam met dezelfde harde 'sh' uit als de ouders van Felix — wat volgens hen de Russische en niet de Oezbeekse manier is om het te zeggen. Ondanks dat en zijn Russisch klinkende naam, heeft hij geen waarneembaar accent. "Rose heeft me veel over je verteld," vervolgt hij.

Ik kom in de verleiding om te zeggen, "Ze heeft nooit iets over jou gezegd," maar afhankelijk van wie hij voor haar is, klinkt dat misschien onbeleefd.

"Vlad is mijn neef," zegt Rose, die mijn verwarring opmerkt. "Hij gaat voor mij naar Whole Foods."

Tot nu toe dacht ik dat ze online boodschappen bestelde, zoals mijn huisgenoten en ik. Whole Foods — of 'Heel loonstrookje', zoals Felix het graag noemt — is inderdaad meer de stijl van Rose, dus ik ben blij dat ze deze geheime neef heeft om haar te helpen. Maar als hij haar helper is, waar was hij vanmorgen dan, toen de kat naar de dierenarts moest?

Rose stapt bij Vlad vandaan en laat de kat uit de

reismand. Lucifur strompelt dronken naar buiten, blaast gemeen naar Vlad en loopt naar de keuken.

Oké, dus misschien heeft Rose Vlad niet om hulp gevraagd, omdat de kat hem haat? Aan de andere kant denk ik ook niet dat de kat een grote fan van mij is.

"Je zou met ons mee moeten eten," zegt Rose voordat ik terug naar mijn huis kan gaan. "Ik heb de tafel helemaal gedekt."

Er komt een nieuwe theorie bij me op. Probeert Rose te koppelen?

Ze heeft in het verleden een paar keer naar mijn liefdesleven gevraagd, dus misschien is ze teleurgesteld door mijn gebrek aan een vriendje en heeft ze besloten om het heft in eigen handen te nemen. Als dat is wat er gebeurt, dan moet ik het haar nageven — Vlad is een indrukwekkend exemplaar. Hoewel Rose zich had moeten realiseren dat zo'n knappe man geen genoegen met een niet-supermodel als mij zou nemen.

Zou dit de reden kunnen zijn waarom hij er zo somber uitziet? Omdat hij teleurgesteld is in haar koppelen?

Ik sta op het punt om beleefd het etentje af te slaan als mijn verraderlijke maag zo hard rommelt dat de kat terugkomt om me met samengeknepen ogen aan te staren.

Ach ja. Mijn burrito is ontsnapt voordat ik de kans had gekregen om het te verteren, dus hoewel ik niet echt honger heb, zou ik waarschijnlijk een maaltijd in mijn maag moeten forceren — anders riskeer ik om midden in de nacht wakker te worden en in de koelkast te gaan rommelen.

Als we de keuken binnenkomen, is de tafel met kaarsen en een vaas met verse bloemen gedekt — een romantische sfeer die mijn koppel-theorie ondersteunt. Links van Rose staat een barkruk en daar zit Lucifur. Een klein theeschoteltje met Fancy Feast erop geeft aan dat dit de persoonlijke eetruimte van Hare Majesteit is.

Rose laat me links van de kat zitten, met Vlad rechts van haar. Zo ver van Vlad verwijderd zijn, ondersteunt de koppel-theorie niet, maar misschien heeft Rose hier een reden voor.

Zonder te vragen legt ze een berg van iets op mijn bord.

"Het is boekweit met een assortiment paddenstoelen," legt ze uit terwijl ze voor zichzelf opschept. "De kruiden komen uit mijn minituintje."

Ze geeft Vlad geen eten en als ze ziet dat ik naar de lege ruimte voor hem kijk, wrijft ze over haar ingewikkelde parelketting en zegt, "Vlad heeft zijn maaltijd al gehad."

Vlad gromt om de een of andere reden afkeurend. Zijn zijn eetgewoonten een staatsgeheim?

"Hou je van geschiedenis?" vraagt Rose aan me. "Vlad vertelde me net fascinerende verhalen over Catharina de Grote." Ze kijkt haar neef bewonderend aan. "Hij is een enorme Russische geschiedenisfanaat en hij vertelt het zo levendig — alsof hij erbij was." Ze grinnikt om iets waarvan ik aanneem dat het een binnenpretje is, maar hij kijkt nog somberder.

"Tuurlijk." Ik proef een lepel van het graan, van de smaken genietend die op mijn tong exploderen.

"Haar Russisch was in het begin verschrikkelijk." Vlad legt zijn bleke hand op de tafel voor hem, zijn ogen strak op het gezicht van Rose gericht, alsof ik niet in de kamer ben.

"Je moet Sasha context geven, schat." Rose legt haar hand op die van Vlad en kijkt me aan. "Voor het geval je het nog niet wist, Catharina was geen Rus. Ze werd als Sophie von Anhalt-Zerbst geboren."

"En ze stond toe dat degenen die dicht bij haar stonden haar bij die naam noemden." Vlad kijkt afstandelijk terwijl hij dit zegt. "Een van de vele beloningen die ze haar minnaars schonk."

Het woord 'minnaars' doet Rose om de een of andere reden fronsen, maar Vlad duikt gewoon in een verhaal over hoe Catharina de Grote een gelukkige ex, duizend lijfeigenen schonk — wat tot een geschiedenisles over de Russische lijfeigenen van die tijd leidt en hoe ze als slaven konden worden behandeld en onder de edelen weggegeven konden worden.

Terwijl ik luister, schrok ik met onbeschaafd enthousiasme van de boekweit, mijn eetlust is weer teruggekeerd. Ik observeer ook een vreemd gedragspatroon dat tijdens de geschiedenisles duidelijker wordt.

Rose en Vlad gedragen zich veel te incestueus voor tante en neef.

Ze raakt zijn hand vaak aan, hij glimlacht zelfs naar haar (wat op dat grimmig knappe gezicht niet op zijn plaats lijkt te zijn) en er is een chemie tussen de twee die helemaal niet platonisch is. Heb ik in een vlaag van ijdele hoop het hele gebeuren verkeerd geïnterpreteerd als koppelen?

Zouden ze samen kunnen zijn?

Ondanks het bewijs vind ik het moeilijk te accepteren. Hun leeftijdsverschil is enorm. Hij lijkt eind twintig of begin dertig te zijn, wat Rose oud genoeg maakt om zijn grootmoeder te zijn. En het is ook zo (en ik weet dat het een oppervlakkige logica is) dat Rose er geweldig uitziet, maar niet Vlad-geweldig. Afgaand op de foto's aan haar muren, was ze in zijn klasse toen ze jong was, maar hoe goed ze ook voor zichzelf heeft gezorgd (en het is duidelijk een obsessie van haar), er komt een punt waarop de decennia zich opstapelen en entropie ons inhaalt.

Het komt even in me op dat dit een fetisj-relatie voor Vlad zou kunnen zijn, maar als ik ze nader bestudeer, verwerp ik het idee. Ze gaan als beste vrienden met elkaar om en ze doen me aan een oud getrouwd stel denken dat een lang 'nog lang en gelukkig' heeft geleefd. Betekent dit dat ze al een tijdje samen zijn?

Heeft Rose hem misschien verleid toen hij op de middelbare school zat?

Ik begin me te midden van wat Rose duidelijk als

een geheime relatie houdt als een voyeur te voelen. Dus ik eet mijn bord leeg, zoek een pauze in de Russische geschiedenisles en zeg, "Dat was heerlijk, Rose, maar ik hoop dat je het niet erg vindt als ik ga. Ik heb een waanzinnige dag gehad en ik wil in bed liggen voordat het voedselcoma me treft."

"Natuurlijk," zegt Rose en ze kijkt zo geschrokken dat ik me afvraag of ze even was vergeten dat ik er was.

"Het was leuk om je te ontmoeten," zegt Vlad op de vriendelijkste toon die hij vanavond tegen me heeft gebruikt. Hij vindt het duidelijk leuk dat ik wegga. "Bedankt dat je Luci naar de dierenarts hebt gebracht."

"Geen probleem en bedankt voor het eten," zeg ik. "En voor het vermaak."

"Ga maar lekker slapen," zegt Rose terwijl ik het appartement uitloop. "We spreken elkaar snel."

Ik ga de gang in en sjok naar mijn appartement, mijn benen zwaar van het oprukkende voedselcoma en de post-adrenaline-inzinking.

Als ik langs de liftdeuren loop, gaat het lampje erboven branden, wat aangeeft dat hij eraan komt.

Ik stop om naar de deur te kijken, want het zou Ariël kunnen zijn — ze komt rond deze tijd thuis. Het kan ook Felix zijn, al is het voor hem nog wat vroeg.

De deuren gaan open en een rottende stank komt mijn neusgaten binnen. Het is zo sterk dat ik meteen op het punt sta om mijn tweede diner eruit te gooien.

De deuren schuiven verder uit elkaar en ik kijk geschokt naar de aankomsten.

De chauffeur met de grijze huid van vanmorgen, die

achter het stuur van de Crown Victoria zat, is binnen
— en hij is niet alleen.

De chauffeur van de Dodge Charger, de tweede
man die had geprobeerd om me te vermoorden, is
bij hem.

De glasscherf steekt nog steeds uit het linkeroog
van meneer Charger, terwijl zijn rechter me
emotieloos aankijkt.

Ik wankel achteruit.

De twee mannen springen in beweging.

HOOFDSTUK ELF

LEGIOENEN VAN GEDACHTEN VECHTEN OM MIJN AANDACHT.

Hoe kan de man met het stuk glas in zijn oog nog leven?

Hoe komt het dat niemand hem op weg hierheen tegen heeft gehouden? Dachten ze dat het al Halloween was?

Hoe kunnen ze allebei nog lopen na wat ze hebben meegemaakt?

En waarom lijken ze allebei precies op de mannen van mijn droom over het mortuarium?

Ik onderdruk voor het moment deze raadselachtige vragen en geef prioriteit aan overleven en draai me om, mijn hand duikt in mijn zak naar de sleutels van mijn appartement.

Schuifelende stappen echoën in de gang achter me.

De gang wordt een tunnel terwijl mijn visie wanhopig op de deur van mijn appartement inzoomt.

Zonder te proberen om mijn onregelmatige ademhaling in evenwicht te brengen, begin ik te sprinten.

Met twee sprongen bereik ik de deur, maar mijn handen trillen als ik probeer om de sleutel erin te steken.

De vreselijke stank neemt toe en al mijn spieren spannen zich aan als er iets over mijn schouder strijkt.

Ik zak in een hurkzit terwijl ik me omdraai, mijn sleutel stevig in mijn vuist geklemd.

De hand van meneer Crown Vic gaat suizend langs mijn schouder terwijl ik met de sleutel in het lichaam van mijn aanvaller snijdt.

Het kleine stukje metaal maakt niet eens een kras op zijn shirt.

Voordat ik mijn benen kan strekken, flankeert meneer Charger me aan de rechterkant.

Ik steek naar zijn been.

De sleutel prikt niet eens door zijn broek, maar het zou in ieder geval een beetje pijn moeten doen. Aan de andere kant hebben we het over een man die weinig aandacht aan de glasscherf besteedt die uit zijn oog steekt.

In plaats van op het kleine prikje van de sleutel te reageren, grijpt meneer Charger met zijn linkerhand mijn nek vast. Vaag merk ik dat zijn rechterarm slap langs zijn zij hangt, alsof hij gebroken is.

De man moet een powerlifter zijn, want zijn greep op mijn nek is sterker dan wanneer Ariël me in haar klauwen zou hebben. Ik klauw met al mijn kracht in zijn hand, maar hoe ik ook probeer om zijn vingers uit elkaar te wrikken, zijn greep op mijn keel wordt alleen maar steviger.

Mijn voeten glijden over de vloer terwijl hij me naar de tegenoverliggende muur sleept.

Door de hartslag die in mijn oren bonkt, hoor ik een deur dichtslaan. Misschien heeft een buurman gezien wat er aan de hand was en heeft hij de politie gebeld? Zelfs als dat het geval zou zijn, als mijn aanvaller me zo blijft wurgen, dan zal ik het niet lang genoeg overleven om door de politie te worden gered.

Hij smijt me tegen de muur en duwt me omhoog.

Mijn voeten verlaten de vloer.

In paniek schop ik hem in zijn kruis.

Hij lijkt mijn trap niet te registreren en tilt me steeds hoger op tot zijn grijze gezicht gelijk met mijn schouder is.

Witte vlekken van zuurstofgebrek dringen mijn zicht binnen.

Er is in mijn ooghoek een handgemeen te zien, maar ik kan niet onderscheiden wat het is. Met een beetje geluk is het waarschijnlijk Mr. Crown Vic die zich bij zijn maat voegt.

Het ergste van de stresssymptomen die door verstikking worden veroorzaakt, is dat je geen ademhalingsoefeningen kunt doen om te kalmeren. Na zoveel seconden zonder lucht, nader ik een punt waar geen terugkeer meer mogelijk is.

Er knapt iets in me en het meer primitieve, hagedisgedeelte van mijn brein neemt het over.

Ik knijp mijn hand zo hard over de sleutel dat de scherpe randen mijn huid doorboren en zonder enige aarzeling steek ik in het gezicht van mijn aanvaller.

De sleutel gaat in het enige overgebleven oog van mijn vijand, als een lepel in drilpudding.

Ik trek de sleutel uit het smerige gat.

Hij blijft me onaangedaan in mijn nek knijpen.

Ik schop hem nog een keer, maar het is alsof ik tegen een muur schop. Ik beweeg harder, mijn lichaam verspilt resterende kracht aan nutteloze stuiptrekkingen.

Mijn bewustzijn vervaagt sneller.

Het kan een artefact van alle witte vlekjes zijn die mijn zicht verpesten, maar ik geloof dat ik witte handen mijn kwelgeest bij de nek zie grijpen.

Met een misselijkmakend geknars komt het hoofd van mijn aanvaller los van zijn lichaam en zie ik Vlad — de eigenaar van de witte handen.

Hoewel mijn vijand geen hoofd meer heeft, wordt zijn greep op mijn keel niet losser.

Vlad grijpt de pols en elleboog van mijn aanvaller en trekt er met geweld aan.

De arm die me vasthield, scheurt in twee stukken, een bot steekt uit waar de elleboog zat. Alleen de afgerukte hand hangt nu om mijn nek, zoals Thing in *The Addams Family*.

Vlad rukt de hand van mijn nek, gooit hem op de grond en stampt er met een venijnigheid op die mensen met arachnofobie voor spinnen bewaren.

Naar lucht snakkend laat ik me langs de muur naar beneden glijden.

Vlad is als een dolle aan het stampen. Zijn voet komt hard neer op het glas dat uit het losse hoofd steekt en duwt de scherf helemaal in de schedel en dan volgt er nog meer gestamp, met krakende botten en exploderende lichaamsdelen om ons heen.

Ik klauter naar de deur van mijn appartement.

Mijn redder is misschien gevaarlijker dan mijn eerdere aanvallers.

Op zijn minst is hij nog woester dan dat zij waren.

Ik haast me naar de deur en maak de sleutel klaar om er snel in te steken.

Het geluid van brekende botten houdt op, wat betekent dat Vlad een reden moet hebben gevonden om met zijn gruwelijke taak te stoppen.

Ik steek de sleutel in het slot en draai hem zo hard om dat ik het vel van mijn vingers schraap.

De deur gaat van het slot en ik duw hem helemaal open, maar voordat ik naar binnen kan, blokkeert een krachtige arm mijn pad.

"Wie heeft hen onder controle?" Vlads gezicht is een masker dat van woede zo lelijk is geworden, dat ik niet kan geloven dat ik hem enkele minuten eerder aantrekkelijk had gevonden.

"Laat me gaan," roep ik, terwijl ik onder zijn arm door duik.

Hij grijpt naar mijn schouder, maar hij krijgt mijn shirt te pakken.

Het materiaal scheurt als hij me ronddraait om hem aan te kijken.

Zijn ogen zijn spiegels — zoals de ogen van de mannen uit mijn nachtmerrie over de tv-studio die helemaal in het zwart gekleed waren en wat misschien helemaal geen nachtmerrie was.

"Wie heeft hen onder controle?" eist hij opnieuw en deze keer lijkt zijn stem het universum over te nemen.

"Ik weet het niet." Op de een of andere manier vind ik de kracht om me terug te trekken, terwijl ik een deel van mijn shirt in zijn greep laat terwijl ik een stap achteruit doe en bijna over de drempel struikel.

Zijn neusgaten verwijden zich, maar hij maakt geen aanstalten om achter me aan te komen. "Nodig me uit om binnen te komen," beveelt hij tussen opeengeklemde tanden. Mijn weerspiegeling in zijn spiegelende ogen is zo doorschijnend bleek dat je bijna de woonkamer door me heen kunt zien.

Zijn verzoek is volkomen onredelijk, maar iets in me doet me verlangen om eraan te voldoen.

Verdwaasd vecht ik tegen de dwang terwijl een vlaag van beweging op de vloer mijn aandacht trekt.

Fluffster staat tussen mij en Vlad in.

Tot mijn schrik maakt de chinchilla een geluid dat op een hybride tussen het getjilp van een boze vogel en het gesis van een slang lijkt.

Vlad kijkt naar beneden, zijn ogen worden groter naarmate het spiegeleffect vervaagt. "Domovoj?"

Fluffster staat op zijn achterpoten en piept en sist weer.

Ik verwacht volledig dat Vlad mijn harige vriend gaat schoppen en als hij dat doet, dan zal ik hem in zijn oog steken — blijkbaar ben ik daartoe in staat.

Tot mijn verbazing deinst Vlad achteruit bij de deur vandaan. Voordat hij van gedachten verandert, sla ik de deur dicht en doe hem snel op slot.

Het appartement is beveiligd en ik schuif hijgend langs de deur naar beneden, terwijl ik over mijn pijnlijke keel wrijf.

Fluffster verliest zijn agressieve houding en springt op mijn schoot.

Als ik zijn hemelse vacht streel, word ik meteen kalm, dus ik probeer me verder te ontspannen en adem vijf seconden in en uit, zoals ik eerder vandaag heb geleerd.

Al snel zak ik naar slechts vijftien op de tien op de freak-out-schaal. Wat me vreemd genoeg het meest stoort, is dat ik tijdens dit hele incident niet flauw ben gevallen, maar dat wel had gedaan toen ik vanmorgen tegen een stel mannen van het beleggingsfonds moest spreken.

Wat is er mis met mijn prioriteiten?

Als ik weer een beetje na kan denken, pak ik mijn telefoon om het alarmnummer te bellen, terwijl ik merk dat mijn vingers nog steeds trillen.

"Sasha," zegt Ariël vanuit het midden van de woonkamer. "Gaat het met je?"

Ariëls haar is nat en ze is met een badhanddoek bedekt, dus in een epische inspanning van mentaal gehannes, realiseer ik me dat ze net onder de douche vandaan moet zijn gekomen.

"Ik ben zoverre van oké dat 'oké' net zo goed in Australië zou kunnen zijn," wil ik zeggen, maar het enige dat ik uit mijn droge lippen weet te persen is, "Ze hebben geprobeerd om me te vermoorden."

"Wat?" Ariël grijpt haar handdoek vast, rent naar me toe en gaat op haar hurken zitten. "Wat is er gebeurd?"

"Lichaamsdelen," zeg ik en de herinnering zorgt ervoor dat mijn ademhaling weer onregelmatig wordt. "Gang. Vlad. Twee mannen zijn met hun auto's tegen me aangereden."

"Rustig aan." Ze legt een hand op mijn schouder. "Je bent in shock."

Ik aai Fluffster nog een keer, haal diep adem en houdt het vijf seconden vast voordat ik het uitadem. Een beetje kalmer vertel ik Ariël een gebroken versie van de recente gebeurtenissen, met de aanval van de man met de grijze huid in de tv-studio beginnend en met de mannen met de grijze huid eindigend die uit de lift waren gekomen — en hoe Vlad ze in een hoop smerigheid had veranderd.

Ariël luistert met grote schrik, maar zonder het nodige ongeloof. Als ik klaar ben, zegt ze dringend, "Ga niet de politie bellen."

"Waar heb je het over?" Ik kijk naar haar of er tekenen zijn dat dit een grap is, maar ze ziet er zo ernstig uit als leverkanker. "Er liggen lichaamsdelen in de gang. Hoe kan ik ze niet bellen?"

Ze staat op, neemt Fluffster van me over en zet hem op de grond. Dan trekt ze me omhoog en trekt me weg van de deur.

"Wacht," zeg ik, maar ze steekt haar hoofd al de gang in. "Misschien ligt hij daar op de loer," eindig ik sloom.

Ariël negeert mijn waarschuwing en verlaat de veiligheid van het appartement. Ik strompel haar op trillende benen achterna en als ik de deuropening aanraak, hoor ik haar tegen zichzelf mompelen, "Wauw. Deze lichamen zijn gebalsemd."

"Wat zei je?" vraag ik, maar ze sleurt gewoon het kapotte bovenlichaam van een man uit de gang en laat het midden in onze woonkamer vallen.

Ik staar ernaar, niet in staat om te geloven dat daar een stuk mensenvlees ligt. De stank bereikt mijn neusgaten en ik kokhals.

Hees hoestend trek ik mijn shirt omhoog om mijn neus en mond te bedekken. "Zei je dat deze mannen al een tijdje dood waren?"

"Ik dacht niet helder na," zegt ze, terwijl ze me een nepglimlach geeft. "Het was de schok om die afslachting te zien."

Ik ben niet zo goed als Nero in het opsporen van leugens, maar als het op Ariël aankomt, kan ik met gemak zien wanneer ze liegt.

Voordat ik haar kan uitdagen, gaat ze terug naar de gang en komt met nog een ledemaatloos — en hoofdloos — stinkend torso terug.

Dat ik niet overgeef is een symptoom van shock — dat, of een andere stressgerelateerde veranderde staat van bewustzijn. Door de flarden van het overhemd van deze man kan ik de snedes zien die Beatrice — de vrouw in mijn droom — op zijn huid heeft gemaakt.

Ik probeer de vieze lucht niet in te ademen, nader het lichaam en beweeg het shirt met de punt van mijn schoen omhoog, zodat ik het midden van zijn borst kan zien.

Er zijn inderdaad een aantal littekens van een balseming.

Als ik naar de andere romp kijk, zie ik daar ook de snedes en de littekens — plus de telefoonhouder die Beatrice met haar mes had gemaakt.

Als ik een logische verklaring had gewild voor hoe een gebalsemd lijk zou kunnen bewegen, dan zou ik veronderstellen om onder al het dode vlees een metalen skeletrobot te zien — zoiets als een Terminator, alleen met een rottende buitenste laag. Ik zie echter tussen de rottende stompen waar de armen, benen en hoofd vroeger zaten geen metaal glimmen.

"Ga bij ze vandaan," zegt Ariël terwijl ze twee benen naar binnen sleept. "Je zou een infectie kunnen krijgen."

Het idee van een infectie schokt me uit de verdoofde verbijstering die me omhult. Mijn maag draait zich hevig om en ik struikel bijna over Fluffster terwijl ik naar de badkamer ren, waar ik over het toilet buk en mijn tweede diner van de dag eruit gooi.

Door het overgeven voel ik me een klein beetje beter — alsof dit gewoon een geval van alcoholvergiftiging is, niet een onmogelijke situatie waarin ik me bevind. Nadat ik mijn handen en gezicht heb gewassen en mijn tanden grondig heb gepoetst, voel ik me bijna weer mens.

Terug in de woonkamer is de stapel lichaamsdelen nu compleet met hoofden en ledematen, maar zowel Fluffster als Ariël ontbreken.

Voordat ik in paniek kan raken, komt Ariël uit haar kamer, gekleed in een spijkerbroek en een T-shirt.

Ze loopt vastberaden de keuken in en komt terug met een rol vuilniszakken in haar hand.

"Wat ga je doen?" vraag ik, hoewel het duidelijk is dat ze van plan is om de vuilniszakken met menselijke resten te vullen.

"We moeten ons hiervan ontdoen voordat Felix thuiskomt." Ze rolt een zak uit en scheidt die van de andere. "Hij zal flippen."

Ik lach hysterisch om haar understatement. Felix is zo schichtig over bloed dat hij ooit flauwviel bij het zien van een gebruikte tampon in de badkamer en sindsdien bedekken we ze met toiletpapier. Hij heeft Ariël ook verboden om verhalen over haar medische studie te delen, omdat hij bijna flauwviel nadat hij er een had gehoord.

"Als hij dit ziet, dan zal hij een spraakgebrek ontwikkelen." Ik zwaai met mijn hand om de stinkende puinhoop voor ons te omvatten. "Ik begrijp niet eens waarom ik zelf niet flauwval."

"Val maar flauw als je moet. Ik handel dit wel af." Ariël bukt zich en pakt een klein stukje vlees op dat misschien de overblijfselen van de hand zijn die om mijn nek zat.

"Maar wat is je plan?" vraag ik, terwijl ik probeer om niet nog een keer over te geven terwijl ik mijn shirt omhooghoud om mijn neus te bedekken. "Je kunt niet zomaar vuilniszakken met lichaamsdelen in de prullenbak gooien. Of ben je van plan om ze in de Hudson te dumpen terwijl alle toeristen ons filmen? Je kunt een bekeuring krijgen als je er afval in dumpt, weet je. En wat doen we met de stank en alle vlekken in de gang?"

Ik stel me voor dat we met zakken vol kadavers door de politie betrapt worden en huiver.

"Ik heb geen idee, maar ik bedenk wel iets." Ariël stopt haar griezelige trofee in de zak en pakt het oogloze hoofd van meneer Charger.

Niet voor het eerst valt het me op dat ze in deze situatie veel te kalm is. Ik weet dat ze in het leger wat dingen heeft gezien en ze is een medische professional en zo, maar net als ik zou ze zich af moeten vragen hoe het in godsnaam met gebalsemde lijken zit en met de vriend/neef van Rose die doet alsof hij Jack the Ripper is.

En wat is precies de reden dat we de politie niet bellen?

"Ariël... je lijkt te weten wat er aan de hand is." Ik zet mijn handen op mijn heupen. "Vertel op."

Zonder een woord te zeggen stopt ze het hoofd in

de zak en pakt een been op.

"Ik meen het. Ariël, als je iets weet, vertel het me dan. Wat gebeurt er allemaal?"

De deurbel gaat.

We kijken elkaar angstig aan.

"Misschien is Felix zijn sleutels kwijt?" zeg ik zwakjes.

Ariël zet de zak en het been neer, loopt naar de deur en kijkt door het kijkgaatje.

"Het is Felix niet," zegt ze over haar schouder en tot mijn stomme verbazing doet ze de deur open.

Een kleine man van middelbare leeftijd in een leren jack staat in de deuropening. Hij ziet er heel bekend uit. Ik denk dat ik hem in Battery Park zijn hond uit heb zien laten, maar ik zou er in mijn huidige toestand niet op zweren.

Zijn grijze ogen onderzoeken Ariël, dan mij, en nestelen zich dan hongerig op de stapel lichaamsdelen in het midden van de kamer.

"Gegroet," zegt hij tegen Ariël. "Vlad heeft me gebeld. Mijn naam is Pada," zegt hij tegen me — alsof Ariël dat al weet.

Fluffster rent mijn kamer uit en stopt voor me, alsof hij me tegen de nieuwkomer verdedigt.

"Vlad had het over de domovoj," zegt Pada terwijl hij de chinchilla bezorgd aankijkt. "Kun je hem vragen om rustig te blijven?"

"Fluffster, lieverd, ga maar naar mijn kamer," zeg ik, vooral om hem van mogelijk gevaar weg te houden. Tegen de vreemdeling zeg ik, "Wat wil je?"

Wat ik echt wil weten, is waarom Ariël nog niet de deur in het gezicht van de man heeft geslagen — weer een mysterie op een snelgroeiende lijst.

"Vlad heeft voor eventuele nieuwsgierige buren gezorgd, maar je hebt nog steeds een afvoerprobleem." Zijn ogen schieten over de hoop smerigheid. "Afvoeren is mijn specialiteit."

"Kom binnen." Ariël houdt de deur beleefd vast, alsof de vreemdeling alleen heeft aangeboden om ons kapotte sanitair te repareren.

Pada loopt naar binnen, met in elke hand twee grote koffers. Hij stopt voor de stapel, legt de koffers plat en ritst er een open.

Binnenin bevinden zich botsnijders van verschillende groottes en instrumenten waarvan Felix waarschijnlijk flauw zou vallen als hij ze zou zien. Er zijn ook schoonmaakmiddelen en vuilniszakken die er steviger uitzien dan de onze.

"Wil je wat thee?" vraagt Ariël aan Pada met een beleefdheid die ik van Britse royalty's zou verwachten.

"Ja, graag," zegt hij nors terwijl hij een zwaardere vuilniszak over die van Ariël doet die ze eerder had ingepakt. "Groen als je het hebt."

Ariël kijkt me aan en wijst dan naar de keuken. Dan loopt ze erheen, vermoedelijk om thee te zetten, en ik volg op de automatische piloot.

Ik ga aan tafel zitten en ze start de blender zonder iets in het apparaat te doen - ik denk dat het haar doel is om eventuele onaangename geluiden die uit de woonkamer komen te dempen. Als dat zo is, dan ben ik dankbaar.

"Wat gebeurt er?" roep ik boven het lawaai uit.

Ariël negeert me, giet water in de waterkoker en zet hem aan de kook.

Ze reikt naar de la naast de koelkast, haalt er een blocnote en een potlood uit en gaat naast me aan tafel zitten.

"Vertel me nog eens wat Beatrice — de vrouw in je droom — tegen de mysterieuze man aan de telefoon heeft gezegd," zegt ze met duidelijke urgentie in mijn oor.

Terwijl ik in mijn geheugen zoek, vertel ik haar wat ik me kan herinneren en ze schrijft het woord voor woord op de blocnote op. Telkens wanneer ik een paar echt gekke dingen uit de droom noem — zoals vampiers en weerwolven — lijkt Ariël te huiveren, alsof ik haar met mijn woorden heb geslagen.

"Is dit wanneer je me begint uit te leggen wat je weet?" vraag ik nadat ze met transcriberen is gestopt.

De ketel fluit. Ariël springt overeind en begint de drie theekopjes klaar te maken.

"Hier." Ze geeft me een kopje kamillethee — mijn favoriet voor in de avond.

"Hoelang denk je dat je mijn vragen kunt negeren?" Gefrustreerd blaas ik op mijn thee, waardoor er een beetje op tafel valt. "Wat gebeurt er?"

Er wordt op de muur geklopt, dus stopt Ariël de blender en pakt het kopje met de groene thee.

"Ik ben klaar." Pada komt binnen en schenkt Ariël

een chagrijnige halve glimlach. "Vlad heeft het meeste van mijn werk voor me gedaan."

Ariël geeft hem zijn thee.

Hij gooit het naar binnen alsof het koud bronwater op een warme dag is en niet de kokende hete vloeistof die het is.

Ariël gaat langs de oudere man en gaat naar de woonkamer. Nieuwsgierig volg ik.

De kamer ruikt naar een Febreze-fabriek na een terroristische daad, maar dat is oneindig veel beter dan de gruwelijke stank van een paar minuten eerder. Alle tekenen van de lichaamsdelen zijn verdwenen.

"Ik kan niet geloven dat het dezelfde kamer is," zegt Ariël, terwijl ze mijn gevoelens hardop zegt.

"Ik heb de gang buiten ook gedaan." Pada kijkt spijtig naar zijn nu lege beker.

"Hoeveel zijn we je schuldig?" Ariël opent het raam — vermoedelijk om de wolk van Febreze te luchten.

Pada zet het kopje op de salontafel. "Vlad heeft vanavond voor mijn compensatie gezorgd."

"Dank je wel en goedenavond." Ariël loopt naar de voordeur en houdt die met een beleefd, maar aandringend gebaar open.

Pada negeert de deur, reikt in zijn zak en haalt er een visitekaartje uit. Hij geeft het aan mij en zegt, "Voor het geval je mijn diensten in de toekomst nodig hebt."

"Ze zal je diensten niet nodig hebben," mompelt Ariël terwijl ze toekijkt hoe hij naar de deur loopt. "Niet als ik het kan helpen."

"Bedankt." Ik bekijk het kaartje. Ik zie alleen zijn naam, Pada L'Shick, en een 212-telefoonnummer staan.

Ariël slaat de deur zo hard achter hem dicht dat er wat stof en pleisterwerk los wordt geslagen.

Ik pak mijn telefoon en voor het geval dat typ ik het telefoonnummer en de naam van de vreemde man in mijn Google-contacten in — en loop dan terug naar de keuken om het papieren kaartje weg te gooien.

Ariël komt bij me, gaat aan de keukentafel zitten, pakt haar eigen thee en houdt die in haar handen vast, alsof ze ze wil opwarmen.

"Je moet me vertellen wat je weet." Ik pak een ijsblokje uit de koelkast en verdrink het boos in mijn thee. "Ik zal niet stoppen met vragen, hoe vaak je ook probeert om te doen alsof je me niet hebt gehoord."

Ze zet haar thee neer, haar voorhoofd rimpelt alsof ze zich inspant om iets te zeggen.

"Denk je dat je me ergens tegen beschermt?" Ik sta op en doem boven Ariël uit alsof *ik* degene ben die legersterk is. Mijn stem met zoveel autoriteit doordrenkt als ik op kan opbrengen, eis ik, "Vertel me wat er aan de hand is."

Ze ziet er ellendiger uit dan ik haar ooit heb gezien — nog erger dan na haar laatste relatiebreuk. Ik voel een onlogisch schuldgevoel, maar verman me ertegen. Ik voeg nog meer ijs aan mijn stem toe en zeg, "Als onze vriendschap iets voor je betekent, praat dan. Nu."

"Dat kan ik niet," zegt Ariël, en ik kijk geschokt toe hoe haar hele lichaam begint te stuiptrekken.

Het kopje glipt tussen haar trillende vingers door en valt op de grond uiteen.

Ik staar verlamd van afschuw naar Ariël als er bloed uit haar neus, oren en ogen begint te druppelen.

HOOFDSTUK TWAALF

ARIËL GRIJPT NAAR HAAR HOOFD ALSOF ZE PROBEERT TE VOORKOMEN DAT HET ONTPLOFT EN VOOR ZOVER IK WEET, is dat misschien wat er gaat gebeuren.

"Het spijt me," mompelt ze. "Ik kan het niet. Ik kan het niet."

In paniek pak ik keukenrol en geef die aan haar. "Wat is er aan de hand? Ben je gewond? Moet ik het alarmnummer bellen?"

Ze schudt haar hoofd, neemt de keukenrol van me aan en drukt die tegen het bloed dat over haar gezicht druppelt. "Nee, stop," weet ze te zeggen terwijl ik mijn telefoon tevoorschijn haal, hoe dan ook op het punt om een ambulance te bellen.

Ik stop en voel me volkomen hulpeloos. Voor het eerst zou ik willen dat ik, zoals Ariël, een medische opleiding had gehad zodat ik zou weten wat ik moet doen.

In plaats daarvan kan ik alleen maar toekijken hoe Ariël op het bloed dept, wat gelukkig lijkt te vertragen.

Na een minuut of twee, maar het kan ook na een uur van stilte zijn, herstelt Ariël genoeg om voorover te buigen en te proberen om de stukjes van het kopje op te rapen die ze heeft laten vallen.

"Laat dat maar liggen," zeg ik, gretig de kans grijpend om iets te doen. Met een bezem en een dweil ruim ik de rommel methodisch op, mijn geest raast met een snelheid van driehonderd kilometer per uur, maar ik kan geen verklaring vinden.

Ariël kijkt naar me en gnuift.

Oh, shit, gaat ze huilen? Dat zou moeilijker zijn dan toen ik klein was mama te horen huilen. Mam was zo'n huilebalk dat iedereen uiteindelijk ongevoelig voor haar driftbuien werd, terwijl Ariël in al die jaren dat we elkaar kennen nog nooit heeft gehuild. Sterker nog, als iemand het me zou vragen, dan zou ik denken dat Ariël alleen tijdens de begrafenis van haar ouders en op mijn begrafenis zou huilen — en met dat laatste zou ik mezelf voor de gek kunnen houden. Ze zou ook op de begrafenis van Felix een traantje kunnen laten, hoewel dat waarschijnlijk van de aard van zijn overlijden afhangt.

Ik zet de dweil weg en loop naar Ariël toe. "Ik denk dat ik het snap," zeg ik. "Je *kunt er niet* over praten. Wat *het* ook is."

Ze knikt en veegt een vers straaltje bloed uit haar neus weg. Er is duidelijk een verband tussen het bloed en haar pogingen om met mij over dit onderwerp te communiceren.

"Het spijt me dat ik je onder druk heb gezet," zeg ik, met het gevoel dat ik op het punt sta om de prijs voor slechtste vriendin te winnen, maar ook meer in de war dan ooit. Wat zou haar ervan kunnen weerhouden om te praten? En ook op zo'n gewelddadige manier? Kan een geesteszieke zich met bloed uit de oren, neus en ogen manifesteren?

Als Ariël een goochelaar zou zijn, dan zou ik het vermoeden hebben dat er een illusie achter het bloed zou zitten, zoals het stigmata-effect dat ik twee Halloweens geleden had uitgevoerd toen ik Felix bijna weer flauw had laten vallen. Maar ze is geen goochelaar en als ze dat wel zou zijn, dan heeft ze het beste effect ooit behaald: de wereld ervan overtuigen dat ze dat niet is.

Ariël staat op, pakt de hele rol keukenpapier en loopt naar de gootsteen om zichzelf schoon te maken. Ze komt terug, gaat zitten en kijkt me aan, haar ogen weer helder.

"Ik heb wat ik nodig heb om je te helpen," zegt ze, terwijl haar stem weer kalm wordt. Ze scheurt de bovenste pagina met de transcriptie van mijn droom uit het notitieboekje en zegt, "Je bent nog steeds in shock. Je ziet waarschijnlijk dingen. Ik heb dit op het slagveld zien gebeuren. Je moet je thee opdrinken en meteen naar bed gaan."

Ik open mijn mond om te protesteren, maar Ariël legt haar handpalm op mijn hand. "Alsjeblieft?" zegt ze zacht. "Ga gewoon slapen, Sasha. Echt, het is op dit moment het beste voor je."

Ik pak mijn kopje en drink de thee op om mezelf even de tijd te geven om na te denken. Nu het onmiddellijke gevaar voorbij is, heb ik inderdaad het gevoel dat ik op het punt sta om flauw te vallen, de post-adrenalinecrash gecombineerd met de vele dagen van slaapgebrek, die mijn tv-optreden hebben veroorzaakt.

"Oké," zeg ik met tegenzin. "Misschien zullen de dingen morgenochtend duidelijker zijn." Wat ik niet zeg is dat we een manier moeten vinden om hierover te praten zonder dat Ariël doodbloedt.

Ze staat op en ze geeft me een stevige knuffel. Door de bescheiden afgifte van oxytocine voel ik me een beetje beter, maar ben ik niet dichter bij een antwoord.

"Welterusten," zegt ze terwijl we uit elkaar gaan, en ik knik naar haar.

"Welterusten." Ik strompel op benen die als noedels voelen de keuken uit, pak een badjas in mijn kamer en ga onder de douche. Terwijl ik mijn avondroutine doorloop, dwarrelen theorieën, de een nog gekker dan de ander, door mijn hoofd, en ondanks de vermoeidheid maak ik me zorgen dat ik misschien niet in slaap kan vallen als ik eenmaal in bed lig.

Mijn zorgen zijn ongegrond. Ik ben weg zodra ik lekker onder mijn deken ga liggen.

———

Ik ben een naakt bewustzijn, maar met zintuigen, weer zwevend — net als die keer in het mortuarium.

Er hangt een geur van ontsmettingsmiddel in de lucht en medische apparatuur staat rondom een nabijgelegen ziekenhuisbed.

Een uitgemergelde kale vrouw van in de veertig leunt achterover in bed en volgens het polsbandje om haar dunne pols is haar naam Amie Descanso. Op de onderkant van het polsbandje staat "Kamer 4128, Maimonides Ziekenhuis" — wat betekent dat ik niet alleen mijn lichaam kwijt ben, maar ook op de een of andere manier in Brooklyn ben beland.

Ik denk dat het erger had gekund. Ik had mijn verstand helemaal kunnen verliezen en in Queens terecht kunnen zijn gekomen.

Als ik probeer om om me heen te kijken, merk ik dat ik het kan — wat vreemd is, aangezien ik geen nek heb om mijn hoofd te laten draaien, of een hoofd met ogen heb.

Op de tv is het nieuws te zien, maar ik let alleen op de datum en tijd die onderaan voorbij scrollen: 10:19 uur op dinsdag 10 oktober.

De deur gaat open en er komt een vrouw binnen die er bekend uitziet. Het hartvormige gezicht is dat van Beatrice van het incident in het mortuarium. Alleen draagt ze nu ziekenhuiskleding en op haar ID-kaartje staat dat haar naam Bea T. Rice, verpleegster, is.

Anders dan voorheen lacht Beatrice. Ze houdt ook ceremonieel een dienblad vast dat met een glanzend, koepelvormig metalen deksel afgedekt is. Ze lijkt daardoor op een chique serveerster, of een roomservicemedewerker in een vijfsterrenhotel.

"Hallo, Amie," zegt Beatrice, haar stem is vandaag veel vriendelijker dan toen ze met de mysterieuze man aan de telefoon sprak.

"Hoi," zegt Amie, haar stem is schor, alsof ze dagenlang heeft geschreeuwd. "Ik heb je nog niet eerder gezien."

"Hoe voel je je?" Beatrice nadert het bed en bestudeert Amie zorgvuldig, als een kunstcriticus die een schilderij van onschatbare waarde probeert te authenticeren. "Je dossier vermeldt veel pijn."

"Ik heb een paar hele slechte dagen gehad, maar ik voel me vandaag verrassend goed," zegt Amie en ze schudt aan het infuus dat naast haar staat. "Ondanks de morfinedruppels."

Beatrice fronst haar wenkbrauwen alsof ze teleurgesteld is over dit nieuws, maar ze hervindt al snel haar kalmte. "Ik heb begrepen dat je vandaag nog niet hebt ontbeten, klopt dat?"

"Nee, dat heb ik niet," zegt Amie. "Ik heb over het algemeen al dagen een slechte eetlust."

"Het spijt me om dat te horen." Beatrice lijkt oprecht overstuur te zijn. "Hopelijk helpt dit."

Beatrice opent de speciale klaptafel die aan het bed bevestigd is, plaatst haar dienblad erop en verwijdert het grote deksel met een opzichtige beweging waardoor ze nog meer op een serveerster lijkt.

Het dienblad is met lekkernijen gevuld zoals kreeft, escargots, filet mignon, kaviaar en een heleboel dingen die ik niet eens herken. Als ik een mond had, dan zou het nu vol water lopen en als ik een buik had gehad, dan zou het zeker rommelen.

Voor iemand met een slechte eetlust valt Amie de heerlijkheden met verrassend enthousiasme aan, en Beatrice lijkt plaatsvervangend plezier te beleven door toe te kijken hoe ze van het feestmaal geniet.

"Dat was geweldig," zegt Amie, terwijl ze haar hand voor haar mond doet terwijl ze boert. "Pardon."

"Dat geeft niet," zegt Beatrice met vrolijkheid in haar ogen. "Ik ben heel blij dat je het lekker vond."

Ze loopt naar Amie's infuuszak en prutst ermee.

"Wat heb je net gedaan?" vraagt Amie nieuwsgierig, haar gezicht staat ontspannen met een gelukzalige uitdrukking.

"Ik heb je morfine aangepast," zegt Beatrice. "Je zou je snel beter moeten voelen."

Amie sluit even haar ogen en opent ze dan. Ze ziet eruit alsof ze de slaperigheid en/of de extase van het medicijn probeert te bestrijden.

"Ik ben bang dat ik verslaafd raak aan dit spul." Amie's pupillen worden zo klein dat ze bijna onzichtbaar zijn. "Ik weet dat het dom is om me daar in mijn situatie druk over te maken, maar —"

"Stil maar." Beatrice streelt zachtjes Amie's hoofd. "Daar hoef je je geen zorgen meer over te maken."

Al snel zakt Amie onderuit, haar ogen sluiten en haar lippen krijgen een blauwachtige tint.

De meetapparatuur klaagt over Amie's trage hartslag, maar Beatrice doet er iets aan en het wordt stil. Ze friemelt dan met de rest van de apparatuur en gebruikt de bediening van het bed om de nu bewusteloze Amie in een liggende positie te brengen.

"Het spijt me," zegt Beatrice, terwijl ze haar vlindermes tevoorschijn haalt en het op dezelfde manier opent als in het mortuarium. "Ik heb een heel vers lijk nodig en ik heb jou gekozen, omdat je alleen nog maar een paar pijnlijke dagen in het vooruitzicht had."

Het is niet verrassend dat Amie geen antwoord geeft — als de overdosis morfine haar nog niet heeft gedood, dan zal dat waarschijnlijk snel gebeuren.

"Dat gedicht, 'Verdwijn niet geruisloos in het holst van de nacht', is complete onzin," vervolgt Beatrice, terwijl ze Amie op haar buik draait om de opening van de ziekenhuisjas bloot te leggen. "Als ik in jouw schoenen stond, dan zou ik willen dat iemand voor mij zou doen wat ik vandaag voor jou heb gedaan." Ze maakt de banden van de ziekenhuisjas los om de skeletachtige rug van de arme vrouw bloot te leggen. "Misschien zal een deel van jou ergens bij bewustzijn zijn, zodra ik je terugbreng," zegt ze sussend terwijl haar mes in Amie's rug snijdt. "Het is waar, ik heb de touwtjes in handen, maar—"

Ik hoor niet wat ze vervolgens zegt omdat het bloed onder het mes opwelt en de duisternis me naar binnen zuigt.

———

Ik word in koud zweet wakker.

"Het was maar een nachtmerrie," zeg ik tegen mezelf terwijl ik naar de badkamer sjok. "Gewoon een stomme droom."

Tegen de tijd dat ik terug naar bed kom, is mijn ademhaling vertraagd, en als ik weer ga liggen, slaag ik erin om in een onrustige slaap in te dommelen.

HOOFDSTUK DERTIEN

Een zonnestraal raakt mijn gezicht, waardoor ik boos op mezelf wakker word.

Ik ben gisteravond als een idioot vergeten om de jaloezieën te sluiten.

Hoe laat is het? De zon impliceert ochtend, maar waarom heb ik dan het gevoel dat ik maar een paar uur geslapen heb? Is iemand slaaptekort als een ondervragingstechniek op me aan het gebruiken? Als dat zo is, dan ben ik klaar om nationale veiligheidsgeheimen te vertellen, zolang mijn kwelgeesten de stomme jaloezieën sluiten en me nog even laten slapen.

De zon gaat niet weg, dus ik kijk op mijn nachtkastje en kreun.

De jaloezieën waren niet het enige dat ik was vergeten. Ik heb ook geen wekker gezet, daarom heb ik tot maar liefst 9:07 uur uitgeslapen — een luxe die ik zelfs in het weekend zelden krijg.

In een halve roes sleep ik mezelf naar de laptop en e-mail mijn werk en vertel ze dat ik erg ziek ben. Ik vraag me af of ik daar echt over lieg, want de slaperigheid en de pijnlijke spieren kunnen een teken van de griep zijn. Na het flauwvallen van gisteren, zouden ze mijn excuus in ieder geval zonder enige scepsis moeten accepteren, vooral omdat dit mijn eerste ziektedag van het jaar is.

Mijn achterste voelt aan alsof hij aan mijn stoel vastgelijmd zit en op de een of andere manier, wetende dat ik een respectabel aantal uren in bed heb doorgebracht, word ik alleen maar bozer over het ellendige slaaptekort dat ik voel. Als dit geen griep is, dan moet ik al die uren hebben liggen woelen en draaien, zonder in de genezende REM-slaap te zijn gevallen. Nu ik erover nadenk, herinner ik me zelfs vaag wat me onrustig heeft gehouden: de theorieën over wat er gisteren met me is gebeurd, bleven maar door mijn hoofd spoken. Dat, en ik heb weer een nachtmerrie gehad.

Ik dwing mezelf om op te staan en loop naar de badkamer.

Een douche doet bijna niets voor mijn waakzaamheid, ook het tandenpoetsen niet. De aanblik in de spiegel verslechtert mijn humeur omdat een enorme blauwe plek in mijn nek me aan de trieste posters van huiselijk geweld doet denken die ik soms in de metro zie. Ik zal voordat ik weer aan het werk ga een coltrui moeten kopen, anders zullen mijn collega's denken dat ik een man heb die in de gevangenis zou moeten zitten.

Ik trek een badjas aan en zoek mijn huisgenoten. Helaas zijn noch Ariël noch Felix thuis.

Ik ga terug naar mijn kamer, pak mijn nieuwe telefoon en zie dat de batterij leeg is. Het opladen is nog iets wat ik gisteren vergeten ben om te doen.

Ik doe de telefoon aan een oplader en als hij weer opstart, bel ik mijn vrienden, maar krijg hun voicemail.

Dit is echt waardeloos, want ik moet met Ariël praten. Ik heb een paar ideeën over hoe ze zonder te praten met me zou kunnen communiceren, maar ik denk dat die zullen moeten wachten.

Aangezien ik de telefoon bij me heb en omdat Fluffster zich eindelijk verwaardigt om me met een vriendelijk getjilp te begroeten, zoek ik *domovoj* op — een woord dat gisteren tegen hem gericht, twee keer werd genoemd.

Blijkbaar is een domovoj een beschermende huisgeest in de Russische en andere Slavische folklore. Dat is logisch, als ik aanneem dat Vlad oorspronkelijk uit Rusland komt, wat zijn kennis van zijn geschiedenis ondersteund. Hij moet die term poëtisch hebben gebruikt, want het leek alsof Fluffster me in mijn huis probeerde te beschermen.

Als chinchilla's iets bovennatuurlijks waren, dan zouden ze deel uitmaken van de Peruaanse folklore, niet van Russische folklore.

Ik voer Fluffster en loop naar de keuken om wat

havermout met bananen en amandelen voor mezelf te maken.

Terwijl ik mijn ontbijt eet, realiseer ik me dat Ariël het bij het verkeerde eind had. Slapen heeft me *niet* geholpen om mijn gekke nieuwe leven te begrijpen. Ik zou zelfs beter hebben geslapen als ik gisteravond de tijd had genomen om mijn gedachten op een rijtje te zetten.

Ik kan het denken net zo goed nu doen. Hopelijk heeft mijn onderbewustzijn terwijl het mijn slaap verknoeide een aantal goede theorieën uitgewerkt.

Fluffster springt op de stoel naast me en kijkt verlangend naar de lepel die ik op het punt sta om in mijn mond te stoppen.

"Hier." Ik laat hem een stukje banaan van de lepel eten. "Laat me nu nadenken."

Er is me op dat tv-podium iets overkomen en dat is waarschijnlijk een goede plek om te beginnen. De vreemde gebeurtenissen zijn begonnen toen ik die aangename stroom van energie voelde. Als het niet voor de goede gezondheidsverklaring was die ik gisteren in het ziekenhuis had gekregen, dan zou ik denken dat er iets in mijn hersenen is geknapt. Voor nu negeer ik de sterke argumenten voor de waanzin-optie; ik moet de mogelijkheid van een bovennatuurlijke verklaring in overweging nemen — en ik haat dat.

Ik ben altijd door mysteries gefascineerd geweest, maar vooral toen ik heel jong was. Als klein meisje verslond ik alles wat over ontvoeringen door buitenaardse wezens, geesten, Bigfoot, de

Bermudadriehoek, ESP en dergelijke sprak. Maar toen ik opgroeide, namen veel van deze entiteiten voor mij dezelfde weg als de Kerstman. Tot op zekere hoogte raakte ik geïnteresseerd in magie, omdat goochelaars een mystieke uitstraling hebben die soms echt lijkt — maar toen ik natuurlijk alle methoden achter die mysteries leerde kennen, had elk effect een rationele verklaring.

In zekere zin maakte het worden van een illusionist me een nog grotere scepticus, omdat ik kon zien dat wonderen konden worden opgevoerd en dat krachten zoals ESP gemakkelijk konden worden gesimuleerd.

Als ik een bovennatuurlijke kracht heb ontwikkeld, dan ben ik voor deze situatie waarschijnlijk de slechtste persoon — afgezien van iemand als James 'The Amazing' Randi, die carrière heeft gemaakt door het paranormale te ontkrachten.

Fluffster springt op mijn schoot en ik aai afwezig over zijn vacht terwijl ik van mijn sinaasappelsap nip en hier verder over nadenk.

Ik had de eerste nachtmerrie waarin een man met een grijze huid voorkwam op het podium op tv — en toen werd ik precies zo aangevallen. Ik heb het allemaal met bijwerkingen van Valium weggeredeneerd, maar wat als dat echt is gebeurd?

Dat zou betekenen dat Gaius en zijn mensen een onmogelijke kracht hebben — en nu ik erover nadenk, Vlad ook.

Tenzij gebalsemde lijken makkelijker uit elkaar te scheuren zijn dan ik me had voorgesteld. Maar toen deden al die supersterke mensen ook dat spiegeltrucje met hun ogen. Meestal kon ik dat met speciale contactlenzen verklaren, maar de ogen hadden een effect op me gehad dat ik niet kan verklaren — tenzij het een placebo was.

Mijn hoofd begint van dit alles pijn te doen, dus ik concentreer me weer op mijn eigen mogelijke bovennatuurlijkheid — in het bijzonder op het feit dat mijn tweede droom over Beatrice ging die twee dode mensen tot leven wekte. Hoe gek het ook klinkt, hoe kon dat slechts een droom zijn geweest als ik vervolgens door mensen werd aangevallen die er precies zo uitzagen als degenen die ze gereanimeerd had? Mensen die nota bene gebalsemd waren? Mijn theorie over onderbewuste waarschuwingen zou een deel ervan kunnen verklaren, maar niet alles. Ik begrijp niet hoe mijn onderbewustzijn de details van de aanval op de tv-studio had kunnen weten, noch het stukje over het balsemen.

Ik moet mezelf dus een simpele vraag stellen. Het is een vraag die vreemden me in mijn leven vaak hebben gesteld en ik heb altijd met een heftig "nee" geantwoord.

Ben ik helderziend?

HOOFDSTUK VEERTIEN

FLUFFSTER SPRINGT VAN MIJN SCHOOT OP TAFEL EN steelt een stukje amandel uit mijn schaal terwijl ik over dat onmogelijke idee nadenk.

In mijn filosofieles hebben we de techniek van *reductio ad absurdum* geleerd — om iets onwaars te bewijzen, neem je eerst aan dat het waar is en vervolgens gebruik je logica om die veronderstelling tot een belachelijke conclusie te brengen.

Dus wat als ik ervan uitga dat ik de toekomst kan 'dromen'?

Om te beginnen zou het meteen een kleine paradox creëren. Als ik de toekomst in mijn droom zie, dan krijg ik onmiddellijk de kracht om die te veranderen, dus ik zie niet *echt* de toekomst, alleen een mogelijkheid die gedwarsboomd kan worden. Mijn allereerste 'profetische droom' ging zelfs over gewurgd worden (dat doen ze graag met mij) door dat eerste kadaver op het podium. Maar toen ik weer bij bewustzijn kwam, ben ik van hem weggerend — dus heb ik in dat geval niet over de toekomst gedroomd, niet in de strikte zin van het woord.

Dus dan zie ik misschien *mogelijkheden* voor de toekomst — een soort voorspelling. Dit is beter, want het behandelt alle vervelende lotgevallen en/of problemen met de vrije wil — en aangezien dat het voorspellen van de toekomst moeilijker maakt, zal ik doen alsof vrije wil voor deze ketting van logica *geen* illusie is.

Dus, als ik aanneem dat ik deze gegevens ontbrekende, maar nauwkeurige voorspellingen kan doen, tot welke belachelijke conclusies leidt dat dan?

Er komen er niet veel boven, maar er is één ding met het formaat van een olifant. In de droom over het mortuarium werden woorden als 'vampier' en 'weerwolf' in het rond gegooid. Dat brengt me dieper in lala-land, want mythische wezens zijn veel ongelooflijker dan het voorspellen van de toekomst. De meeste films en boeken over helderziendheid (zoals *Dune* en *Minority Report*) worden namelijk als sciencefiction beschouwd, maar verhalen met vampiers (zoals *Dracula* en *Twilight*) behoren tot het rijk van de fantasie.

En sciencefiction is realistischer dan fantasie, toch?

In tegenstelling tot *Alice in Wonderland* heb ik grenzen aan het aantal onmogelijke dingen dat ik voor (en tijdens) het ontbijt kan geloven. Dus, voor mijn eigen geestelijke gezondheid, concentreer ik me voorlopig op één onmogelijkheid: profetische dromen.

Even aannemend dat dit mogelijk zou kunnen zijn, betekent dit dat mijn laatste droom over Beatrice misschien correct heeft voorspeld wat er later vandaag met een vrouw met de naam Amie in een ziekenhuis in Brooklyn gaat gebeuren.

De havermout smaakt ineens naar schuurpapier terwijl ik de implicaties volledig registreer. Het is nu 9.23 uur, wat betekent dat er over zevenenveertig minuten een vrouw zal worden gedood, alleen zodat ze een nieuw kadaver kan worden dat Beatrice kan opwekken (dodenbezwering is een ander aspect van dit hele gebeuren waar ik momenteel niet bij stil zal staan).

Ik dwing mezelf om het eten in mijn mond door te slikken en duw mijn kom opzij.

Mijn plan van aanpak is glashelder.

Ik moet naar het Maimonides ziekenhuis om die moord te voorkomen.

Als ik niet ga en ik later verneem dat Amie bestaat en dat ze is overleden, dan zal ik dat voor altijd op mijn geweten hebben. Daarheen gaan is ook mijn beste kans om deze voorspellingstheorie te valideren. Als Amie daar is en Beatrice op hetzelfde moment als in mijn droom in haar kamer arriveert, dan zal ik veel makkelijker mijn krachten als een feit accepteren.

Het zou ook mogelijk zijn om Beatrice enkele gerichte vragen te stellen.

Ik dump de rest van mijn ontbijt in de prullenbak en ren naar mijn kast. Aangezien ik haast heb, pak ik het eerste wat ik zie — de outfit die ik gewoonlijk tijdens mijn optreden in het restaurant draag: een zwarte leren broek, een shirt met borstzakken en een verborgen binnenzak met een veiligheidsspeld, plus een leren jack. Ik pak ook mijn telefoon van de oplader.

Het is slechts zeven procent, maar het is niet anders.

Tijdens de rit met de lift naar beneden twijfel ik over de snelste manier om op mijn bestemming te komen. Een autorit daarheen kan een kwartier tot meer dan een uur duren, dit is afhankelijk van het verkeer. Een ritje met de metro is betrouwbaarder dan een auto, maar dan zou ik over moeten stappen, dus het zou veertig tot vijftig minuten duren, waardoor ik zeker niet op tijd zou zijn. Mijn Vespa zou hier perfect voor zijn, maar die is verwoest.

Ik open een ride-hailing-app, vraag een auto aan zodra ik de lift uitstap, en drie minuten later zit ik in een mooie Honda Civic, op weg naar het ziekenhuis.

Ik overweeg om mijn chauffeur om te kopen zoals ik gisteren had gedaan, maar ik heb het geld van Nero niet bij me. Deze chauffeur ziet er niet vriendelijk uit en onze aankomsttijd hangt veel meer af van het verkeer dan van zijn rijvaardigheid.

Als ik Ariël opnieuw bel, krijg ik de voicemail, dus ik spreek een bericht in waarin ik haar vraag om me onmiddellijk terug te bellen. Voor de goede orde app ik haar hetzelfde verzoek. Het belangrijkste dat ik wil weten is of ik de politie kan bellen over de mogelijke moord op Amie. Toen Ariël me gisteren had verteld om ze niet te bellen, was dat dan een algemeen verbod of was het specifiek voor het scenario met lichaamsdelen?

Als ik het alarmnummer zou bellen en hen de waarheid zou vertellen, dan zouden ze natuurlijk denken dat ik gek ben, maar ik ben een illusionist die goed genoeg is om een onecht verhaal te verzinnen dat hen hopelijk zou overtuigen om bij Amie te gaan kijken. Ik zou bijvoorbeeld kunnen beweren dat ik vanuit haar ziekenhuiskamer geweerschoten of hulp geroep had gehoord.

"Kijk uit je doppen, achterlijke!" schreeuwt mijn chauffeur met een zwaar accent en hij trapt zo hard op de rem dat ik bijna van mijn stoel vlieg. Ik ben er vrij zeker van dat hij net een bus heeft afgesneden, in plaats van andersom, maar ik besluit om niets te zeggen en maak een mentale notitie om hem een slechte recensie te geven.

De adrenalinestoot verhelpt een deel van de aanhoudende wazigheid in mijn geest en een voor de hand liggend idee komt bij me op.

Ik kan het ziekenhuis bellen en kijken of ze een patiënt hebben die Amie Descanso heet.

Voordat mijn geest een lijst met voor- en nadelen kan beginnen, zoek ik het nummer van het ziekenhuis op en toets het in. Terwijl de telefoon gaat, dwing ik mezelf om me alles te herinneren wat ik ooit over het privacybeleid van ziekenhuizen heb gehoord — het laatste wat ik wil is in administratieve rompslomp verstrikt raken.

De telefoon maakt verbinding en een vrouw zegt, "Maimonides ziekenhuis."

"Hoi," zeg ik, terwijl ik in een illusionistische denkwijze aanneem — ook wel bekend als 'me voorbereiden om als een gek te liegen.'

"Hoe kan ik je helpen?" vraagt de vrouw.

"Ik ben op weg om mijn zus te bezoeken," zeg ik. "Haar naam is Amie Descanso. Ik geloof dat ze op de afdeling langdurige zorg ligt of hospice. Kun je me alsjeblieft vertellen in welke kamer ze ligt?"

Ik wacht gespannen terwijl de vrouw begint te typen.

"Vertel me alsjeblieft dat je geen patiënt met die naam hebt," wil ik zeggen, maar ik bijt op mijn tong. Ik maak me ook een beetje zorgen dat de leugen die ik heb verzonnen niet goed genoeg is en dat de telefoniste me voordat we de tunnel ingaan geen antwoord zal geven — het is een gebied zonder ontvangst — dat we snel naderen.

"Ze ligt in kamer 4128," zegt de vrouw tot mijn schrik en ze vertelt me hoe ik het beste bij de kamer kan komen.

"Dank je," zeg ik terwijl we de tunnel inrijden. Mijn handpalmen zijn vochtig en mijn hoofd tolt van de implicatie, maar ik orden mijn gedachten genoeg om te zeggen, "Er is eerlijk gezegd nog iets anders waar je me mee kan helpen —"

De verbinding wordt verbroken, mijn telefoon toont nul bereik. Wat erger is, de batterij staat nu op één procent.

Verdoofd staar ik naar de lampen die voorbijflitsen die aan de muur van de tunnel hangen. Dus het ziekenhuis heeft inderdaad een patiënt met die naam en ze ligt in exact dezelfde kamer als in mijn droom.

Hoe groot is de kans dat dit toeval is? Mijn analytische geest vertelt me dat de kans klein is — zo klein dat mijn droom, in combinatie met al het andere, niet zomaar een droom zal zijn.

Amie's leven is echt in gevaar en ik moet doen wat ik kan om haar te redden.

In paniek overweeg ik om ondanks Ariëls waarschuwing de politie te bellen of op zijn minst het ziekenhuis opnieuw te proberen. Ik zal om de waarheid heen moeten dansen, maar ik zal met iets aannemelijks komen. Misschien kan ik beweren dat een verpleegster met de naam Bea T. Rice mijn 'zus' heeft lastiggevallen of dat Amie me heeft verteld dat ze zich erg ziek voelt of wordt gestalkt —

Mijn telefoon maakt een geluid als de batterij leeg is — en we zijn nog niet eens uit de stomme tunnel gekomen.

"Neem me niet kwalijk," zeg ik tegen Raj Harry, de naam op het duidelijk weergegeven identiteitsbewijs van de chauffeur. "Heb je een USB Micro B-oplader voor mijn Android-telefoon?"

"Het spijt me," zegt Raj, zijn stem met een zwaar accent zonder enige zweem van verontschuldiging. "Ik gebruik een iPhone."

Inderdaad, er staat een iPhone met een GPS-app op het dashboard aan de voorkant. De app heeft onze route uitgestippeld en schat onze aankomst om 10:09 uur. Hij ziet me in de achteruitkijkspiegel naar zijn telefoon kijken en kantelt hem naar hem toe zodat ik het scherm niet meer kan zien.

"Mag ik dan alsjeblieft je telefoon gebruiken?" zeg ik, het onbeschofte gebaar negerend. "Nadat we de tunnel hebben verlaten, bedoel ik?"

"Het spijt me," zegt hij en haalt in de achteruitkijkspiegel zijn schouders op. "Ik heb een abonnement van T-Mobile voor alleen data."

Ik vind zijn verklaring moeilijk te geloven. Zelfs als zo'n abonnement bestaat, dan betwijfel ik of je het met een iPhone zou kunnen krijgen.

"Het zou nog steeds het alarmnummer moeten kunnen bellen," zeg ik, in een poging om hem te overtroeven. "Ik moet de hulpdiensten bellen — mijn zus zit in de problemen."

"Hij kan geen alarmnummer bellen." Voor het eerst zie ik wat emotie op zijn gezicht. Hij kijkt erg bezorgd.

Heeft hij een probleem met de politie? Komt daar de terughoudendheid vandaan?

Heeft een rijder hem eerder bij de politie aangegeven?

Ik duw die enge gedachte opzij en zoek naar oplossingen. "Wat als ik je met PayPal honderd dollar betaal?" Ik vang zijn blik in de achteruitkijkspiegel. "Mag ik dan je telefoon gebruiken? Misschien kan ik het ziekenhuis mailen?"

"Het spijt me," zegt hij, zijn gezicht weer

onbewogen. "Ik heb mijn telefoon nodig om te navigeren. Ik kan het je niet geven."

Als dit een limousine was, dan wed ik dat de man de scheidingswand tussen ons zou sluiten.

Eindelijk verlaten we de tunnel en ik twijfel om hem te vragen om me uit de auto te laten. Maar we zijn op de snelweg en dan zou ik zeker te laat in het ziekenhuis komen. Ik overweeg ook om gewoon naar voren te leunen en brutaal de telefoon te pakken, maar de kans is nog groter dat dit tot vertraging zal leiden — en bovendien kan ik in elkaar worden geslagen of gearresteerd worden.

De chauffeur snijdt een andere auto af, woedend toeterend en hij zoeft langs de tolhuisjes.

"Is het de blauwe plek in mijn nek die je ongemakkelijk maakt?" vraag ik op een voorgevoel.

"Het spijt me," zegt hij weer, terwijl hij zijn spiegel zo draait dat ik zijn gezicht niet meer kan zien. "Mijn Engels is niet zo goed."

"Je krijgt een slechte recensie, dat kan ik je wel zeggen," zeg ik terwijl ik mijn armen over mijn borst sla.

"Het spijt me," zegt hij opnieuw en hij doet me aan die klantenservicemedewerkers denken die als een kapotte plaat klinken. "Laten we niet meer praten. Ik moet me op de weg concentreren."

"Kun je me op zijn minst zeggen hoe laat het is?" Ondanks mijn woede probeer ik beleefd te klinken. "Of de telefoon mijn kant op kantelen?"

Hij moet het hele niet-praten-gedoe echt menen, want hij geeft me geen antwoord.

Na een paar minuten van sombere stilte bereiken we het eerste deel met verkeer. Ik probeer in het licht van het verkeer naar de tijd of de telefoon te vragen, maar hij gaat door met te zwijgen.

Stilstaan in het verkeer voelt altijd als een eeuwigheid, maar deze keer zweer ik dat ik mijn nagels zie groeien voordat we de file verlaten.

Om niet gek te worden, oefen ik de ademhalingstechnieken die Lucretia me heeft geleerd en fantaseer ik over de kwaadaardige streken die ik als wraak op de onbehulpzame Raj Harry uit kan halen. Aangezien ik zijn naam ken, kan ik Felix misschien de RDW voor me laten hacken en me zijn adres bezorgen. Ik zou dan via slakkenpost wraak kunnen nemen met een ansichtkaart met 'Korting voor luiers voor volwassenen' of met een zak met kunststof penissen die ik online 'voor het geval dat' had gemarkeerd.

Nee, die zijn te mild. In plaats daarvan zal ik hem een doos met Fluffsters poep of een rotte vis met een dood bloemstuk sturen.

De zwaarte van de straf hangt ervan af of ik wel of niet Amie red.

We verlaten de snelweg en banen ons een weg door de straten van Brooklyn.

Het enige leuke dat ik over Brooklyn kan zeggen of in ieder geval over dit deel ervan, is dat we genummerde wegen passeren, wat het gemakkelijker maakt om onze route zonder GPS te volgen. Het ziekenhuis bevindt zich op 10th Avenue en 48th Street, dus als ik 47th Street zie, raak ik opgewonden.

We bereiken 10th Avenue in enkele ogenblikken en slaan rechtsaf. Ik heb mijn hand al op de deurklink.

Hij stopt bij de ingang van het ziekenhuis, maar verbreekt de ongemakkelijke stilte niet.

"Ik hoop oprecht dat je door een zelfrijdende auto wordt vervangen," zeg ik terwijl ik uit de auto spring en de deur zo hard mogelijk dichtgooi.

Zijn banden piepen als hij wegrijdt en ik haast me naar de ingang.

De sleutel om ervoor te zorgen dat niemand je domme vragen stelt als je naar semi-beperkte gebieden, zoals een ziekenhuis, gaat, is om er zelfverzekerd uit te zien.

Dus, zelfverzekerd kijkend, ga ik naar binnen en ren door de gangen die de gebouwen met elkaar verbinden voordat ik de juiste vind. Van daaruit neem ik de lift naar de vierde verdieping. Al die tijd probeer ik eruit te zien alsof ik daar hoor te zijn en dat mijn haast de normaalste zaak van de wereld is.

Mijn strategie werkt. Zelfs de weinige verpleegsters in de verpleegpost op de vierde verdieping moeten aannemen dat ik hier hoor te zijn, want niemand knippert met zijn ogen.

Ik zie een grote ronde klok boven de verpleegpost hangen en een koude rilling loopt over mijn rug.

Het is 10:35, ver voorbij mijn doel van 10:19.

Dan besef ik dat niet alles verloren is. In mijn droom vermoordde Beatrice Amie niet meteen — ze liet haar eerst een laatste maaltijd eten. Ik kan de dag nog redden, afhankelijk van hoe lang dat onderdeel had geduurd. Ik wou dat ik in de droom af en toe de tijd had gecontroleerd, maar dat heb ik niet gedaan.

Ik sprint zo snel naar kamer 4128 dat mijn laarzen op de pas schoongemaakte vloer slippen.

Met mijn gezicht naar de deur gericht zet ik me schrap voor een mogelijke ontmoeting met Beatrice. Mijn adem is haperend van het rennen en de adrenaline giert door me heen.

Met trillende handen reik ik naar de deurklink.

HOOFDSTUK VIJFTIEN

AMIE LIGT MET HAAR GEZICHT OMHOOG OP HET BED. ZE ziet er precies zo uit als in mijn droom — wat duidelijk niet zomaar een droom was.

Beatrice is er niet.

Ben ik te laat?

Er is met de ziekenhuisapparatuur geknoeid en dat helpt niet bij het bewijs dat ze nog leeft.

Ik ga naar het bed en controleer Amie's hartslag aan haar pols.

Die is er niet.

Als mentalist ken ik enkele methoden om de illusie te wekken dat iemands hart is gestopt. Een bal onder de oksel kan er bijvoorbeeld voor zorgen dat de pols langzamer lijkt te gaan en dan stopt. Dus ik controleer Amie's hals.

Ook hier is geen hartslag te vinden.

Ik leg het scherm van mijn dode telefoon onder

haar mond om te kijken of ze met haar ademhaling het glas laat beslaan.

Het scherm blijft helder.

De moed zakt me in de schoenen.

Ik heb gefaald.

Ze is dood.

Ik overweeg om naar de verpleegpost te rennen, zodat ze kunnen proberen om haar te reanimeren, maar dan zie ik strepen van bloed op het bed en herinner ik me de insnijdingen van Beatrice. In de nachtmerrie van het mortuarium was het doel om de reanimatie van het lijk uit te stellen totdat Beatrice weg was.

En Beatrice is er niet.

Een krachtig gevoel van onheil overvalt me.

"Ik kan maar beter de verpleegsters gaan halen," zeg ik hardop tegen niemand in het bijzonder.

Terwijl ik naar de deur loop, spookt er een eenvoudig en angstaanjagend idee door mijn hoofd. In mijn haast was de enige mogelijkheid waar ik mezelf niet volledig bij stil had laten staan, dat Amie niet alleen zou sterven, maar ook weer terug zou komen. En als alles tot nu toe als waar is bevestigd, dan dicteert de logica (of de verwrongen zus die het heeft vervangen) dat Amie een levende dode zal worden en snel. Ze zal ook op de een of andere manier superieur aan de andere kadavers zijn, althans dat neem ik op basis van de opmerkingen van Beatrice over haar 'versheid' aan.

Ik sta bij de deur als ik het geritsel van een ziekenhuisjas op de gesteven lakens achter me hoor.

Ze beweegt.

Ik pak de deurklink vast, maar hij glijdt door mijn bezwete handpalm.

Blote voeten kletsen tegen de grijze vinyltegels van de vloer.

Ik veeg mijn handen aan mijn shirt af, maak de deur open, ren naar buiten en sla hem achter me dicht.

Met aangespannen beenspieren, sprint ik naar de verpleegpost.

De deur achter me gaat open en slaat met een klap dicht.

"Bel de beveiliging," roep ik tegen de verpleegster bij de verpleegpost. "De patiënt die achter me loopt, heeft een inzinking."

Zonder het antwoord van de verpleegster af te wachten, ren ik naar de lift en druk op de plastic knop.

In het enkele moment dat ik moet besluiten dat de lift het niet op tijd gaat redden, adem ik een dozijn onregelmatige ademhalingen in en ren naar de trap.

Ik ben halverwege de derde verdieping als de trapdeur boven me dichtslaat. Ik schrik van het geluid, maar blijf de trap af rennen.

Het schuifelen van blote voeten op stoffig cement volgt, waardoor er geen twijfel over bestaat wie me volgt.

Ik spring met twee treden tegelijk naar beneden, val bijna en verdraai mijn enkel twee keer, maar binnen enkele seconden heb ik de eerste verdieping bereikt.

Ik ren door de hoofdingang naar buiten en heb nieuwe hoop. Er zal toch wel iemand zijn die een patiënt die een ziekenhuisjas draagt tegen zal houden voordat ze haar blote kont op straat kan laten zien?

Als ik de hoek van 10th Avenue en 48th Street bereik, kijk ik nog even achterom naar de ingang van het ziekenhuis.

Of de beveiliging kon het niet schelen of ze konden Amie niet aan — want ze bevindt zich maar op een paar meter achter me. Ik merk dat ze inderdaad veel sneller en soepeler beweegt dan de kadavers die eerder achter me aan zaten. Ze ziet er ook minder 'dood' uit en nu ik erover nadenk, stonk ze helemaal niet.

Ik draai de hoek om en verhoog het tempo, omdat ik in de verte het bruingroene van de bovengrondse metrosporen zie — een luidruchtige doorn in het oog uit een ander tijdperk.

De verweerde stoep van de pleinen vervagen onder mijn voeten en de rode stenen gebouwen lijken in elkaar over te lopen. De paar voetgangers die ik passeer kijken me vragend aan, maar ik negeer ze en ren uit alle macht verder.

Als ik de straat bereik waar de metro boven rijdt, sla ik willekeurig rechtsaf, in de veronderstelling dat er hoe dan ook een halte zal komen.

Sommige van de bedrijven die ik passeer zijn nog steeds gesloten en graffiti siert hun lelijke grijze beveiligingspoortjes. Hun luifels zijn in de hele geschiedenis van Brooklyn niet veranderd en ze hebben allemaal die gevaarlijke kelderingangen via een kelder met dubbele luiken. Ik zorg ervoor dat ik terwijl ik sprint uit de buurt van de kelders blijf. Het laatste wat ik wil is erin vallen, zoals Samantha in *Sex and the City* had gedaan.

Ik zie anderhalve blok verder de ingang van de metro en in de verte staat een trein.

Ik vind nieuwe kracht en race naar de trappen die naar het 50th Street D-treinstation leiden. Als mijn Stuyvesant High atletiekcoach mijn prestatie vandaag zou kunnen zien, dan zou hij er spijt van hebben dat ik niet in het wedstrijdteam mocht.

Ik zie een flikkering van beweging in het reflecterende raam van een wasserette waar ik langs ren en in het volgende raam bevestig ik het.

Ondanks mijn snelheid bevindt Amie zich vlak achter me.

Als ik het station bereik, galoppeert mijn hart als een gek in mijn borstkas en mijn longen voelen alsof ze op het punt staan om te barsten. Hijgend naar adem zoef ik met sprongen van twee of drie treden de trap op.

Als ik een draaihek tegenkom, neem ik niet de moeite om naar mijn portemonnee te grijpen waar mijn metropasje in zit. Ik spring gewoon als een hordeloopster over de hindernis. Het zou geweldig zijn als een agent me zou zien en zou besluiten om me een bekeuring te geven voor het zwartrijden in de metro, maar de wet van Murphy zorgt ervoor dat er geen in de buurt is.

Ik ga naar de Manhattan-kant van het station, mijn

voeten tintelen als ze de trilling van de aankomende trein detecteren.

Amie zit me nog steeds op de hielen.

Als een menselijke torpedo vlieg ik helemaal naar het station en zie de trein aankomen.

Ik voel druk op mijn schouder en kijk achterom.

Amie's hand heeft mijn jas vastgegrepen, haar ogen zijn angstaanjagend leeg.

Mijn maag draait zich om van de onverteerde havermout.

Zo snel als de trein rijdt, had het net zo goed een slak kunnen zijn voor al het goede dat het me zal doen.

Ik draai me uit haar greep, laat mijn jas in haar hand achter en sprint naar de aankomende trein.

Mijn nieuwe idee is pure waanzin.

Als ik dit verkeerd time, dan zullen er twee lijken op het bureau liggen — en de mijne zal veel minder fit zijn dan die van Amie.

Als ik met Amie op mijn hielen het einde van het perron bereik, is de trein een tiental meter van het station verwijderd.

Ik adem diep in en spring voor de trein naar beneden.

HOOFDSTUK ZESTIEN

Mijn knieën gillen uit protest als ik land, maar ik slaag erin om al rennend op de grond te belanden. Ik spring over spoor na spoor en kom bij het treinspoor naar Brooklyn.

Als ik achteromkijk, zie ik Amie op de plek landen die ik net verlaten heb.

Shit. Mijn plan was om Amie achter de naderende trein achter te laten.

De remmen van de trein piepen als een metalen draak. De conducteur probeert waarschijnlijk om te stoppen.

Hij faalt.

Net als Amie bij het tweede spoor komt, botst de trein tegen haar aan en wordt ze eronder gesleept.

Gal komt in mijn keel omhoog terwijl krakende geluiden mijn oren bereiken. Ik weet dat mijn achtervolger al dood was, maar het is nog steeds misselijkmakend om je voor te stellen dat haar lichaam zo verminkt wordt.

Met moeite lukt het me om te slikken en dwing ik mezelf om tegen de muur van het treinspoor aan de andere kant op te springen. Ik wil niet in de buurt zijn om de onvermijdelijke vragen over het ongeval of over mijn eigen suïcidale en mogelijk illegale manoeuvre te beantwoorden.

Tegen de tijd dat ik eruit klim trillen mijn armen van uitputting en bedank ik Ariël in gedachten voor alle pull-ups die ze me in de sportschool laat doen.

De trein staat inmiddels volledig stil en ziekelijke nieuwsgierigheid laat me weer achteromkijken.

Tot mijn schrik ligt Amie's lichaam niet meer onder de trein. In plaats daarvan bevindt het zich tussen de twee treinsporen in — en is ze in beweging.

Eerst hebben mijn hersenen moeite om te ontleden wat het ziet.

Amie's linkerbeen ontbreekt onder de knie en haar rechterbeen is bij de enkel gebroken, met gekarteld bot dat eruit steekt. De gruwelijkheid van deze verwondingen zou een doorgewinterde dokter uit de Eerste Wereldoorlog ineen doen krimpen.

Het ergste is *hoe* ze zich beweegt — op handen en voeten, als een cheeta uit de hel.

Ik knipper met mijn ogen, alsof dat kan veranderen wat ik zie, maar dat helpt niet. Amie springt over het spoor, haar lege ogen zoomen als zelfgeleide raketten op me in.

Ik ben te geschokt om te bewegen. Ik kan alleen

maar naar haar ontbrekende rechterhand staren, de reden waarom ze een vlezige stomp als een hoef gebruikt.

Ze springt op, haar stomp schraapt over de muur terwijl ze met onmenselijke behendigheid probeert om eruit te klimmen en een nieuwe stroom adrenaline snijdt door mijn verlamming.

Ik begin te rennen.

In een waas van afschuw ren ik het station uit. Elke spier in mijn lichaam trilt van uitputting, mijn longen werken als een balg terwijl ik de straat op storm.

Achter me hoor ik het geluid van botten die op de harde stoep rammelen.

Ik versnel mijn pas, mijn geest worstelt verwoed naar een oplossing.

Een half blok voor me zie ik de kelderluiken van een winkel, die met een stok open worden gehouden.

Op de automatische piloot sprint ik ernaartoe, een half gevormd idee verschijnt in mijn hoofd.

Bij de open luiken blijf ik even staan en kijk hijgend over mijn schouder.

Amie is een tiental meter achter me, op handen en voeten galopperend.

Ik werp een snelle blik naar beneden.

De metalen deur aan de onderkant van de drie meter lange schacht is vanaf de straatkant vergrendeld — een gebruikelijke praktijk wanneer winkeleigenaren een levering gedurende een onbepaalde tijd verwachten.

Ik zet mezelf schrap, draai me op mijn hielen om en ontmoet de lege blik van mijn achtervolger.

HOOFDSTUK ZEVENTIEN

AMIE'S ONNATUURLIJKE GALOP VERSNELT, HAAR OGEN verlaten mijn gezicht geen moment.

Ik staar haar aan alsof ik niet bang ben — de grootste acteeruitdaging van mijn leven.

Als Amie binnen springafstand is, doet ze haar mond open en laat ze haar tanden zien.

Ik begrijp haar plan meteen.

Ze staat op het punt om naar mijn keel te happen.

Ze springt omhoog.

Op het laatste moment, net als ik bijna naar haar uit kan halen, spring ik in plaats daarvan opzij.

Ze stort door de open kelderluiken naar beneden en landt met een harde plof op de grond.

Ik pak de stok die de metalen luiken openhoudt en de deuren slaan dicht.

Rechts van mij ligt een slot en een ketting. Ik gebruik ze om de luiken vast te zetten en reik dan in mijn shirt.

Met onvaste vingers haak ik de veiligheidsspeld los waarmee mijn verborgen zak aan de doek vastzit en trek de speld eruit. Ik steek het in het slot, draai het en breek het metaal uit elkaar. Zo zal zelfs iemand met een sleutel moeite hebben om de luiken te openen.

Ik kom omhoog, speur de straat af naar getuigen, en bedank de hemel dat die er niet zijn. Ik druip van het zweet en ben buiten adem, maar ik kan het me nog niet veroorloven om te rusten.

Als ik een half blok verderop een 99 Cents-winkel zie, ga ik erheen en koop voor bijna tien dollar een oplader voor mijn telefoon. (Tot zover die claim van 99 cent.) Ik zoek in de winkel naar een stopcontact en steek mijn telefoon erin.

Terwijl het opnieuw opstart, denk ik na over hoe ik met Amie om moet gaan voordat iemand dat slot opent. Het alarmnummer is uitgesloten. Het is niet alleen dat Ariël de laatste keer dat ik in een soortgelijke situatie zat had gezegd om niet de politie te bellen, maar ik ben ook te moe om met een verhaal te komen om uit te leggen wat erop neerkomt dat er een zombie in de kelder zit.

Als ik aan gisteravond denk, krijg ik een idee. Zodra het startscherm weer verschijnt, lokaliseer ik Pada L'Shick — de deskundige op het gebied van lichaamsverwijdering — in mijn contacten.

"Gegroet," klinkt een mannenstem.

"Pada, je spreekt met Sasha. Je hebt me gisteravond je kaartje gegeven."

"Sasha. Ik had niet verwacht om wat van je te horen. Vooral zo snel."

Ik kijk rond in de winkel om er zeker van te zijn dat niemand meeluistert. "Ik ben bang dat ik je hulp weer nodig heb."

"Hulp vergelijkbaar met wat ik gisteravond heb geboden?" Pada klinkt bijna duizelig bij het vooruitzicht van die gruwelijke schoonmaak.

"Wat ik nodig heb, is vergelijkbaar, maar er zal voor jou meer werk te doen zijn." Ik kijk heimelijk om me heen. "Je zult de transactie moeten afronden als je hier bent, als je begrijpt wat ik bedoel."

"Ik denk het wel." Pada's griezelige opwinding lijkt een tandje omhoog te gaan. "Je wilt dat ik doe wat Vlad gisteravond heeft gedaan, klopt dat?"

"Ja," zeg ik, terwijl ik me afvraag hoe belangrijk deze hele discussie voor de rechtbank kan zijn als de NSA ons mobiele gesprek afluistert (en is dat niet altijd zo?). "Hoewel je niet zo gemeen grondig hoeft te zijn als dat hij was."

"Wat is de locatie?"

Ik geef hem het adres van de winkel in Brooklyn en leg uit dat hij in de kelder naar 'de rotzooi' moet zoeken.

"Brooklyn." Zijn opwinding neemt af. "Ik blijf meestal in Manhattan, maar ik vind je aardig, dus ik zal het doen. Het zal je wel extra kosten."

Op de een of andere manier voel ik me zoveel smeriger als ik ervoor moet betalen. "Wat ben ik je verschuldigd?"

"Met de eerste klantenkorting zal dit achtduizend zijn," zegt Pada, zijn eerdere opwinding is verdwenen. Ik denk dat geld het saaie deel voor hem is. "Wil je met een cheque of creditcard betalen? Als je gouden munten hebt, kan ik er tien procent vanaf halen, maar ik neem geen papiergeld aan."

"Dat is veel," flap ik er dan uit. Hoeveel zou iemand *mij* moeten betalen om die luiken te openen en met Amie af te rekenen? Waarschijnlijk meer dan honderd keer wat Pada zojuist aangaf. Zelfs dan zou ik er alleen mee akkoord gaan als ik een jachtgeweer, een kettingzaag, een vat benzine en een paar grote kerels had om me te helpen. Ik zou ook, net als hij, extra kosten in rekening brengen om naar een van de stadsdelen te gaan.

"Dus je hebt mijn hulp niet nodig?" Pada's toon is droog.

"Kan ik in twee maanden betalen?" vraag ik, terwijl ik de impact op mijn spaarrekening 'Stop bij Nero Fonds' al aan het berekenen ben. Met het huidige uitgaventempo zit ik nog een paar maanden in die verpletterende baan vast. Nu is mijn enige hoop dat er plotseling een lucratieve tv-deal op mijn pad zal komen, wat dankzij mijn tv-optreden op —

"Over twee maanden zal er een toeslag van vijfhonderd dollar berekend worden," zegt Pada. "Oh en ik hou er niet van als mensen die me geld schuldig zijn zonder kennisgeving de stad verlaten."

"Laat maar," zeg ik. "De rente van mijn creditcard zal lager zijn dan dat."

"Als jij het zegt."

Ik haal mijn creditcard tevoorschijn en vraag, "Kan ik je het nummer telefonisch doorgeven?"

Hij neemt mijn kaartnummer op en als hij naar de vervaldatum vraagt, krijgt de transactie een surrealistische kwaliteit.

Het verbergen van een verminkt, nog levend lichaam zou niet op het bestellen van een pizza moeten lijken.

"Laat het maar aan mij over," zegt Pada nadat ik het beveiligingsnummer op de achterkant van mijn kaart heb doorgegeven. "Ga naar huis."

"Bedankt. Doei." Ik hang op voordat hij zich een andere vergoeding herinnert of van gedachten kan veranderen.

Ik haal mijn telefoon uit het stopcontact, pak de oplader en verdwijn uit de dollarwinkel.

Er staat aan de overkant van de straat een appelgroene taxi, dus ik sleep mezelf ernaartoe, de post-adrenaline crash raakt me hard. Hoewel de metro recht boven me een klein deel van de kosten is, durf ik niet zo snel naar het station te gaan nadat ik op de rails ben gesprongen.

Ik stap in de auto en geef mijn bestemming door.

"Hé," zegt de taxichauffeur met een schattig Spaans accent. "Ben jij niet dat meisje van tv?"

Ondanks mijn uitputting voel ik een schok van opwinding als ik herkend word. Het is zo leuk dat ik niet eens de moeite neem om erop te wijzen dat 'een meisje van tv' iedereen kan betekenen, van Assepoester tot Miley Cyrus. "Ja," zeg ik bescheiden glimlachend. "Ik was bij *Evening with Kacie*."

"Dat klopt." Hij slaat op zijn voorhoofd. "Jij hebt de aardbeving voorspeld. Dat was indrukwekkend."

"Dank je," antwoord ik, terwijl mijn vermoeidheid terugkeert. Ik leun achterover en probeer een standaard New Yorker-houding uit te stralen die zegt, 'Stop alsjeblieft met vriendelijk te zijn. Ik wil met rust gelaten worden.'

"Probeerde je je telefoon op te laden?" De man kijkt naar de oplader die ik in mijn handen houd. "Je kunt mijn oplader gebruiken, als je wilt."

"Bedankt." Ik pers er een zwakke glimlach uit, geef hem mijn telefoon om op te laden en maak een mentale notitie om meer fooi te geven dan ik oorspronkelijk van plan was.

Ik blijf daarna nadrukkelijk stil en de taxichauffeur laat me met rust, zijn fooi verder verhogend. Uitputting drukt op me en trekt mijn oogleden dicht, maar mijn geest ondergaat een paradigmaverschuiving.

Mijn natuurlijke scepsis en onwil om in het paranormale te geloven barsten als dun ijs onder de tankachtige druk van mijn recente ervaringen.

Dus, hier zijn de feiten: ik heb profetische dromen en de doden kunnen door een dodenbezweerder met de naam Beatrice worden opgewekt die met veelkleurige energiestralen op lijken schiet.

Een dodenbezweerder.

Als Occam in mijn schoenen zou staan, dan zou hij zijn polsen met zijn scheermes doorsnijden.

Ik moet mijn geest ook openstellen voor de mogelijkheid dat vampiers en weerwolven — de andere wezens die in het telefoongesprek in mijn droom worden genoemd — net zo echt als dodenbezweerders en de levende doden zijn. Nu ik erover nadenk, volgens mythen zijn vampiers een soort levende doden, dus het is niet zo'n grote sprong.

Er werden in dat gesprek nog andere dingen genoemd, woorden als 'Cognizant' en 'het mandaat'. Maar wat betekent dit allemaal? En hoe is mijn huisgenoot erbij betrokken? Wat weet Ariël en waarom kan ze me dat niet vertellen? Het hele 'bloeden uit haar openingen' was meer dan griezelig en is nog een ander raar ding om op een steeds groter wordende lijst te zetten.

Ik zal haar moeten lokaliseren en proberen om wat informatie uit haar te krijgen — natuurlijk zonder haar te laten bloeden. En ik moet ook Rose bezoeken, om te zien of ze haar beeldschone, Jack the Ripper-neef/-vriend kan uitleggen.

Ik leun achterover in mijn stoel, sluit mijn ogen, leg een hand op mijn borst en een op mijn buik en oefen heftig de vijf-in/vijf-uit ademhaling om de angst die mijn maag samenknijpt het hoofd te bieden.

Tot mijn verbazing verspreidt de ontspanning zich als warm water door mijn lichaam en wint de uitputting.

Ik sta in het donker op een rond platform terwijl de geur van saliewierook mijn neus prikkelt.

Voordat ik er zelfs maar aan kan denken om te ontsnappen, beginnen overal om me heen kaarsen te branden, waardoor mijn aan donker gewende ogen tijdelijk verblind worden.

Wanneer mijn zicht en hartslag tot rust komen, merk ik dat elk van de kaarsen lijkt te zweven, waardoor er een sfeer van de grote zaal uit Zweinstein ontstaat.

Terwijl ik mijn vreemde omgeving onderzoek, raak ik steeds bezorgder en verwarder.

Met zijn grijze ronde muren en zitjes rond de omtrek doet deze plek me aan een overdekt Colosseum in het klein denken.

Ik zit in het midden, waar de gladiator traditioneel gezien zou staan, wat de reden moet zijn waarom ik het gevoel heb dat ik het tegen leeuwen, suïcidale berserkers, strijdwagens met zwaarden die uit hun wielen steken of erger op moet nemen.

Er zitten op de stoelen om me heen een paar dozijn mensen, ze zijn allemaal in verschillend gekleurde ceremoniële gewaden met kappen op hun hoofd gekleed, hun gezichten zijn in het sombere licht nauwelijks te onderscheiden. Is dit een geheime bijeenkomst van de Illuminati of een cosplay-conventie? Wie ze ook zijn, ik ben dankbaar dat ze vandaag de enge Venetiaanse maskers hebben overgeslagen en ik hoop dat ze zich ook van op *Eyes Wide Shut*-geïnspireerde orgieën zullen blijven onthouden of me er in ieder geval niet toe zullen dwingen.

Mijn nek krijgt kippenvel als ik besef dat iedereen naar iets achter me staart.

Mijn spieren bereiden zich voor om weg te springen, maar een hand raakt mijn rug aan en een vaag bekende stem fluistert, "Ik moet dit om je nek doen."

Ik spring bij de aanraking bijna uit mijn vel, maar de stem kalmeert me om de een of andere reden.

Ik draai me om en zie een man wiens gezicht diep in zijn kap verborgen is. In zijn ceremonieel uitgestrekte rechterhand houdt hij een halsketting vast die aan een BDSM-halsband met een ring aan de voorkant doet denken. In de ring is een grote, blauwe, glanzende steen ingebed, een evenbeeld voor de diamant van *Titanic* — het is alleen rond in plaats van hartvormig.

"Wat is dat? Wie ben jij? Wat is dit voor plek? Wat gebeurt er allemaal?" fluister ik zodat alleen deze man het kan horen.

In plaats van een antwoord raakt hij op een bekende en vreemd geruststellende manier mijn rug aan. Vervolgens gebruikt hij mijn tijdelijke verwarring om de halsband om mijn nek te doen en hem op zijn plaats te vergrendelen.

Ik reik naar achteren en probeer de ketting los te maken, maar ik voel geen sluitmechanisme. Het is alsof het dichtgelast is.

"Haal het eraf," sis ik naar de man, maar hij reageert niet.

Iedereen om ons heen schuift naar de rand van hun stoel en staart hongerig, tot het punt waarop zorgen over orgieën weer in mijn hoofd komen en ik slik zo hard dat het geluid weergalmt.

Terwijl hij *E.T.* channelt, strekt de man zijn wijsvinger naar mijn gezicht uit. Ik maak me klaar om het eraf te bijten, maar hij raakt me niet echt aan. In plaats daarvan wijst hij naar de steen in het midden van mijn hals.

Nieuwsgierigheid vermengt zich met paniek als hij iets in zichzelf mompelt en een stroom van helderblauwe energie van zijn vinger en in de steen in mijn hals stroomt.

"Hoe doe je dat?" fluister ik vol gefascineerd ontzag.

Ik zou alles doen om voor mijn toekomstige goochelshow zo'n geweldig effect onder de knie te krijgen.

De energiestroom wordt intenser en doet me aan de Force-bliksem uit *Star Wars* denken of aan wat Beatrice in het mortuarium deed. Toch voel ik geen pijn, de steen in mijn hals absorbeert elk grammetje kracht en laat mijn lichaam ongedeerd.

Mijn lijst met onmogelijkheden omvat al dodenbezweerders en voorlopig vampiers en weerwolven, maar nu moet ik er met tegenzin ook magische spreuken aan toevoegen — want hoe moet ik deze verbazingwekkende uiting van special-effect anders noemen?

"Dit zal je geen pijn doen," mompelt de man en zijn identiteit ligt op het puntje van mijn tong als hij plotseling een stap achteruit doet.

Ik draai me om en zie hem naar zijn stoel op de eerste rij gaan.

De gloed van mijn vreemde sieraad verlicht mijn omgeving met oceaanblauw licht.

Achter me schraapt een vrouw haar keel, dus ik draai me om.

Op de derde rij, aan de rechterkant voor mij, staat een slank gestalte in een magenta gewaad tot aan haar voeten en ze trekt haar kap naar beneden. Ze is Aziatisch, met cherubijnachtige ronde wangen en golvend geblondeerd haar. Een traanvormige diamanten halsketting siert haar gewaad, bij haar bloemvormige oorbellen passend.

"Ik ben raadslid Kit," zegt de vrouw met de stem van een klein meisje die me aan anime doet denken. "Ik ben in de procedure van vanavond de aangewezen neutrale partij. Geef voor de goede orde alsjeblieft je naam."

"Sasha." Mijn keel is zo droog dat het antwoord nauwelijks luider dan een fluistering is. Voor al deze mensen spreken activeert mijn ergste angst en de vreemde sfeer versterkt het. Mijn hart bonst hevig en ik verwacht half dat het, in *Alien*-stijl, uit mijn ribbenkast zal springen.

Bij mijn antwoord wordt het blauwe licht om me heen groen en hoewel ik het onder mijn kin niet kan zien, ben ik er zeker van dat de steen op mijn halsband de bron van deze nieuwe tint is.

Kit bedekt haar hoofd weer met de kap en gaat zitten. Meteen staat er rechts van me een man in een kuikengeel gewaad op de tweede rij op. Hij doet zijn kap af en onthult een aanstekelijke grijns die de kuiltjes in zijn wangen laat zien. Zijn puntige kin heeft ook een kuiltje, dat in combinatie met de sikvormige stoppels op zijn gebruinde huid ervoor zorgt dat hij er als een ondeugende sater uitziet.

"Ik ben raadslid Chester, de eiser in de procedure van vandaag," zegt hij met een vaag bekende stem, terwijl hij me recht aankijkt. Zijn zwarte wimpers zijn zo dik dat het lijkt alsof hij eyeliner op heeft. "Ik zal meteen ter zake komen. Wat heb je op zondag 8 oktober om 20.00 uur gedaan?"

De ronde kamer draait als een draaimolen om me heen, maar ik vecht tegen de plotselinge misselijkheid. Voor de ogen van een grote menigte overgeven zou het toppunt van vernedering zijn.

"Ik was op tv," roep ik. "Het staat op YouTube."

Mijn ketting glanst weer groen.

Chester kijkt theatraal naar de menigte om hem heen en zegt, "Ze geeft het toe. Zaak gesloten."

"Een feit dat elke idioot met een internetverbinding kan verifiëren," zegt nog een andere bekende stem, deze met een Brits accent.

Het is Darian, de tv-baas die me het optreden had bezorgd.

"Wacht alsjeblieft op je beurt," zegt Chester tegen hem.

Langzaam en vreemd spottend gaat Chester zitten en Darian staat op en doet zijn kap af.

"Ik ben raadslid Darian, de verdediging in de procedure van vandaag," zegt hij terwijl hij me aankijkt. "Ben je bekend met de term Cognizant?"

Mijn handen tintelen op de meest onaangename manier en mijn ademhaling nadert hypersonische snelheden.

"Beantwoord de vraag, lieverd," zegt Darian sussend. "Ken je de term Cognizant — niet de definitie uit het woordenboek?"

'Ik heb een droom gehad waarin de term werd genoemd. Ik heb geen idee wat het betekent,' wil ik zeggen, maar mijn tong weigert met al die aandacht die op me is gericht te bewegen. Dus ik stotter alleen, "N-nee. Ik... nee."

De steen om mijn nek gloeit rood en de kamer barst in gedempte fluisteringen uit.

"Een leugen," zegt Chester luid zonder op te staan.

"Wie zijn je ouders?" vraagt nog een andere bekende stem (de vierde als ik ze goed heb geteld). Heeft de angst een of ander stemherkenningscentrum in mijn hersenen beschadigd? Is dat de reden waarom iedereen in deze kamer me bekend voorkomt?

Een in het zwart geklede man staat op en trekt zijn kap naar beneden — en ik ken hem ook, omdat adrenaline zijn perfect bleke gezicht in mijn geest heeft gegrift.

"Ik ben raadslid Vlad, leider van de Ordebewakers," zegt de vriend/neef van Rose en ik vraag me opnieuw af of ik gek aan het worden ben.

"Antwoord," eist Chester.

Ik spring op van de intensiteit in zijn stem, mijn maag draait zich om. "M-Makenzie Ballard en Braxton Urban."

De steen om mijn nek gloeit weer rood en de mensen in de kamer wisselen veelbetekenende blikken uit.

"Hij bedoelde je biologische ouders," verduidelijkt Darian.

Het gewicht van de starende blikken die me doordringen, lijkt de zwaartekracht van de aarde te verdubbelen en mijn misselijkheid neemt toe naarmate mijn hypersonische ademhaling zich hoe onmogelijk ook nog meer versnelt. De kamer lijkt om me heen te krimpen, de muren komen op me af.

"Ik ben geadopteerd," hoor ik mezelf naar adem snakkend zeggen, alsof het van ver weg komt. "Ik ken mijn biologische ouders niet."

Mijn zicht vertroebelt, het groene licht voor me doordrenkt zich met witte vlekken van bewusteloosheid en tot mijn schrik besef ik dat ik op het punt sta om flauw te vallen, net zoals bij de presentatie van One Alpha.

"Wist je die avond dat je een Cognizant bent?" vraagt iemand in de verte. Ik weet niet wie het is en ik krijg ook geen kans om te antwoorden, omdat mijn angst om te spreken het eindelijk van me wint.

Ik val flauw.

Ik ben alleen niet bewusteloos.

Ik kijk naar mijn lichaam dat onderuitgezakt op de grond ligt.

HOOFDSTUK ACHTTIEN

ZONDER BIJNIEREN ZIJN ALLE TEKENEN VAN DE paniekaanval die me knock-out heeft geslagen gelukkig verdwenen en word ik een pure waarnemer, net zoals ik in het mortuarium en in het ziekenhuis was geweest.

"Wat voor de duivel?" zegt Chester. De spot in zijn toon maakt plaats voor verwarring.

"Het komt door de angst om in het openbaar te spreken," zegt de onbekende bekende stem achter me. "Ze had een paniekaanval."

"Dit is ongekend," zegt Kit, terwijl ze aan een blonde haarlok trekt. "Gaan we wachten tot ze bijkomt? Kan iemand haar kalmeren als ze bij is gekomen?" Ze kijkt Vlad scherp aan.

"Ik denk dat we genoeg hebben gehoord," zegt Chester.

"Ik ben het ermee eens." Darian staat op en doet zijn kap af. "Ze wist echt niet dat ze een Cognizant was."

"Dat is helemaal niet duidelijk." Chester staat ook

op. "Ik ben er ook niet van overtuigd dat het ertoe doet wat ze wist."

Ze kijken allebei naar Kit, die met tegenzin opstaat.

"Laten we de tweede verklaring van Chester bekijken." Ze zwaait met haar hand voor haar gezicht en die verandert in die van Chester, tot aan zijn duivelse grijns toe. Als de sieraden en mantel van Kit niet op de namaak Chester aanwezig waren, dan had ik gedacht dat ze op de een of andere manier van plaats waren gewisseld. "We waren het erover eens dat het *wel* uitmaakt of Sasha opzettelijk het mandaat heeft verbroken —"

"Maar ze valt niet onder het mandaat," zegt Darian.

Kit zwaait weer met haar hand over haar gezicht en nu lijkt ze op Darian. "Ik bedoelde, 'de geest van het mandaat had verbroken'."

"Het zijn haar acties die ertoe doen, niet de intentie," zegt Chester. "Ze heeft een van de grootste taboes van onze soort geschonden."

"Maar de intentie doet er wel toe — daar waren we het allemaal over eens." Darians Britse accent wordt zwaarder. "Ze wist niet dat ze een van ons was, wat betekent dat ze het taboe niet kende — wat betekent dat deze vergadering geschorst is."

"Het niet kennen van een regel is geen excuus om het te overtreden." Chester kijkt niet naar Darian, maar spreekt in het belang van de omringende menigte. "Het zou hetzelfde zijn als een mens een ander mens zou eten en die gratie van de rechtbank krijgt, omdat hij niet wist dat kannibalisme tegen de wet is."

"Zoals je zo vaak zegt, 'we zijn veel beter dan de mensen,'" zegt Darian, zonder zijn Britse accent als hij Chester citeert. Ik vraag me af of hij zonder enig accent zou kunnen spreken als hij dat zou willen en hij er alleen een heeft om gewoon sexy te klinken.

"Ik ben er niet van overtuigd dat ze het niet wist en ik heb in ieder geval nog steeds sterk het gevoel dat ze geneutraliseerd moet worden," zegt Chester, terwijl de glimlach door een ernst vervangen wordt die er op zijn gezicht vreemd uitziet.

Darian steekt zijn hand op, met de palm naar buiten. "Ik denk dat we nog een ziener nodig hebben —"

"Zoals we een gat in ons hoofd nodig hebben," onderbreekt Chester hem boos aankijkend.

"Heren," zegt Kit, met haar eigen gezicht. "Als ik mag. Er is een verschil tussen opzettelijk de macht grijpen — waar de doodstraf op staat — en er per ongeluk over struikelen."

"Maar doet de ernst van haar overtreding er niet toe?" vraagt Chester. "Miljoenen mensen denken dat ze een orakel is. Dat is sinds de oudheid niet meer gebeurt — en we weten allemaal waartoe het manipuleren van het geloof kan leiden." Hij kijkt om zich heen en voegt er met een lagere stem aan toe, "Kunnen jullie je allemaal voorstellen hoe krachtig ze nu is?"

"Angst zaaien past niet bij je," zegt Darian minachtend. "Ze is nog maar een pup, ongetraind en niet bekend met onze manieren. Trouwens, als we alle Cognizanten met te veel macht zouden uitschakelen, dan zou iedereen in deze kamer zijn polsen door moeten snijden, nietwaar?"

"Jouw soort heeft sofisme uitgevonden," zegt Chester gefrustreerd.

"En die van jou geperfectioneerde onzin," zegt Darian, zijn toon gelijkmatig.

"Vlad, wat denken de Ordebewakers ervan?" Kit zwaait met haar hand over haar gezicht en haar gelaatstrekken veranderen in Vlads uit marmer gesneden, sombere gelaat.

"Of we vermoorden haar of ze gaat onder het mandaat en dan mag ze op straffe van de dood, haar kunstjes nooit meer uitvoeren," zegt Vlad plechtig.

"Oké, dat is in een notendop de beslissing," zegt Kit, terwijl haar gezicht nu in het mijne verandert. "Ik had gehoopt dat je op de een of andere manier naar een kant zou neigen en niet dat je onze keuzes op zou sommen."

"Zieners zijn nuttig voor ons en krachtige zieners zijn dubbel zo nuttig," zegt Vlad na een moment van overweging. "Maar dit zou een ongelukkig precedent kunnen scheppen."

"Dat weet ik en zoals gewoonlijk wil Vlad zich niet aan een keuze binden, vooral niet als het de ene soort Cognizant boven de andere lijkt te verkiezen," zegt Kit, terwijl haar gezicht tussen dat van Chester en Darian wisselt.

"Ik keur frivoliteit niet goed," zegt Vlad, Kit streng aankijkend.

"Ik zeg dat we moeten stemmen," zegt ze, haar gezicht is weer terug naar haar normale ronde wangen.

"Ik begrijp niet waarom," zegt Darian.

"Zie je, eindelijk iets waar we het over eens kunnen worden," zegt Chester. "Waarom stemmen als we haar hier en nu kunnen vermoorden." Hij lijkt te popelen om naar beneden te springen en persoonlijk de keel van mijn bewusteloze lichaam door te snijden.

"Als Kit 'stemmen' zegt, dan stemmen we," zegt de man die de steen om mijn nek heeft gedaan. Er is een stalen ondertoon in zijn stem en de menigte wordt stiller en dan stil.

"Dan stemmen we." Chester is zichzelf zichtbaar aan het dwingen om te ontspannen.

"Ook al is dat een verspilling van onze kostbare tijd," zegt Darian met een gespannen mond.

"Iedereen die voor clementie is, sta op," zegt Kit.

Vlad, Darian, Kit, de steengever en nog een paar mensen staan op, maar de overgrote meerderheid blijft zitten.

Ze hebben net gestemd om me te vermoorden.

De steengever stapt naar voren. "Raadsleden —"

───────────

Ik word wakker van het gebrul van de motor van de taxi. Als ik mijn ogen open, zie ik dat we al in de stad zijn.

Was dat weer een van mijn visioendromen? Het leek de twee soorten die ik eerder heb meegemaakt te combineren. De eerste helft van deze droom leek op wat er op tv was gebeurd. Ik was volledig aanwezig en beleefde alles met mijn eigen zintuigen — en net als die keer was het huiveringwekkend. De tweede helft, die begon nadat ik flauw was gevallen, leek op de dromen van het mortuarium en het ziekenhuis. Ik denk dat als mijn toekomstige zelf niet op de locatie van de voorspelling is of daar aanwezig, maar bewusteloos is, ik dan als een lichaamloze geest zweef — wat op een verwrongen soort manier logisch klinkt.

Dus was het een visioen? Of zou het een rare nachtmerrie zijn geweest die niets met de toekomst te maken heeft?

Ik hoop van harte dat het laatste het geval zal zijn, want deze Raad of wat ze ook zijn, heeft gestemd om me te vermoorden.

Een bewijs dat dit gewoon mijn hersenen waren die tijdens een normale REM-slaapcyclus verkeerd hadden gewerkt, is dat Vlad en Darian in deze droom zaten. En er waren veel te veel bekende stemmen. Dat gebeurt soms als je droomt, je brein haalt je ervaringen naar boven van toen je wakker was en geeft er vervolgens een rare draai aan.

"Kun je me alsjeblieft mijn telefoon geven?" vraag ik de taxichauffeur, met een schorre stem van mijn spontane dutje.

"Alsjeblieft." Hij haalt de telefoon van de oplader en geeft hem over zijn schouder aan mij zonder zich om te draaien.

Ik pak de telefoon en bel Darian, hoewel ik niet weet wat ik hem ga vragen als hij opneemt.

"Het spijt ons," zegt een vrouwelijke robotstem na een *doo-dee-doo*-geluid. "U heeft een nummer gebeld dat is afgesloten of niet meer in gebruik is. Als u denkt dat u ten onrechte bij deze opname terecht bent gekomen, controleer dan het nummer en probeer opnieuw te bellen."

Aangezien zijn nummer in mijn contacten staat en eerder wel heeft gewerkt, valt er niets te controleren. Ze zouden die automatische berichten voor het mobiele telefoontijdperk echt bij moeten werken.

Ik log in op mijn e-mail, zoek het meest recente bericht van Darian (die met de video van mij) en schrijf terug, "We moeten praten."

Er komt bijna meteen een automatisch antwoord, met de mededeling dat mijn e-mail in het internetequivalent van een zwart gat terecht is gekomen.

Darian heeft zijn e-mailprofiel verwijderd en zijn nummer opgezegd, maar waarom?

Ik bel de studio en vraag naar Darian, maar krijg te horen dat daar niemand met die naam werkt.

Wanhopig bel ik Kacie, de presentatrice, maar ik krijg haar voicemail. En iets zegt me dat als ze de telefoon op zou nemen, ze niet meer zou weten wie Darian is.

Dit is niet goed. Het verdwijnen van Darian ondersteunt de droom, want waarom zou je verdwijnen als je een normale vent bent?

Vlad was om te beginnen al niet normaal. Ik moet met Rose over hem praten, ze zou in ieder geval van zijn gewelddadige neigingen moeten weten.

Ik draai het nummer van Rose, maar haar telefoon gaat net zo lang over tot haar voicemail opneemt.

"We zijn er," dringt de stem van de chauffeur met een Spaans accent mijn gedachten binnen.

Hij heeft gelijk. We staan recht voor mijn gebouw.

"Kun je een van de biljetten voor me signeren?" vraagt hij schaapachtig.

"Tuurlijk." Ik zet voor hem een handtekening op een dollar, betaal de rest van de rit en zorg ervoor dat ik hem een extra gulle fooi geef.

Dit is de eerste keer dat iemand me herkent en het zou heel goed hebben gevoeld als ik niet met al die andere onzin te maken had gehad. In gedachten verzonken sjok ik mijn gebouw binnen en pak de lift. Als die droom een visioen was, dan zouden ze — wie ze ook zijn — me vermoorden. Dat moet ik voorkomen. Maar hoe?

Tot nu toe heb ik het gevoel dat de toekomst niet graag verandert. Voorbeeld: ik kon Amie niet redden. Misschien was de verandering die ik op dat tv-podium aan had gebracht een zeldzame gebeurtenis. Misschien zal ik in de toekomst worden vervloekt met het zien van ongelukkige gebeurtenissen zonder er iets aan te kunnen doen — als ik tenminste niet vermoord wordt.

De lift tingelt en ik ga op weg naar de deur van het appartement van Rose.

Ik bel één keer aan en wacht.

Niets.

Ik bel een tweede keer, dan voor de goede orde een derde keer.

Nog steeds niets.

Ik kijk naar links en rechts om er zeker van te zijn dat er geen buren kijken en draai dan de bovenste en onderste balletjes los die de twee stukken van de piercing in mijn tong bij elkaar houden. Ik haal het hele ding eruit en vouw het uit tot een set lockpicks. De man die deze gimmick voor me heeft gemaakt, bouwt illusies voor de grootste namen in Vegas en dit ding heeft een klein fortuin gekost.

Ik maak korte metten met het slot, open de deur en stap naar binnen, niet zeker hoe ik het inbreken aan Rose zal uitleggen als ze naar buiten komt om me te begroeten.

Rose is niet thuis. De kat ook niet.

Veel spullen van Rose ontbreken en ook alle kattenaccessoires.

Misschien heeft Vlad Rose mee op vakantie genomen? Misschien was hij niet zo blij met haar nabijheid bij de zombies die hij gisteravond uit elkaar heeft getrokken?

Ik doe de deur achter me op slot en ga op weg naar mijn eigen appartement.

Als ik de deur open, bel ik Ariël opnieuw.

Er gaat een telefoon in haar kamer.

Ik wacht of ze opneemt, maar mijn oproep gaat naar de voicemail.

Is ze haar telefoon vergeten?

Ik loop zachtjes naar Ariëls kamer, niet zeker waarom ik zo onopvallend doe. Als ik bij de deur ben, hoor ik vage schuifelende geluiden van binnenuit komen.

Zonder te kloppen of te waarschuwen storm ik de kamer binnen.

De koude loop van een wapen drukt tegen mijn voorhoofd en houdt me tegen.

HOOFDSTUK NEGENTIEN

"ARIËL!" GIL IK. "WAAROM RICHT JE EEN PISTOOL op me?"

"Sasha." Ze laat haar wapen zakken. "Waar kom jij vandaan? Waarom heb je niet geklopt? Ik had je bijna neergeschoten."

In een pauze van hyperventileren bekijk ik mijn vriendin eens goed. Gekleed in een standaard gevechtsuniform lijkt Ariël klaar voor een Black Ops-missie.

"Waar ga je zo gekleed naartoe?" vraag ik, beseffend dat ik niet eens wist dat Ariël een pistool in ons appartement had liggen.

Willekeurige gedachten flitsen door mijn met adrenaline oververzadigde hersenen terwijl ik naar het wapen staar. Wat als zij of ik zwanger waren geraakt en het hypothetische nageslacht met dit pistool een van zijn vrienden neer zou schieten? Of, misschien iets realistischer, wat als Felix het pistool zou vinden? Het is maar al te gemakkelijk om me hem voor te stellen dat hij Neo naspeelt en zijn voet eraf schiet. Oh, en ik maar denken dat het in NYC moeilijk was om aan een pistool te komen — ik had met het idee gespeeld om het beroemde kogelvangsteffect uit te voeren, evenals de nep-Russische Roulette-act, maar dankzij de beperkende wapenwetten van de stad en, in grotere mate, mijn overontwikkelde gevoel van zelfbehoud, had ik die ideeën op een laag pitje gezet.

"Het spijt me." Ariël schuift het wapen in een holster naast haar. "Ik heb geen tijd voor al die vragen."

"Dit gaat over Beatrice, nietwaar?" zeg ik op een voorgevoel. "Je hebt ontdekt waar ze is."

"Ik moet echt gaan. Ik heb maar een kleine kans," zegt Ariël zonder mijn blik te ontmoeten en ik heb Nero's waarheid onderscheidende vaardigheden niet nodig om te weten dat ik in de roos heb geschoten. Dit heeft *wel* iets met Beatrice te maken.

"Goed dan." Ik zet mijn handen op mijn heupen. "Waar je ook heengaat, ik ga met je mee."

Ariël kijkt me boos aan, loopt dan naar haar kast en haalt er een rol touw uit. Ze hangt het in cowboystijl over haar schouder en loopt naar de deur.

Ik beweeg me om haar te volgen.

Met onmenselijke snelheid verkleint Ariël de afstand tussen ons en pakt mijn ellebogen vast. Tegen de tijd dat ik de kans krijg om met mijn ogen te knipperen, heeft ze mijn armen op mijn rug gedraaid. "Beweeg je alsjeblieft niet," zegt ze. "Ik wil je geen pijn doen."

"Je doet me al pijn," klaag ik terwijl ik tevergeefs probeer om los te komen, maar het lukt me alleen om mijn schouderbladen te bezeren en te gillen van de pijn.

"Het spijt me." Ariël sleept me naar een stoel en dwingt me om te gaan zitten. "Ik zal het goedmaken, dat beloof ik."

"Ik kan je dit niet voor me uit laten vechten," zeg ik, terwijl ik een nieuwe kreet van pijn onderdruk terwijl ze mijn polsen bij elkaar brengt. "Als jou iets overkomt —"

"Ik ben getraind, jij bent dat niet." Ariël begint mijn polsen met het touw vast te binden.

Ik word stil, al mijn concentratie is op het voelen van het touw tegen mijn huid gevestigd. Mijn worstelingen worden nu heel berekend, maar voor Ariël lijken ze waarschijnlijk op de laatste wanhopige inspanningen van een vrouw die vastzit.

Klaar met mijn polsen, wikkelt ze een touw om mijn borst en romp.

"Ariël, denk alsjeblieft na over wat je doet," zeg ik. "Je hebt me misschien nodig. Wat als ik een bruikbaar visioen krijg? Ik heb je nog niet eens over dat ding in het ziekenhuis verteld. Beatrice is gevaarlijk."

Ariël reageert niet op mijn smeekbede. Ze ontwijkt nog steeds mijn blik en loopt om me heen om me van voren te onderzoeken. Nadat ze haar handwerk heeft bestudeerd, loopt ze naar haar nachtkastje en haalt ze er een paar handboeien uit.

Ondanks de ernst van de situatie, kan ik het niet

helpen om te vragen, "Heb je die toevallig in je nachtkastje liggen?"

Ariël bloost, maar zwijgt terwijl ze me in de stoel naar het raam sleept en mijn enkel aan de radiator vastbindt.

"Ik ben snel weer terug," zegt ze. Ze bindt haar M9-mes aan haar outfit vast, pakt haar mobiel van de tafel en vertrekt, mijn laatste smeekbede negerend.

Zodra ze de kamer uit is, begin ik aan het touw te werken.

Ontsnappingen zijn klassieke kost voor illusionisten, dus ik heb ze in mijn voorbereidingen voor mijn toekomstige show opgenomen. Ik beheerste de touwontsnappingen al vroeg, omdat ik tonnen touw had nadat ik een illusie van knippen en herstellen van touw aan mijn repertoire bij het restaurant had toegevoegd. Meer recentelijk heb ik geoefend om uit dwangbuizen en handboeien te komen en ik heb zelfs met een combinatie van al deze dingen geëxperimenteerd.

Als ik ooit een kinky vriendje krijg, dan moet hij een meester in zijn vak zijn om me goed vast te binden.

Dat gezegd hebbende, als ik de keuze had, dan zou ik liever niet vastgebonden worden met touw, omdat het de beperking is die me het langst kost om uit te ontsnappen. In dit geval heeft Ariël echter nooit geleerd hoe ze iemand vast moet binden of ze had te veel haast om het correct te doen. Ik had bovendien, terwijl ze mijn polsen vastbond, net genoeg kunnen wiebelen om mezelf een voorsprong te geven.

Het kost me maar een paar seconden om mijn handen los te maken en de rest van het touw komt na wat verder wiebelen als een te strakke trui los.

De lockpicks in mijn tong hebben de handboeien in nog een paar seconden open.

Bevrijd, spring ik overeind en storm mijn kamer binnen, terwijl ik ervoor zorg dat ik Fluffster niet vertrap.

Ik grijp Nero's geld, een windjack en mijn favoriete sjaal (die ik bij mijn optreden in het restaurant ook als blinddoek gebruik), sprint achter Ariël aan en gooi bijna de salontafel in de woonkamer om.

Net als ik de deur van het appartement achter me dichtsla, zie ik de liftdeuren sluiten.

Ik negeer de protesten van mijn arme benen, ren naar de trap en stuif naar beneden, waarbij ik over meerdere treden tegelijk spring.

De laatste keer dat ik deze trap heb gebruikt, was toen we na een brute winterstorm geen stroom meer hadden en de zware laag stof op de betonnen treden doet me vermoeden dat mijn buren hem sindsdien ook niet hebben gebruikt.

Tegen de tijd dat ik op de eerste verdieping aankom, branden mijn kuitspieren alsof iemand me gebrandmerkt heeft en hijg ik als een oververhitte hond. Ik hoop echt dat mijn benen als gevolg van al dat rennen strakker worden. Het zou leuk zijn om van de stortvloed van zombiecitroenen in mijn leven limonade te maken.

Ik blijf stevig in de cardiozone en ga naar de

uitgang van het gebouw. Naar buiten rennend, zie ik Ariël in een groene Hyundai Sonata met een Uber-sticker op de achterkant stappen.

Ik sprint naar de weg en haal een biljet van honderd dollar uit de stapel geld van Nero in mijn zak.

De Sonata doet zijn linker richtingaanwijzer aan. Hij staat op het punt om te vertrekken.

Ik zwaai met mijn honderdje naar een passerende gele taxi en maak oogcontact met de Sikh-chauffeur.

Met gierende remmen stopt hij naast me.

Ik spring er meteen in. "Volg die groene Hyundai Sonata," zeg ik tegen hem nadat ik de wolk van verbrand rubber uit mijn longen heb uitgeademd. "Als je ze niet verliest, dan geef ik je wat op de meter staat plus deze honderd."

"Begrepen," zegt de man en de taxi schiet zo snel naar voren dat ik er een kleine whiplash van krijg.

We zitten meteen op de staart van de Sonata. Zeg wat je wilt over Uber, maar gele taxichauffeurs hebben nog steeds een voorsprong als het om agressief manoeuvreren gaat.

Ik ga achter de taxichauffeur zitten, in de hoop dat zijn tulband me zal verbergen als Ariël achteromkijkt. Tenzij ze me ziet, betwijfel ik of ze zal beseffen dat ze gevolgd wordt. Gele taxi's zijn zo gewoon dat ze praktisch onzichtbaar zijn.

Terwijl we tussen het verkeer door rijden, laat ik mijn gedachten naar mijn laatste voorspellingsdroom afdwalen en probeer ik wat ik heb gehoord in mijn nieuwe paradigma op te nemen.

Het woord 'Cognizant' was prominent aanwezig. Op basis van de context lijkt het alsof de mensen in die kamer zichzelf zo noemden. De manier waarop ze het woord 'mens' zeiden, impliceert ook dat een Cognizant geen mens is, hoewel ik dat deel verkeerd begrepen zou kunnen hebben. Het meest interessante is dat ik een van deze Cognizanten lijk te zijn en mijn tv-optreden heeft een grote regel van hen gebroken — een regel die iets met geloof te maken heeft, als ik het me goed herinner.

Zou het kunnen dat ik de toekomst in mijn dromen begon te zien, simpelweg omdat veel mensen in de wereld ten onrechte geloven dat ik een helderziende ben? De timing lijkt samen te vallen — en ik had die eerste warme stroom van energie gevoeld net toen het grootste deel van de mensen me zag optreden.

Maar nee. Op tv gaan kan je geen krachten geven, anders zouden alle nep helderzienden ook echt zijn geworden. Aan de andere kant liet de Raad het klinken dat het zijn van een Cognizant hier een sleutelfactor was. In het bijzonder, dat het voor een Cognizant verboden is om precies dat te doen wat ik heb gedaan. Zou het kunnen dat wanneer genoeg mensen geloven dat een Cognizant tot iets in staat is, de Cognizant in kwestie die macht krijgt? Als dat zo is, dan zou ik zeker willen dat ik die avond iets anders had gedaan, zoals een van mijn telekinese-effecten (ik heb verschillende methoden om objecten met mijn geest schijnbaar te verplaatsen).

Deze geloofskwestie zou, als het waar was, ook iets

kunnen verklaren: waarom Darian erop stond dat ik op tv niet openlijk zou ontkennen dat ik helderziend ben. Hij wist dat hij me niet zover kon krijgen dat ik die bewering zou doen, maar de vraag dubbelzinnig laten was genoeg om tonnen mensen ertoe te brengen om aan te nemen dat ik echt *was* — en dus, volgens deze theorie, mij er een te laten zijn. Wat zijn motivatie betreft, het klonk alsof hij een andere ziener wilde, iets waar Chester tegen was —

"Het lijkt erop dat ze naar JFK gaan," zegt mijn chauffeur, terwijl hij mijn aandacht weer op de achtervolging richt.

"Waarom denk je dat?" Als ik uit het raam kijk, realiseer ik me dat ik vandaag voor de tweede keer in Brooklyn ben.

"Professioneel voorgevoel," zegt de taxichauffeur. "Als dat is waar ze heengaan, wil je ze dan nog steeds volgen?"

"Ja," zeg ik, hoewel mijn hart in mijn schoenen zakt. Als Ariël van plan is om ergens heen te vliegen, dan zal het heel moeilijk zijn om haar onopvallend te volgen.

Om de nerveuze verwachting het hoofd te bieden, pak ik een pak kaarten (elk kledingstuk dat ik bezit heeft er minstens één) en oefen een paar bewegingen waar ik nog steeds niet soepel in ben. En ja hoor, het duurt niet lang voordat Ariëls auto de afrit van de JFK-luchthaven neemt en we deze helemaal tot Terminal 5 volgen.

"Dank je," zeg ik tegen de taxichauffeur. Ik steek de

kaarten in mijn zak en duw hem twee honderddollarbiljetten in zijn hand.

Aangezien ik geen tijd heb om op wisselgeld te wachten, laat ik de extatische chauffeur achter me en haast ik me achter Ariël aan.

Zoals gewoonlijk krioelt het van de mensen, wat handig is omdat Ariël me dan minder snel zal zien als ze zich omdraait.

Ze draait zich echter niet om. In plaats daarvan gaat ze door de draaiende glazen deuren zonder te pauzeren.

Ik volg haar, blijf een meter of tien achter haar en zorg ervoor dat er in ieder geval een paar mensen tussen ons in blijven.

Zoals altijd krijg ik, wanneer ik een luchthaven betreed, vooral JFK, onaangename flashbacks van het incident dat ik met Lucretia heb gedeeld. Bij de oude herinneringen vormt er zich een brok in mijn keel, dus ik duw ze weg. Het laatste wat ik wil is mijn focus verliezen en Ariël laten ontsnappen — niet dat ik weet hoe ik haar het vliegtuig in zou moeten volgen zonder een ticket of enig idee van haar bestemming te hebben.

Toch moet ik het proberen.

Ik volg Ariël een paar minuten door de drukte en als ik de kans krijg, kijk ik naar de aankomende vluchten. Volgens het tableau is het 12:37 uur, dus Ariël zou met de vlucht van 13:15 uur naar Houston, Texas kunnen gaan of ze zou op een van de tientallen latere vluchten naar andere bestemmingen kunnen stappen.

Dan herinner ik me Ariëls wapen en wordt de vliegtheorie minder solide. TSA staat niet toe dat je een wapen meeneemt in een vliegtuig, zelfs niet als je naar een wapenparadijs als Texas gaat. Zelfs ik — een expert in het verbergen van dingen op mijn lichaam — zou het risico niet nemen om te proberen om iets dat zo groot is als een wapen mee te smokkelen. Ariël maakt geen schijn van kans.

Binnen een paar minuten wordt het duidelijk dat ze toch niet op weg is naar de beveiliging. In plaats daarvan gaat ze naar de achterkant van de terminal en ontgrendelt ze een onopvallende deur voordat ze er doorheen gaat.

Ik sprint alsof er een zombie op mijn hielen zit en vang met mijn voet de deur op voordat hij sluit.

Dan wacht ik een paar ademhalingen om er zeker van te zijn dat Ariël voldoende op afstand is voordat ik de deur open en naar binnen stap.

Voor de tweede keer vandaag sta ik met een pistool tegen mijn voorhoofd.

"Sasha!" Zonder het dodelijke wapen in haar hand zouden Ariëls grote ogen komisch zijn. "Hoe ben je hier gekomen?"

"Kun je stoppen om met dat ding naar me te wijzen?" Ik hef mijn handen omhoog met de handpalmen naar buiten. "Je zou volgens mij gearresteerd kunnen worden voor het meenemen van een wapen naar een luchthaven."

Ariël laat het pistool zakken, stapt achteruit en wrijft met één hand over haar voorhoofd.

"Ik laat je niet zonder mij gaan," zeg ik terwijl ik mijn armen over mijn borst sla.

Ariël stopt het pistool in haar holster. "Ja, dat doe je wel."

Ik leg mijn hand op de deurklink. Ik zou waarschijnlijk kunnen ontsnappen voordat ze me grijpt, maar ik weet het niet zeker. "Als je me nog een keer aanraakt, dan is het klaar." Ik ben zo gefrustreerd dat ik niet anders kan dan het vies spelen. "Ik beloof je, dat we dan klaar zijn met elkaar. Ik zal mijn eigen appartement nemen en nooit meer tegen je praten. Vriendinnen behandelen vriendinnen niet als —"

"Ik probeer je te beschermen," zegt Ariël met opeengeklemde tanden en ik voel me even schuldig.

"Ik kan wel voor mezelf zorgen," zeg ik terug, wensend dat ik me net zo zelfverzekerd voelde als dat ik klink. "Je hebt me bovendien niet eens de kans gegeven om je alles te vertellen. Ik heb meer visioenen gehad. Er was een Raad —"

Bij het horen van het woord 'Raad' lijkt het alsof iemand Ariël in het gezicht heeft geslagen. Het is duidelijk dat ze me om details wil vragen, maar ze zegt niets.

Misschien heeft het met het bloedingsincident te maken?

"Ik begrijp dat je me niets kunt vertellen, maar je kunt wel luisteren," zeg ik op een ander voorgevoel. "Ik *weet* dat ik een van de Cognizanten ben."

Ariëls ogen dreigen uit hun kassen te springen.

"In mijn visioen leefde ik nog toen ik met deze Raad

sprak, dus tenzij dat is waar je nu naartoe gaat, zal ik waar we ook heengaan overleven."

Ik zeg niet dat ik misschien moeite zal hebben om de Raad zelf te overleven.

Ariël fronst haar wenkbrauwen en schudt dan haar hoofd. "Ik begrijp het niet, maar er is geen tijd om te discussiëren."

"Dus neem me mee, dan leg ik het je onderweg uit," zeg ik terwijl ik haar aandachtig in de gaten hou op eventuele plotselinge bewegingen.

"Prima, maar je moet geblinddoekt zijn tot we op onze bestemming zijn." Ze wijst naar mijn sjaal.

"Afgesproken," zeg ik terwijl ik hem afdoe. Ik ben ontzettend blij dat ik Ariël nooit effecten met dit specifieke kledingstuk heb laten zien.

Ariël steekt haar hand uit naar de sjaal en stapt naar me toe.

"Wacht," zeg ik, terwijl ik de deurklink weer vasthoud. "Eerst moet je zweren dat je me echt mee gaat nemen. Je zou me net zo goed die blinddoek om kunnen doen en me knock-out kunnen slaan of me vast kunnen binden — of je zou iets anders kunnen doen waarvan ik nooit zou verwachten dat mijn beste vriendin me dat aan zou doen."

"Ik zweer het," zegt ze plechtig. "En het spijt me dat ik in het appartement je armen heb verdraaid. Ik probeerde —"

"Me te beschermen. Ik begrijp het en verafschuw het." Ik hang de sjaal over mijn schouder en draai mijn

rug naar Ariël. "Het is allemaal vergeven en vergeten —
als je me meeneemt."

Tot nu toe heb ik nooit op Ariëls belofte hoeven te
vertrouwen, dus ik verwacht nog steeds half dat ik
knock-out zal worden geslagen in plaats van
geblinddoekt te worden. Als onze rollen omgedraaid
waren — als ik echt dacht dat Ariël in gevaar was en
het breken van een belofte haar zou redden — dan zou
ik dat waarschijnlijk doen. Aan de andere kant, omdat
ik een goochelaar ben, voel ik me met bedrog op mijn
gemak.

Gelukkig wordt al snel duidelijk dat Ariël eervoller
is dan ik. In plaats van me knock-out te slaan, doet ze
de sjaal over mijn ogen en het enige teken van haar
ongenoegen is hoe strak ze hem om mijn hoofd bindt
— ik heb mijn schedel volgens mij net van de druk
horen kraken. Wat Ariël zich echter niet realiseert, is
dat hoe strakker deze blinddoek om me heen zit, hoe
makkelijker het zal zijn om er doorheen te gluren. Als
ik hem in het restaurant gebruik, benadruk ik altijd
hoe strak ik hem om mijn hoofd wil hebben.

Werken met een blinddoek is een hoofdbestanddeel
van mentalisme, omdat zonder ogen iets zien echt met
het publiek resoneert. Er zijn tientallen methoden om
eenmaal 'geblinddoekt' iets te zien en mijn sjaal is
perfect voor de oudste van de klassieke methoden —
langs je neus gluren. Alles onder mijn navel is
glashelder, alsof ik helemaal niet geblinddoekt ben en
— en daarom is mijn sjaal extra prettig — de stof is niet

zo dik als het lijkt, waardoor ik in goed verlichte kamers vage schaduwen kan zien.

"Houd mijn hand vast," zegt Ariël, terwijl ze me als een moeder vastpakt die met haar vijfjarige over Broadway loopt.

Ik doe wat me gezegd wordt en we beginnen aan onze snelle wandeling door de gangen.

"Vertel me alles." Ariëls hand is koud — een duidelijk teken van stress.

Ik vertel haar over de dromen en mijn confrontatie met Amie.

Zoals verwacht verduidelijkt ze niets.

"Ik had een idee," zeg ik. Ik doe alsof ik blind ben (en misschien wraakzuchtig) en stap op de hak van haar rechter legerlaars. "Ik weet dat je me geen dingen kunt vertellen, maar kun je de uitleg voor me zingen?"

"Nee." Ariël sleept me door weer een andere deur.

"Wat dacht je van het me appen of het in morsecode op mijn handpalm tikken?"

"Nee," zegt Ariël, terwijl ze de hoek omgaat.

"Wat dacht je van Varkenslatijn?"

"Nee."

"Ik merk dat je 'nee' kunt zeggen als ik iets doms zeg, dus misschien kan dat voor jou een manier zijn om iets voor me te bevestigen. Zijn we bijvoorbeeld momenteel in het Pentagon?" Mijn vraag is niet zomaar een grap — de labyrintische gangen waar we doorheen gaan, horen daar meer bij dan onder het JFK.

"Nee," zegt Ariël.

"Ik ben een Cognizant," zeg ik en Ariël antwoordt niet.

Ik beschouw het als een bevestiging.

"Felix heeft een vriendin," zeg ik vervolgens.

"Nee." Ariël grinnikt zonder humor.

"Jij bent ook een Cognizant," zeg ik.

Geen enkele reactie bevestigt mijn vermoeden.

"Vanaf hier zullen we stil moeten zijn," zegt Ariël en ze doet een deur open.

We komen een kamer binnen met een vloer die op een soort glibberig chroommateriaal lijkt dat de indruk wekt dat je op een spiegel staat. Aan de echo van onze voetstappen schat ik dat de kamer enorm moet zijn en de weerspiegeling van het plafond in het glanzende materiaal van de vloer bevestigt mijn vermoeden.

Een gloed van veelkleurig licht omringt ons, hoewel ik zonder mijn hoofd achterover te buigen — wat ik niet durf te doen om mijn langs-mijn-neus-kijkgeheim niet aan Ariël te verklappen — niet zeker weet wat de bron van het licht is.

Haar greep verstrakt en ze trekt me in de richting van een paars licht.

Als we er een paar meter vandaan zijn, zie ik de onderste helft van de lichtbron en ik heb al mijn zelfbeheersing nodig om niet in shock in Ariëls hand te knijpen.

Op de universiteit hebben we tijdens mijn *Inleiding tot de natuurkundeles* over plasma geleerd — de vierde toestand van materie, de andere zijn vloeibaar, vast en gas. Als iemand een afgeplatte 3D bol van plasma zou maken en deze paars zou laten gloeien, dan zou het er waarschijnlijk net zo uitzien als het ding voor me. Het is alsof iemand bliksem (wat plasma is) heeft genomen, deze tot een cirkel heeft samengeperst en paars heeft gekleurd. Het doet me vaag aan de magische energie denken die ik uit de handen van Beatrice zag komen — alleen veel groter en indrukwekkender.

"We staan op het punt om weer naar buiten te gaan," liegt Ariël — of ik neem tenminste aan dat ze dat doet, want in werkelijkheid sleept ze me naar de reusachtige cirkel van paars licht.

Wanneer haar rechterbeen de drempel van het plasma overschrijdt, verdwijnt haar been.

Ik onderdruk een verbijsterde snak naar adem. Dit moet het moeilijkste optreden zijn dat een goochelaar in de geschiedenis heeft moeten doen om het geheim van de blinddoek te bewaren.

Aangezien Ariël niet over haar ontbrekende ledemaat begint te schreeuwen, neem ik aan dat de verdwijning ervan slechts een visuele illusie is.

De rest van Ariëls lichaam volgt haar voet het licht in. Alleen haar hand is nu zichtbaar — de hand die ik niet anders kan dan een beetje steviger vast te pakken terwijl ik haar naar binnen volg.

Ook mijn been verdwijnt en ik voel geen pijn. Ik voel eigenlijk niets ongewoons.

Ik overschrijd de drempel van het plasma en weersta de overweldigende verleiding om de stomme sjaal van mijn gezicht te rukken.

De spiegelvloer onder mijn voeten lijkt precies op

de vloer in de kamer die we net hebben verlaten, maar wat ik in die spiegel weerspiegeld zie, is helemaal niet hetzelfde.

We zijn niet langer in JFK, we zijn zelfs niet op planeet Aarde.

We zijn zojuist in een compleet vreemde wereld gestapt.

HOOFDSTUK TWINTIG

DE LUCHT BOVEN ONS IS FLUORESCEREND PAARS — HET soort dat in psychedelische blacklight-schilderijen wordt gebruikt. De wolken zijn roze en ze lijken op klodders hemelse suikerspin.

Toen ik een kind was, had ik het ergste geval van wat mijn moeder later 'waaromisme' noemde — ik stelde de 'waarom'-vraag ongeveer eens per half uur. Ik herinner me dat ik vooral nieuwsgierig was naar vier grote vragen: waarom is stilzitten zo saai? Waarom is suiker zoet? Waarom is water nat? En (relevant voor de huidige situatie) waarom is de lucht blauw?

Later kwam ik erachter waarom mijn ouders zoveel moeite hadden om die laatste vraag aan een vijfjarige uit te leggen. Het antwoord is zo ingewikkeld dat ik het nu, als volwassene, nog maar amper begrijp. De korte versie is dat licht dat van de zon komt elke kleur heeft (kleuren zijn licht van verschillende golflengten), maar de atmosfeer (zuurstof en stikstof) verstrooit dit licht op een manier die ervoor zorgt dat de kortere golflengten onze ogen raken. Kortere golflengten zijn blauw en violet, maar door de manier waarop onze ogen werken, nemen we alleen het blauw waar.

En hoewel ik als kind niet om de kleur van wolken gaf, weet ik nu dat ze wit lijken, omdat watermoleculen niet zo kieskeurig als zuurstof en stikstof zijn in de manier waarop ze licht verstrooien. Dus wanneer de kakofonie van alle kleuren onze ogen raakt, dan nemen we wit waar.

Niet roze, zoals de wolken hierboven.

Mijn ademhaling versnelt en dit is het moment waarop ik me realiseer dat de lucht ongewoon dik en zoet is als ik hem naar binnen zuig. Zou deze plek ook een andere atmosfeer kunnen hebben en zo ja, is het veilig om te ademen?

Als ik aan de luchtkwaliteit denk, word ik licht in het hoofd. Dat kan natuurlijk ook zijn omdat ik niet genoeg zuurstof krijg. En nu ik paranoïde ben, zou ik ook kunnen zweren dat mijn stappen lichter zijn dan normaal. Is de zwaartekracht ook een beetje anders?

Als Ariël me niet had verboden om te spreken, dan zou ik nu al deze vragen stellen, maar dat kan ik niet — vooral omdat ik verondersteld word niets van dit alles te kunnen zien.

Ariël blijft me van de poort wegslepen en ze is duidelijk niet onder de indruk van dit alles. Het is alsof we gewoon een wandeling door een bos maken.

Ik krijg een halfbakken idee. Wat als de reflecterende vloer op de een of andere manier deze gekleurde lucht illusie creëert? Aangezien Ariël met haar rug naar mij toegekeerd is, neem ik het risico om mijn hoofd achterover te kantelen en de blinddoek iets op te tillen om rechtstreeks naar de lucht te kijken.

De lucht blijft paars en de wolken roze.

Het enige verschil is dat ik in mijn wijdere blik meer onmogelijke dingen zie, zoals twee manen — één iets kleiner dan degene die ik gewend ben om te zien en één die twee keer zo groot is. Er lijkt ook een Saturnus-achtige ring om ons heen te cirkelen — misschien overblijfselen van een derde maan?

Er is een enorme wilsinspanning voor nodig om met het staren naar de lucht te stoppen en weer naar beneden te kijken — en terwijl ik dat doe, vang ik een glimp op van onze directe omgeving. We staan op een groot gespiegeld oppervlak ter grootte van Madison Square Garden en rond de omtrek zijn veelkleurige plasma-warppoorten. Elke poort wordt herhaaldelijk door bliksem uit de roze wolken erboven geraakt, maar ik hoor geen donder.

On-freaking-gelooflijk.

De emotie die magie bij toeschouwers probeert op te roepen is ontzag. Als goochelaar ben ik helaas beperkt in hoe vaak ik deze emotie kan voelen, omdat ik te veel geheimen ken. Wat ik net heb gezien, opent echter de verstopte poorten van mijn ontzag en ik heb het gevoel dat ik erin zou kunnen verdrinken.

Terwijl ik de blinddoek met trillende vingers weer naar beneden schuif, probeer ik terwijl ik blijf lopen met deze nieuwe ontwikkeling mijn paradigma over de wereld bij te werken. Tenzij ik slaap, moet ik op een andere planeet zijn of misschien in een ander universum... of rijk of dimensie of vlakte of een parallelle wereld of wat dan ook. En ik ben hier via zoiets als een sterrenpoort gekomen, een wormgatachtig magisch teleportatie-artefact.

Terwijl Ariël me dieper sleept, schreeuwt een deel van mij om rationele verklaringen. Iemand zou bijvoorbeeld een gigantische koepel kunnen maken en de vreemde lucht en wolken erop weer kunnen geven, zoals in *The Truman Show*. Ja, er is geen reden voor iemand om de moeite te doen om dat bij me te proberen, maar is die uitleg niet makkelijker te accepteren dan 'een andere wereld?' Maar aan de andere kant, is een andere wereld nog steeds niet zo raar als dodenbezwering. Het is tenslotte een feit dat er talloze andere planeten bestaan en wormgaten/andere universums worden door enkele legitieme wetenschappelijke theorieën gedekt.

Is dit waar de Cognizant vandaan komt? Een plek als dit? Dat zou verklaren waarom de Raad zichzelf niet als mens beschouwde, maar het roept ook een miljoen vervolgvragen op. Waarom zien wij (het is zo vreemd om mezelf hierin te betrekken) er zo menselijk uit? Zou de Cognizant uit een parallelle wereld/universum kunnen komen waar evolutie — of ontwerp — tot wezens heeft geleid die er net als mensen uitzien, maar die kleine eigenaardigheden hebben, zoals de neiging om krachten te manifesteren die gewone mensen denken te hebben?

Als ik niet snel een manier vind om antwoorden te krijgen, dan zullen mijn hersenen van nieuwsgierigheid imploderen.

In een opwelling doe ik de hand die Ariël niet vasthoudt stiekem in mijn zak en palm ik mijn telefoon in mijn hand.

Zoals de naam al aangeeft, is 'palmen' de techniek van de goochelaar om voorwerpen, meestal kaarten, in de palm van zijn hand te verbergen. Omdat ik een meisje ben, zijn mijn handen klein, een nadeel op dit gebied, daarom probeer ik het met oefenen goed te maken. Ik slaap, eet en pendel vaak naar mijn werk met een kaart (of munt of soms een telefoon) in de palm van mijn hand die ik op verschillende manieren uitvoer, waarvan sommige door mij zijn uitgevonden.

Ik houd nu bijvoorbeeld de telefoon zo vast dat de rug van mijn hand de telefoon voor Ariëls blik verbergt, zelfs als ze zich zou omdraaien en naar me zou kijken.

Het is nu 12:41 uur. Dat betekent dat we iets minder dan achttien minuten door deze geheime tunnels hebben gelopen. Het is niet verwonderlijk dat de telefoon geen ontvangst heeft en dat de GPS niet werkt als ik de Maps-app open. Het vreemdste is hoe de kompasfunctie zich gedraagt: de digitale pijl draait non-stop rond, als een tol in een droom in *Inception*. Telefoons hebben geen traditioneel kompas (een kleine magneet die om zijn as draait) ingebouwd, maar ze hebben wel een magnetometer die dezelfde functionaliteit mogelijk maakt.

Is er iets in deze wereld met de magnetometer aan het knoeien of is het draaien op de een of andere manier aan het ontbreken van een GPS-signaal te wijten?

Ik stop de telefoon weer in mijn zak en volg Ariël nog ongeveer tien minuten tot ik eindelijk onze bestemming zie — een blauwe poort. Afgezien van zijn kleur, lijkt het net de poort waar we doorheen zijn gelopen om hier te komen. Ariëls pas versnelt als we dichterbij komen en ik jog om haar bij te houden, ondanks de hevige klachten van mijn beenspieren.

Net als eerder verdwijnt Ariël in de poort, haar uitgestrekte arm zweeft een paar seconden in de lucht voordat hij me naar binnen trekt.

Deze keer volg ik gretig, me afvragend of ik bij het oversteken van die eerste grens vreemde sensaties heb gemist.

Het gevoel van oversteken is heel kort en subtiel, maar — en dit kan mijn al overprikkelde verbeeldingskracht zijn — ik denk dat ik *iets voel:* een tijdelijke gewichtloosheid en een vleugje van een ozongeur. Misschien is dit hoe het voelt om uit elkaar te worden gehaald, molecuul voor molecuul, op één plek, en om op de plaats van bestemming onmiddellijk weer in elkaar gezet te worden (ervan uitgaande dat deze poorten zo werken).

Er komt een gekke gedachte bij me op. Als er tijdens de overgang moleculen verloren gaan, zou ik er dan dunner uitzien?

We komen in een kamer met een dak terecht, waar de plafondreflectie identiek lijkt te zijn aan die ik bij JFK heb gezien. Ik vang hier ook een glimp van de warppoorten op.

Als we de poortkamer verlaten, komen we in een gang met een vloer die ook op die van JFK lijkt.

Zijn we teruggegaan?

Nee.

Dat zou zinloos zijn.

Er moet een betere verklaring zijn.

Ik pak mijn telefoon weer in de palm van mijn hand en kijk er even naar.

Het is 12:43 uur — wat niet logisch is. We hebben meer dan tien minuten in die buitenaardse plek gelopen en nog ongeveer drie minuten nadat we naar buiten waren gekomen. Zouden de ontbrekende tien minuten een toevalstreffer kunnen zijn door het gebrek aan mobiele ontvangst? Of — een meer intrigerende mogelijkheid — telt de tijd doorgebracht in die paarse luchtplaats hier op aarde niet mee? Misschien gaat de tijd daar veel langzamer?

Gefrustreerd door het opnieuw uitblijven van antwoorden, start ik de Maps-app en zie dat het GPS-signaal terug is.

Volgens de telefoon zijn we nog steeds op een

luchthaven, maar niet op JFK. In plaats daarvan zijn we op LAS — de McCarran International Airport in Las Vegas, Nevada. Als in, vierduizend kilometer verderop — een afstand die we schijnbaar hebben gelopen, hoewel, volgens mijn telefoon, zo'n wandeling normaal gesproken meer dan een maand zou duren (of zevenendertig uur rijden of vijf uur met een vliegtuig).

Het is duidelijk dat de poort die we zojuist hebben gebruikt zijn gebruikers — de Cognizant — een hoop tijd kan besparen.

Ik verstop mijn telefoon weer en volg Ariël uit de LAS-versie van de labyrinten naar de terminal.

De mensenmassa's hier zijn niet zo erg als op JFK, maar ze zijn groot genoeg om me af te vragen waarom niemand het meisje confronteert dat haar geblinddoekte vriendin als een hond aan de riem rondleidt. Ik denk dat ze allemaal aannemen dat het iets kinky is en het hele motto 'wat er in Vegas gebeurt, blijft in Vegas' zeer serieus nemen.

Terwijl we de terminal uitlopen, haalt Ariël een telefoon uit haar zak en doet er iets mee.

Er staat een auto op ons te wachten als we uitstappen, dus ik neem aan dat Ariël een lift heeft laten komen.

Ze leidt me naar binnen en we beginnen te rijden. Tot mijn teleurstelling bespreekt Ariël de bestemming niet met de chauffeur en praat ze überhaupt niet met hem. Hij volgt gewoon de aanwijzingen in de app.

Aangezien mijn lichaam mijn rechterzak voor Ariëls zicht blokkeert, haal ik mijn telefoon er stiekem weer uit. De batterij is bijna leeg, wat logisch is, aangezien hij in de taxi maar veertig minuten heeft kunnen opladen. Ach, ik kan net zo goed al het resterende nut eruit persen door onze voortgang in de gaten te houden.

Het duurt niet lang voordat ik zie dat we op weg zijn naar de beroemde Las Vegas Strip.

Aangezien Ariël niet heeft gezegd dat het oké was om weer te praten, zeg ik geen woord totdat de auto stopt.

Volgens de GPS bevinden we ons naast het Luxorhotel — een plek waar ik al jaren van heb gedroomd om te bezoeken, omdat Criss Angel hier regelmatig zijn *MindFreak*-show opvoert.

Een halfgevormde gedachte flitst door mijn hoofd. Zou ik een onderdeel kunnen zijn van de meest uitgebreide grap die ooit gemaakt is? Heeft Ariël op de een of andere manier contact met Criss Angel opgenomen en hem verteld dat ik een grote fan ben? Misschien heeft hij aangeboden om me bij een tv-show van het *verborgen camera*-type met een enorm budget te betrekken. Derren Brown, een Britse mentalist, heeft ooit een man ervan overtuigd dat een meteoor de aarde had geraakt, wat tot een zombie-apocalyps had geleid. Zou zoiets achter alle gekke dingen kunnen zitten die ik heb meegemaakt?

Als dat het geval is, dan zou dit een geweldige plek zijn om alles eindelijk te onthullen.

Het probleem met dit idee is de knagende vraag 'hoe'. De enige manier die ik heb gezien die ook maar enigszins plausibel is, is via hallucinogenen die zo sterk zijn als degene die de *Scarecrow* in *Batman Begins* als wapen had gebruikt. Nu ik erover nadenk, het *is* de favoriete film van Ariël, dus het zou de inspiratie voor dit alles kunnen zijn. Maar hoe kan iemand hallucinaties sturen om dromen te veroorzaken die uitkomen? Deze theorie valt bij nader onderzoek volledig in duigen, hoe graag ik ook zou willen dat ik voor de gek gehouden werd (vooral door Criss Angel).

We verlaten de auto en lopen het hotel in. Mijn wrok over mijn blinddoek groeit.

Ik wil het Egyptische thema van deze plek echt zien.

Het Luxor is zo'n enorme zaak dat ik al snel uit het oog verlies waar Ariël me naartoe brengt en mijn telefoon is dood, dus die kan me niet helpen.

Uiteindelijk stoppen we bij een deur en Ariël schraapt haar keel. "Het is nu oké om de sjaal af te doen."

Ik ruk het ding van mijn gezicht en doe alsof mijn ogen aan het felle licht moeten wennen.

Overal vertellen posters me dat we ons naast de voor mij minder interessante attractie van Luxor bevinden, *Lichamen... De tentoonstelling.* Op een groot bord voor ons op de deur staat dat de show wegens renovatiewerkzaamheden gesloten is en morgen weer opengaat.

Ariël heeft me ooit meegenomen naar een versie van deze tentoonstelling in de South Street Seaport. Ik was zowel onder de indruk als dat ik ervan walgde. In een notendop, de makers van *Lichamen* namen een stel dode mensen, vilden ze (in sommige gevallen haalden ze het vlees van de botten) en rangschikten ze in verschillende poses. Soms maakten ze het nog gruwelijker door de hersenen van een kadaver bloot te leggen. Andere keren zouden ze het met spieren omhulde skelet zijn eigen huid of blootgestelde organen laten vasthouden of ze zouden gewoon de op een boom lijkende bloedsomloop tentoonstellen. Als Hannibal Lecter, Leatherface, Freddy en Jason allemaal zouden besluiten om kunstzinnig te worden, dan zouden hun meesterwerken perfect in die exposities passen. Wat die reis nog erger maakte, was dat Ariël — die als onderdeel van haar studie met kadavers werkt — sappige details bleef toevoegen, zoals hoe prachtig het vivisectie-werk was.

"Ze is daar." Ariël trekt aan de deur, maar die lijkt op slot te zitten. "Weet je zeker dat je hier deel van uit wilt maken?"

Eindelijk snap ik het.

Beatrice, een dodenbezweerder, zou natuurlijk op een morbide plek zoals *de Lichamen*-tentoonstelling zijn. Zij doet waarschijnlijk de renovaties in kwestie — en ze heeft het waanzinnig naar haar zin om met alle uitgedroogde, verminkte lijken te spelen.

"Is dit geen gevaarlijke plek om met iemand zoals zij af te rekenen?" Ik onderzoek het slot op de deur en draai een paar keer aan de hendel.

Ariël antwoordt niet, maar haalt een pistool tevoorschijn, wat een antwoord op zich is. Ze moet al hebben bedacht dat Beatrice meer lijken mijn kant op zou sturen — en dat ik de volgende golf niet zou overleven. Op de een of andere manier heeft ze ontdekt waar Beatrice is, heeft ze de risico's ingeschat en besloot ze zich tot de tanden te wapenen.

Soms denk ik dat Ariël maar één motto in het leven volgt: 'Wat zou Batman doen?'

"Ik denk dat ze sowieso altijd in de buurt van lijken is," zeg ik, niet zeker wie ik probeer op te vrolijken. "En ze kan bovendien op elk moment lijken maken door onschuldige mensen te doden. Oh en ik denk dat hoe ouder de lijken, hoe erger —"

"Ik vind echt dat je hier moet blijven," zegt Ariël kortaf.

"Nee." Ik pak mijn lockpicks en maak de deur voor ons open. "Laten we gaan."

Diep zuchtend neemt Ariël de leiding en loopt de tentoonstelling binnen.

De mensen (ervan uitgaande dat het mensen *waren*) achter de Luxortentoonstelling hebben duidelijk besloten om de morbiditeit van de New Yorkse expo te nemen en er een griezelig tandje bij te zetten.

Er is een lijk op een fiets en een ander rijdt op een paard zonder huid. Over het algemeen worden er veel sporten afgebeeld – omdat iedereen weet dat de doden van sporten houden. Er is een kadaver dat een honkbal gooit, een die een basketbal vasthoudt, een die voetbal speelt, een die schaakt (hé, het is een denksport), een die een speer gooit en zelfs een met een golfclub. Andere lijken zitten te kaarten (als het poker is, dan is dat een andere denksport), en een met een holle schedel dirigeert een symfonie met een dirigeerstokje. En alsof dat nog niet genoeg was om je over je sterfelijkheid na te laten denken, is er ook het lijk van een zwangere vrouw, met haar ingewanden en een bleke dode foetus blootgesteld.

We vinden Beatrice naast een kadaver dat in twee helften is gezaagd die elkaar een high five geven. Ze zit achter de twee helften en werkt aan een ervan met een soort metalen instrument.

"Het spijt me," zegt ze als ze Ariël ziet. "We zijn vandaag gesloten voor onderhoud. Kom morgen terug, alsjeblieft." Dan valt haar blik op mij en haar ogen worden groot voordat ze zich tot spleetjes vernauwen.

Ariël heft haar pistool en haalt de beveiliging eraf. "We moeten praten, Beatrice."

De dodenbezweerder heft haar handen op en het gereedschap dat ze vasthield, klettert tegen de vloer.

"Zoals je kunt zien, heb ik je gevonden," zegt Ariël en hoewel het niet tegen mij gericht is, krijg ik koude rillingen van de boosaardigheid in haar stem. "Als je mijn vriendin niet met rust laat, dan zal ik je weer vinden — of dan zal ik ervoor zorgen dat *anderen* je vinden."

"Ik begrijp het," zegt Beatrice met trillende stem. "Ik wil geen —"

Voordat ze klaar is met praten, schiet er elektriciteit uit haar handen in de twee helften van het kadaver voor haar.

Ze komen onmiddellijk tot leven, hun high fivehanden grijpen elkaar terwijl de twee helften op één been naar voren springen, alsof ze één heel lijk worden.

Ariël schiet, maar het lijk bereikt Beatrice op tijd en beschermt haar tegen de kogel.

Met afgrijzen kijk ik toe hoe meer dodenbezweringbliksem door de tentoonstelling flitst.

HOOFDSTUK EENENTWINTIG

ARIËL SPRINGT ZO SNEL OPZIJ DAT MIJN OGEN MOEITE HEBBEN OM HAAR TE VOLGEN.

Ze richt het pistool weer.

"Achter je!" schreeuw ik, en ik spring om te helpen.

Ik ben te laat.

Een golfclub knalt tegen Ariëls rug en haar schot gaat in het plafond.

Sneller draaiend dan menselijk mogelijk is, slaat Ariël het met een golfclub zwaaiende kadaver met haar pistool. Zijn hoofd vliegt als een uitgeholde meloen door de kamer en landt met een krakende plof.

Ik zie een flikkering van beweging, maar voordat ik kan uitschreeuwen, knalt er een honkbal tegen Ariëls slaap.

Ze wankelt, maar valt niet. Ondertussen worden we door meer kadavers omringd — waarschijnlijk degenen die eerder aan het kaarten waren — en rent Beatrice weg.

"Ga achter haar aan." Ariël haalt haar mes tevoorschijn en haalt half stotend naar twee kadaverkoppen uit. "Ik reken wel met hen af."

Ik sprint achter de dodenbezweerder aan, maar een lijk kruist mijn weg.

Het is de dirigent van het orkest die een dirigeerstokje vasthoudt, met negentig procent van zijn schedelbeenderen uitgesneden, waardoor zijn hoofd er als twee handvatten van een koffer uitziet die gekruist zijn.

Ik kom slippend tot stilstand.

De dirigent gooit de scherpe houten stok naar mijn gezicht in een gebaar dat aan het eisen van een crescendo van de percussiesectie van een hels orkest doet denken.

Ik duik weg.

In plaats van zich in mijn rechteroog te boren, schampt de houten stok mijn voorhoofd, waardoor er een splinter in komt te zitten.

De pijn voedt mijn woede. Ik verklein de afstand tussen ons, grijp naar de uitgeholde schedel van de dirigent en ruk.

Het scherpe bot snijdt in mijn handen, maar de ruggengraat van de dirigent breekt en laat zijn hoofd in mijn handen vallen.

Deze lijken zijn nog kwetsbaarder dan de mannen die me in de gang aanvielen — hopelijk geeft dat ons een kans.

Ik gooi het hoofd naar het dichtstbijzijnde

naderende lijk en hervat mijn sprint achter Beatrice aan.

Er klinkt een schot vanaf de locatie van Ariël, maar ik heb geen tijd om achterom te kijken.

In een glazen vitrine aan mijn rechterkant zie ik een schaduw naderen. Ik ontwijk hem en een lijk met een voetbal stort in de vitrine.

Als er een meisjesvoetbalteam op school was geweest, dan had ik een rennende achterhoede kunnen zijn.

Alsof ik mijn atletische ambities wil beteugelen, knalt er een voetbal in mijn rug.

Mijn schouderbladen schreeuwen het uit van de pijn. Prima. Misschien is voetbal toch niets voor mij.

Aangemoedigd door de steeds kleiner wordende afstand tussen mij en Beatrice, bijt ik op mijn tanden tot mijn kaken pijn doen en blijf rennen.

Ik zie een beweging aan mijn rechterkant en blijf staan.

Een fietsend lijk raast langs me heen waar mijn lichaam zou zijn geweest als ik niet was gestopt.

Ik schop tegen de achterband van de fiets, waardoor zowel het lijk als het voertuig in een naakte bloedsomloop onder een glazen vitrine terechtkomen. Glasscherven, stukjes haarvaten en stukjes bot kraken onder mijn laarzen terwijl ik mijn achtervolging hervat.

Ariël gromt ergens dichter bij me en vuurt dan nog een kogel af op degene met wie ze vecht. Dit alles wordt door geplof gevolgd van stukjes kadaver die op de grond vallen.

Beatrice werpt een blik over haar schouder, haar gezicht bleek en bezweet.

Als ze me zo dichtbij ziet, verschuift haar blik naar het kadaver van de zwangere vrouw en twee bogen van energie ontspringen uit haar vingers.

De tentoonstelling komt in beweging en staat tussen mij en Beatrice in — die haar ontsnapping hervat.

Ik besluit dat het sneller zal zijn om om dit obstakel heen te rennen dan om ertegen te vechten en ik maak een brede cirkel rond het lijk van de zwangere en houd haar vanuit mijn ooghoek goed in de gaten.

Het lijk reikt in haar blootliggende ingewanden en trekt het kronkelende kadaver van een foetus uit haar baarmoeder. Het onderontwikkelde zombiekind hangt aan een bleke navelstreng en de zombiemoeder begint er, als een cowgirl uit de hel, mee te tollen.

Mijn maag draait zich om bij het zien van deze gruwel. Ik versnel, ik verwacht half dat de foetus als een jojo naar zijn dode moeder teruggaat, maar de navelstreng moet zijn doorgesneden, omdat het projectiel de lucht in gaat en als een macabere lasso door de lucht draait.

Ik stop om te proberen het te ontwijken, maar de gruwelijke lasso raakt me waar ik sta. De navelstreng wikkelt zich om mijn keel en de foetus slaat tegen de zijkant van mijn hoofd. Voordat de volledige gruwel ervan mijn hersenen kan binnendringen, voel ik kleine vingers en tenen mijn haar stevig vastgrijpen.

Ik gil als Felix in een slagerij, grijp de kleine zondaar bij de torso en ruk hem met al mijn kracht weg.

Ik krijg het van me af, maar offer wel wat haar op — een absoluut waardevolle uitwisseling.

De navelstreng om mijn nek lijkt in een anaconda te veranderen terwijl hij me probeert te wurgen, dus ik ruk hem met geweld van me af en laat brandwonden op mijn reeds gekneusde nek achter.

Zodra ik vrij ben, helpt de overdosis adrenaline me om van de kruipende kleine horror en zijn slangachtige aanhangsel weg te rennen.

Een enkele gedachte dwaalt keer op keer door mijn hoofd. *Ik hoor hier niet te sterven*. Hoe had ik anders dat beeld van mezelf kunnen zien tijdens de vergadering van de Raad?

Het is de bedoeling dat ik *na* die ontmoeting sterf, niet ervoor.

Helaas doet deze mantra weinig om het waanzinnige kloppen van mijn hart te kalmeren, waarschijnlijk omdat ik het niet helemaal geloof. Wat als het zien van die toekomst een soort vlindereffect creëert waardoor ik hier doodga? Ik heb de toekomst op het tv-podium veranderd, dus misschien heb ik het nog een keer gedaan. Als ik Ariël niet over mijn visioen had verteld om haar te overtuigen om me mee te nemen, dan zou ik hier niet zijn — en nu ik dat ben, is alles mogelijk.

Ik zet die gedachten uit mijn hoofd voordat ze een zichzelf vervullende voorspelling worden door me te laten vermoorden en sprint tot ik Beatrice weer zie.

Een kogel verbrijzelt een vitrine rechts van Beatrice en ik schep sadistisch genoegen in haar geschrokken sprong. De dodenbezweerder herstelt echter snel en reageert door haar energie-mojo naar het huidloze paard en zijn skeletachtige ruiter te gooien.

Hebben haar krachten alleen invloed op voormalige mensen?

Dat geluk heb ik niet.

Zowel het ros als zijn berijder komen tot leven en komen recht op me af.

Ik spring achter de expositie van een lijk dat in dunne stukken is gesneden, die elk in glas zijn ingesloten om de illusie van een doorzichtig lichaam te creëren. Ik hoop dat al dit glas het paard van streek zal maken — met de gereanimeerde dwarsdoorsneden die in het glas kronkelen, ben ik zeker verontrust.

Het maakt het paard niet uit waar ik sta. Hij steigert op zijn achterbenen en ik zie dat ik op het punt sta om door zijn steenachtige hoeven vertrapt te worden en door het glas gesneden.

Ik klauter opzij, net op het moment dat de rechter hoef in contact komt met de vitrine en het verbrijzelt. Stukjes glas vliegen op me af en snijden in mijn onderarmen terwijl ik mijn gezicht probeer te beschermen.

Een plat stuk van het doorzichtige kadaver glijdt uit zijn gebroken glazen gevangenis en op de grond naar mij toe, maar het wordt al snel door een hoef verpletterd.

Het paard steigert weer.

Achter het dier klinkt een schot. Het hoofd van de berijder vliegt weg, maar zijn benen en romp houden vast, waardoor de expositie in de hoofdloze ruiter van *Sleepy Hollow* verandert.

Duidelijk geïrriteerd keert het monster zich naar Ariël.

Ik laat mijn armen zakken, negeer de stekende pijn en het bloed van de snijwonden en stamp op het nog bewegende stuk dood vlees voor me.

Ariël geeft het paard met haar ellebogen een klap tegen de snuit.

Het klinkt alsof alle vierendertig botten in die paardenschedel als één breken en het paard struikelt.

Ariël verdubbelt haar succes en trapt naar de twee voorbenen van het paard. De benen van het dier vouwen zich bij de knieën en Ariël springt naar het midden van het ding. Ze trekt haar been naar achteren als een voetballer en schopt het paard met verwoestende kracht.

Het gebroken paardenmonster vliegt naar de muur en neemt een paar glazen vitrines mee.

"Ga via haar rechterkant!" schreeuwt Ariël en rent op Beatrice af, terwijl ze zelf links blijft.

Met al mijn resterende energie doe ik wat Ariël zegt.

Beatrice moet inmiddels weten wie de grootste

bedreiging is, dus bijna alle overgebleven lijken vallen Ariël aan.

In de hoek van mijn blikveld zie ik Ariël een kadaver van een danseres doormidden scheuren. Ondertussen spring ik over een nauwelijks kruipende, verlamde zombie wiens eerdere taak moet zijn geweest om zijn organen tentoon te stellen.

Ariël rukt de overdreven longen uit de open borst van het kadaver van een zanger en geeft hem daarmee een klap op zijn hoofd. Ze schiet dan in de algemene richting van Beatrice, maar een bewegend skelet vangt de kogel voor zijn geliefde op.

Ik zie dat we Beatrice over enkele ogenblikken in het nauw hebben gedreven.

Helaas beseft Beatrice dit ook, dus als een in het nauw gedreven rat roept ze al haar volgelingen met hernieuwde kracht op. De energiegolven die ze uit haar handen schiet, kunnen de Apple Store een week van stroom voorzien.

Ik werp een blik op Ariël en zie dat ze zich op iets achter me concentreert. "Rechts van je!" schreeuwt ze.

Ik draai mijn hoofd en vang een glimp op van een basketbal vlak voordat hij in mijn gezicht slaat.

De brug van mijn neus explodeert van de pijn terwijl afschuwelijke herinneringen aan het spelen van trefbal op zomerkamp door mijn hoofd schieten.

Mijn benen wankelen en mijn geest wordt leeg.

HOOFDSTUK TWEEËNTWINTIG

Op de grond kom ik weer bij.

Ariël steekt haar hand naar me uit, dus ik pak hem vast en ga weer op mijn wiebelige voeten staan.

Een dozijn van de wandelende doden is begonnen om een brede cirkel om ons heen te vormen. Sommige lijken zien eruit als een vergiet met alle kogelgaten die Ariël erin heeft geschoten. Ze moet wat schietoefeningen hebben gedaan toen ze naar mij toe kwam.

"Laten we haar weer flankeren. Ik zal deze kudde uitdunnen en jij volgt," fluistert Ariël en ze zet een paar stappen van me vandaan.

De lijken — of Beatrice — vinden het idee dat Ariël beweegt niet prettig, dus beginnen ze de cirkel langzaam te verkleinen.

Ariël stopt, reikt in haar binnenzak en haalt er patronen uit. Ze moet het pistool herladen.

Nog steeds versuft kijk ik om me heen. De vloer ligt

met lichaamsdelen bezaait die Ariël er met haar blote handen vanaf moet hebben gerukt.

In mijn ooghoek zie ik iets bewegen. Ik draai me om en zie een kadaver dat eruitziet als het lijk dat eerder een speer vasthield — of was het een discus?

Wat het wapen ook was, hij heeft het niet meer vast.

Er klinkt een luide schreeuw uit Ariëls richting.

Ik kijk om.

Er steekt een speer uit de borst van mijn beste vriendin.

De schok raakt me als een andere basketbal tegen het hoofd.

De patronen en het pistool vallen uit Ariëls handen als ze de speer in haar borstkas vastgrijpt. Ze probeert het eruit te trekken, maar ze schreeuwt van de pijn.

Haar ogen rollen weg en als een omgehakte boom begint ze om te vallen.

Ik bereik Ariël in één sprong — net op tijd om haar val iets te verzachten door haar schouders op te vangen. Verdoofd kniel ik over haar heen om haar wond van dichterbij te bekijken.

Het ziet er niet goed uit.

De hele speerpunt zit in haar borst.

Ariël ademt buitengewoon moeizaam en er sijpelt bloed uit haar mond.

"Nee," fluister ik. "Alsjeblieft, Ariël. Nee."

"Het spijt me." Ze opent haar bloeddoorlopen ogen, haar mooie gezicht is vertrokken van pijn. "Hier," zegt ze, terwijl het bloed uit haar mond gutst. Ze neemt mijn hand in de hare en legt die op het bebloede mes dat aan haar riem is vastgemaakt. "Je moet —"

"Stil maar. Praat niet alsof —"

Ze grijpt me bij de kraag, schudt me even door elkaar en gorgelt dan, "Je moet maken dat je uit mijn buurt komt —"

Haar lichaam verslapt en haar ademhaling stopt.

Ik staar haar niet-begrijpend in de ogen en zie hoe ze levenloos worden.

Nee.

Dit kan niet waar zijn.

Als ik nu Beatrices keel met mijn tanden open kon trekken, dan zou ik dat doen. Ik heb nog nooit zo'n bloeddorst gevoeld, maar ik verwerp het niet — ik laat het mijn wraak voeden.

Ik grijp het mes en spring overeind.

Een boog van energie schiet van Beatrices vingers in Ariëls dode lichaam.

Ik begrijp nu waarom Ariël tegen me zei om bij haar weg te gaan, ook al verwerpt een deel van mij die conclusie. Het universum zou het toch niet toestaan dat —

Ariëls lichaam beweegt.

Nu ben ik er klaar voor om Beatrice te martelen voordat ik haar vermoord. Maar eerst moet ik rennen.

Ariël springt met bovennatuurlijke snelheid overeind.

Ergens ver in mijn hoofd herinner ik me dat verse lijken voor Beatrice superieure moordmachines zijn. Ik wil niet geloven dat Ariël — zelfs een dode, gereanimeerde — me pijn zou doen, maar ik blijf niet wachten om erachter te komen.

Ik draai me om en begin te rennen, maar een bankschroefachtige greep op mijn linkerelleboog dwingt me tot stilstand.

Het is Ariël.

Ze heeft me te pakken.

Haar nekspieren spannen zich aan en iets in mijn arm breekt met een afschuwelijk knarsend geluid.

De pijn die mijn hersenen treft, is allesomvattend en puur.

Ik moet in shock zijn, omdat mijn mond schreeuwt, maar mijn geest observeert mijn omgeving met een vreemde afstandelijkheid.

Hoe kan het dat ik niet flauwval?

Drie kadavers pakken het mes van me af, gooien het opzij en grijpen mijn rechterhand, waardoor ik languit tussen hen en Ariël blijf liggen alsof ik gekruisigd word.

Mijn schreeuw gaat over in een hees gesis als ik mijn stem verlies.

Beatrice komt dichterbij en vouwt haar vlindermes open.

"Het was een dappere poging," zegt de dodenbezweerder op bijna sympathieke toon. "Dit was niet persoonlijk. Ik hoop dat je dat begrijpt."

"Wacht," probeer ik te schreeuwen, maar mijn stembanden laten me in de steek.

Met een geoefende stoot begraaft Beatrice haar mes in mijn borst.

Ik kijk naar beneden en zie bloed zich over mijn borstzak verspreiden.

"Het was niet de bedoeling dat ik hier zou sterven," probeer ik vergeefs te zeggen, maar mijn hart stopt en ik sterf.

HOOFDSTUK DRIEËNTWINTIG

Ik ben lichaamloos en staar terwijl Beatrice mijn lijk reanimeert en zegt, "Dit scheelde weinig, maar jullie twee zullen geweldige lijfwachten zijn voor wat komen gaat. Er is dus een lichtpuntje. Voor mij."

Ze loopt naar mijn lijk toe en trekt het mes eruit.

Ze rukt dan de speer uit Ariëls borst.

———

Op de grond kom ik weer bij.

Ariël steekt haar hand naar me uit.

Ze leeft.

Ik leef.

Maar hoe?

Natuurlijk. Dit was weer een paranormaal visioen.

De bal had me knock-out geslagen en net als in de tv-studio heb ik de nabije toekomst gezien.

Ik had gelijk dat ik me zorgen maakte over vlindereffecten. Het visioen van die Raadsvergadering heeft mijn toekomst veranderd en ik *kan* gedood worden. Het enige lichtpuntje hier is dat als we de komende minuten overleven, er een kans is dat de toekomst zo veranderd kan worden dat ik de Raad helemaal niet meer onder ogen hoef te zien.

Ik pak Ariëls hand en kom wankelend overeind — hoewel de adrenaline me helpt om sneller te herstellen dan in mijn visioen.

Zoals ik had voorzien, zijn we omsingeld.

"Laten we haar weer flankeren. Ik zal deze kudde uitdunnen en jij volgt," fluistert Ariël en voordat ik haar hand kan pakken, doet ze een paar stappen bij me vandaan.

Net als eerder vinden de lijken — of Beatrice — het idee dat Ariël beweegt niet prettig, dus beginnen ze hun cirkel te verkleinen.

"Duik weg," roep ik naar Ariël. "Laat je op de grond vallen! Nu!"

Ze lijkt het niet te horen en concentreert zich op het pakken van het pistool en de patronen uit haar binnenzak.

Er is geen tijd meer om te praten.

Ik moet op dit moment alles ongedaan maken wat ik in dat visioen heb gezien.

Er is een principe in magie dat ik vaak in mijn act in het restaurant gebruik: een grote beweging zal een kleine beweging verbergen. Aangezien Beatrice me nauwlettend in de gaten houdt, besluit ik nu van dat principe gebruik te maken.

Ik reik in mijn zak en bereid me voor op het kleine beweeggedeelte van mijn plan. Dan draai ik naar Ariël en bereid mijn benen voor op de veel grotere beweging.

Hoewel ik niet in die richting kijk, bespeur ik de beweging van het kadaver dat zijn speer werpt.

Ik spring voor Ariël, in bodyguard-stijl.

In de lucht voltooi ik de kleinere beweging. Ik heb deze voorzorgsmaatregel waarschijnlijk niet eens nodig, maar als de toekomst besluit koppig te zijn, dan kan dit helpen.

Mijn grotere beweging is ook een groot succes. Ik tackel Ariël. Haar pistool en patronen vallen op de grond en we vallen in een tweepersoonshoop boven op ze.

De speer schampt langs mijn nek en klettert een paar meter verderop op de grond.

Ariëls blik valt op de speer en gaat dan naar mij.

"Mijn pistool," zegt ze. "Ik moet het pakken —"

Ze ziet iets over mijn schouder en duwt me met geweld weg. Ik vlieg bijna een meter de lucht in en land rollend op de grond. Mijn adem verlaat mijn longen en terwijl ik naar adem snak, schreeuwen mijn ribben uit protest.

Ik adem in en ik zie de reden voor Ariëls actie. Zodra die speer de lucht in ging, moeten de doden die om ons heen cirkelden naar ons toe zijn gerend. Ariël had me aan de kant geduwd op het moment dat ze ons in begonnen te sluiten en nu liggen ze als een stel demonische kleuters boven op haar.

Ik haast me om Ariël tussen alle doden vandaan te halen, maar een skeletachtige arm grijpt mijn linkerelleboog.

Ik draai, schop het lijk tegen het scheenbeen, maar dan zie ik een beweging aan mijn rechterkant.

Draaiend zie ik dat dit lijk de bovenkant van zijn schedel mist, dus ik reik naar binnen en ruk de blootgestelde hersenen eruit.

Dodenbezwering vereist duidelijk niet dat het lijk een eigen brein heeft, omdat mijn aanvaller niet in zijn poging vertraagt om mijn rechterarm te grijpen.

Ik zit weer in een kruisigingspositie gevangen. Ik worstel en probeer me los te maken, maar ontwricht bijna alleen mijn schouders.

Verdomme. De toekomst houdt van zijn patronen. Dat, of dit is het ergste geval van déjà vu dat ik ooit heb gehad, want ik heb weer aan elke kant een lijk dat me vasthoudt — bijna precies zoals in mijn eerdere visioen, het is alleen (en dit is enorm) dat Ariël nog leeft.

Om het plaatje compleet te maken komt Beatrice naar me toe.

Ze haalt haar vlindermes tevoorschijn en maakt het mes klaar — net als eerder.

In mijn ooghoek zie ik de hoop lijken boven op Ariël schudden, alsof hij op het punt staat om als een vulkaan uit te barsten. Maar zelfs als mijn vriendin zichzelf bevrijdt, dan zal ze niet op tijd bij me zijn om Beatrice tegen te houden.

"Het was een dappere poging," zegt Beatrice op die merkwaardig sympathieke toon. "Dit was niet persoonlijk. Ik hoop dat je dat begrijpt."

Met een geoefende stoot begraaft ze het mes in mijn borst.

HOOFDSTUK VIERENTWINTIG

IK VERSLAP EN VOEL DE HANDEN VAN DE KADAVERS OP MIJN ARMEN LOSKOMEN. Beatrice heeft ze waarschijnlijk nodig om de bijna ontsnapte Ariël onder controle te houden.

Ik kijk naar beneden, maar deze keer zit er geen bloed op mijn borstzak.

Beatrice heeft duidelijk de kleine beweging die door mijn sprong werd verborgen niet opgemerkt.

Dit is wat ik heb gedaan: ik heb mijn vertrouwde pak kaarten gepakt en heb het in mijn borstzak verstopt, voor het geval de toekomst koppig zou proberen te zijn, wat het ook was. Het mes kwam niet door de barrière die ik had gemaakt — zelfs Ariël is niet sterk genoeg om meer dan de helft van de kaarten in een kaartspel te doorboren.

Ik weet niet zeker hoe anders het steken in een dek is dan het steken in een ribbenkast, maar het lijkt erop dat Beatrice niet genoeg ervaring heeft met steken om het verschil te zien — ze moet het mes meestal gebruiken om vlezige delen te snijden.

Ik ruk mijn armen uit de losse greep van de lijken, pak de pols van Beatrice vast en probeer haar mes af te pakken.

Ik weet niet zeker of het het verrassingselement is of dat ik gewoon sterker ben dan de dodenbezweerder, maar ik ruk het mes weg en snij als bonus in haar handpalm.

Zonder na te denken of te aarzelen, steek ik haar.

Het mes snijdt door iets zachts heen.

Beatrice gilt en haar handen pakken haar gezicht vast.

Het scalpelachtige mes heeft haar wang opengespleten en het bloed gutst eruit.

Ondanks haar geschreeuw heeft ze genoeg verstand om bij me vandaan te gaan.

Ik ga achter haar aan, klaar om haar te steken.

Iets — waarschijnlijk een lijk — grijpt mijn shirt aan de achterkant vast, dus ik draai me op mijn hiel om en steek ernaar.

Het mes gaat in de nek van het wezen het gemummificeerde vlees binnen en snijdt door de wervels. Het hoofd van mijn aanvaller valt op de grond.

Dit mes is *scherp*.

Helaas rennen er nog twee lijken op me af.

Ik draai me terug naar Beatrice.

Messenwerpen is iets dat ik altijd al aan een toekomstige show heb toe willen voegen, maar ik heb deze vaardigheid nog niet zo goed onder de knie als ik zou willen – vooral om veiligheidsredenen.

Snel mikkend gooi ik het vlindermes naar de rug van Beatrice.

Het eerst schaakspelende kadaver springt op en pakt het mes voor zijn geliefde.

Hij rent dan naar de berg met Ariël.

De twee kadavers van eerder grijpen me bij de schouders vast. Ik probeer me los te wurmen, maar zonder veel succes.

Ariëls berg barst uiteindelijk uit elkaar en ze staat in het midden met iemands losse been in haar handen. Ariël gebruikt het been vervolgens als een knuppel om een pad naar Beatrice vrij te maken.

Ik ruk me los van de lijken die me vasthouden, maar ze grijpen me weer vast.

Ariëls hoofd bloedt, een van de kadavers moet haar met een stomp wapen hebben geslagen. Maar ze lijkt haar wond niet op te merken en zodra ze Beatrice in het oog krijgt, rent ze naar haar toe.

De doden — of waarschijnlijker, Beatrice — vinden dat niet prettig. Een stel lijken grijpen wanhopig naar Ariëls laarzen en kleding, maar ze blijft bewegen. Als een lijk geen grip op Ariël kan krijgen, grijpt het een van de lijken vast die haar wel hebben weten te grijpen. Al snel sleept Ariël, als een ziekelijke bruidstrein, letterlijk dood gewicht achter zich aan.

Het bloedspoor dat ze achterlaat, baart me zorgen, dus ik probeer me opnieuw uit de armen los te rukken die me vasthouden, maar slaag er alleen in om mijn schouders te bezeren.

Nog meer doden proberen om Ariël te stoppen, maar ze vertragen haar alleen maar. Ondanks het straaltje bloed ziet ze er zo vastberaden uit dat ik betwijfel of iets anders dan onthoofding haar tegen zou houden.

Als Ariël nog maar een sprong van Beatrice verwijderd is, besluiten de kadavers die me vasthouden dat ze misschien nuttiger zijn aan het front. De beperkende handen laten me gaan en ik schiet naar voren.

Ariël moet al die tijd wat kracht hebben gespaard, want ondanks de lijken die haar verankeren, springt ze als een Olympische springer en is ze meteen van hen verlost.

Ze landt naast Beatrice en raakt de dodenbezweerder tegen haar borst.

Beatrice vliegt een paar meter door de lucht en landt met een bevredigende klap op haar rug.

Ik spring over verschillende lijken heen, terwijl ik me haast om Ariël te helpen.

Ariël springt weer. Deze keer landt ze in een soort worstelmanoeuvre op Beatrice. Ariël grijpt de dodenbezweerder bij haar schouders, tilt het lichaam van Beatrice even van de grond en gooit het dan weer neer.

Ik ben er bijna als de lijken zich weer op Ariël storten, in een poging om haar van hun meesteres weg te wrikken.

Ik grijp het dichtstbijzijnde kadaver bij zijn been, trek hem van mijn vriendin af en sleep hem met zijn gezicht naar beneden met me mee.

Het hoofd van het kadaver maakt een *Exorcist* achtige draai van honderdtachtig graden en hij trekt zo hard aan zijn been dat ik alleen zijn voet nog vasthoud.

Hij springt op zijn overgebleven goede been en draait zich naar me toe. Ik gooi de voet naar hem. Hij geeft me een klap in mijn gezicht en klemt dan mijn hoofd tussen zijn benige handpalmen, alsof hij me tot een staarwedstrijd wil dwingen.

Ik probeer me los te rukken, mijn handen grijpen naar zijn polsen om ze weg te trekken, maar mijn hoofd zit letterlijk in een dodelijke greep vast.

De duimen van het kadaver bewegen naar mijn ogen.

Ik knijp ze dicht en begin wanhopig te trappen, waarbij ik mijn laars tegen een benige scheenbeen ram. Het breekt met een droog gekraak, maar de duimen bevinden zich al drukkend op mijn oogleden.

Mijn maag draait zich om, mijn hartslag is supersonisch, terwijl ik in de handen van het lijk klauw. De druk op mijn oogbollen is het meest angstaanjagende dat ik ooit heb gevoeld.

Binnen enkele ogenblikken ben ik op zijn best blind, maar waarschijnlijker dood.

Er komt een plof en een kraak uit Ariëls richting.

De druk op mijn ogen verdwijnt.

Door de witte vlekken in mijn zicht zie ik mijn aanvaller in elkaar zakken waar hij staat.

Dan staar ik stomverbaasd om me heen als de lijken rondom de tentoonstelling in een tweede dood beginnen te vallen.

De stapel boven op Ariël stopt met bewegen.

Ik negeer de pijn van mijn verwondingen en sleep het dichtstbijzijnde lijk van de stapel, dan nog een, dan nog een.

Tegen de tijd dat ik eindelijk Ariël en Beatrice vind, doen mijn arm- en rugspieren bijna net zoveel pijn als mijn benen.

Nu begrijp ik waarom de lijken opnieuw dood zijn gegaan. Terwijl Ariël met haar gezicht op de borst van Beatrice ligt, ligt het hoofd van de dodenbezweerder onnatuurlijk plat op de vloer. Dat feit en de stukjes van haar hersenmaterie die te midden van een grote plas bloed liggen, zegt me dat Beatrice dood is — een feit waar ik zeer gemengde gevoelens over heb. Het meest egoïstische dat in me opkomt, is de opluchting dat de dodenbezweerder niet met een vreselijk litteken in haar gezicht rond zal lopen die van mijn mes zou zijn geweest... als in, ik hoef me niet schuldig te voelen nu ze dood is.

In de verte gaan deuren open. Is er iemand bij ons komen kijken? Hoelang is het geleden dat Ariël voor het eerst haar pistool heeft afgevuurd?

Ariël heft haar hoofd op en draait zich naar me toe, haar haar zit onder het bloed dat het grootste deel van haar gezicht bedekt.

"Het is voorbij," hijgt ze en ze legt haar hoofd

achterover op de borst van Beatrice, alsof het een mooi traagschuimkussen is.

"We moeten hier weg," zeg ik terwijl ik naast haar kniel.

Geen reactie.

Ik veeg het bloed van haar wang en zie hoe extreem bleek ze is. In paniek druk ik mijn vinger op haar pols.

Die is er, maar zwak. Dit moet door bloedverlies uit die hoofdwond komen.

Ze moet naar een ziekenhuis, en pronto.

Ik pak mijn telefoon, maar de stomme batterij is leeg.

Omdat ik Ariël niet nodeloos in haar fragiele toestand wil verschuiven, controleer ik de zakken van Beatrice en zoek haar telefoon, die voor tachtig procent is opgeladen.

Zonder een seconde te aarzelen bel ik het alarmnummer.

"Alarmlijn. Wat is het adres van de noodsituatie?" zegt een vrouwenstem.

"Leg de telefoon neer," zegt een hypnotiserende mannenstem die ik herken.

Ik kijk op en bevestig mijn vermoedens. Met zijn te mooie neus voor een man die zich optrekt bij het bloedbad om hem heen staat Gaius — de man in het zwart die me in de tv-studio had gered en die me naar huis had begeleid. Zijn hele team van zwarte pakken is bij hem en ze staren allemaal zoals uitgehongerde kinderen naar marshmallows staren, naar het bloed van Ariël en Beatrice.

"Ze heeft hulp nodig," zeg ik zonder op te hangen.

"Dat zie ik," zegt Gaius en hij tilt zijn zonnebril op om die spiegelende ogen te onthullen.

Voordat ik weg kan kijken, grijpen de ogen mijn aandacht en laten ze niet meer los.

"Hang op," zegt Gaius, elk woord duidelijk uitsprekend.

Ik vecht tegen de drang om zijn stem het centrum van mijn universum te laten worden.

"Ariël," zeg ik, niet in staat om weg te kijken.

"Oh, ik zal je vriendin redden," zegt hij zonder te knipperen.

"Wat is je locatie?" vraagt de telefonist van de alarmcentrale dringend, maar ik hang op. Niet omdat hij mijn gedachten over heeft genomen, maar omdat ik geloof dat hij Ariël zal helpen. Ik had net bovendien een idee dat misschien niet werkt als ik niet ophang.

Mijn geest is wazig als ik de telefoon in mijn zak steek, maar ik gebruik al mijn wilskracht om te zeggen, "Help haar. Waar wacht je nog op?"

"Juist," zegt Gaius en hij gaat naar Ariël toe. "Eén heel belangrijk iets voordat ik verder ga." Hij kijkt me even aandachtig aan als daarvoor, maar zijn ogen zijn weer terug in de Siberische ijskleur. "Binnenkort zal je een praatje gaan maken met een paar belangrijke mensen en ze zullen je naar dat tv-incident vragen toen we elkaar voor het eerst hebben ontmoet. Als je mij, Darian of mijn team noemt, dan zal ze doodgaan."

Een praatje met een aantal belangrijke mensen.

Mijn gedachten raken door het aanhoudende waas

in de war, maar ik begin te begrijpen waarom Gaius hier is.

Hij moet de reden zijn dat ik voor de Raad moet verschijnen die ik in mijn visioen heb gezien.

Hij zou me met magische vampiermiddelen altijd kunnen vinden.

De domme toekomst houdt ervan om koppig te zijn.

"Ik kan niet liegen met de polygraafsteen die ze om mijn nek zullen doen," zeg ik, terwijl ik met een enorme inspanning alert blijf.

Gaius kijkt geschokt en mompelt dan binnensmonds, "Natuurlijk. Verdomde zieners." Luider zegt hij, "Begin er gewoon niet over, dan komt het wel goed. Niemand zou een raadslid of de ordehandhavers beledigen door openlijke beschuldigingen te uiten."

"Afgesproken," zeg ik en herhaal een paar keer tegen mezelf wat ik moet doen, voor het geval deze waas mijn langetermijngeheugen in de war schopt.

Aan de andere kant, misschien moet ik me geen zorgen maken. Ik heb Darian in mijn visioen niet ontmaskerd. Tenzij dat was omdat ik dezelfde dreiging voor de gebeurtenissen in de droom heb gekregen? Nee. Zelfs als ik de dreiging niet in die tijdlijn had gekregen, was ik te bang om voor al die mensen te spreken om met zulke creatieve ideeën te komen. En de geschiedenis staat op het punt om zich te herhalen.

"Goed," antwoordt Gaius. "Laat me nu je verrukkelijke vriendin helpen."

Hij buigt zich over Ariël heen en — alsof het de

normaalste zaak van de wereld is — likt hij al het bloed op dat op haar gezicht zit. Hij trekt zich dan terug en hoektanden glinsteren in de lucht voordat hij ze in zijn eigen pols laat zakken. Er begint bloed uit de wond te stromen en hij brengt het naar Ariëls mond — zijn eerdere werk ongedaan makend door het onderste deel van haar gezicht opnieuw met bloed te bedekken.

Hoewel ik Ariëls medische achtergrond niet weet, ben ik er vrij zeker van dat dit *niet* is hoe een bloedtransfusie werkt.

Maar wat hij doet, lijkt *iets* goeds te doen, want de kleur keert terug op Ariëls gezicht. Ze grijpt de onderarm van Gaius en blijft zijn bloed met veel te veel enthousiasme drinken.

Het woord 'vampier' dringt mijn versufte bewustzijn binnen, maar ik mep het mentaal weg als een vervelende mug.

Terwijl ze het bloed naar binnen slokt, begint Ariël de meest verontrustende geluiden te maken — orgastische kreunen die geen twijfel over haar gezondheid laten bestaan, maar grote twijfels over haar geestelijke gezondheid.

Naarmate mijn zorgen over Ariël afnemen, wordt het moeilijker om het waas te weerstaan. Ik zou waarschijnlijk weg moeten rennen, maar ik krijg mijn lichaam niet in beweging.

Trouwens, ik kan Ariël hier niet achterlaten, met deze man die haar bedreigde.

Midden in het voeden heft Gaius zijn hoofd op en hij kijkt me weer aan, zijn ogen gespiegeld, en het waas wordt intenser en neemt mijn geest over. Net als na de show lijkt de tijd met horten en stoten te gaan, mijn geheugen maakt met tussenpozen kortsluiting.

Het ene moment kijk ik naar de vreemde bloedoverdracht en het andere moment word ik weggeleid.

Gaius houdt een gelukzalige Ariël in zijn armen en enkele van zijn in het zwart geklede collega's zijn de tentoonstelling aan het opruimen.

Vervolgens besef ik me dat we door het Luxorhotel lopen. Hier en daar staren figuren in het zwart met hun spiegelende ogen politie en beveiligingspersoneel aan.

"Niemand zal weten wat hier is gebeurd," zegt Gaius als hij mijn ongefocuste blik opvangt. "Ik ben blij dat je de dodenbezweerder uit de weg hebt geruimd. Als we waren aangekomen terwijl ze nog leefde —"

Ik moet midden in zijn monoloog weg zijn gezakt, want ik kom vervolgens weer bij voor twee limousines.

"Hier," zegt Gaius, terwijl hij me een klein plastic zakje geeft met een enkele haar erin. "Dit is van jou."

Hij kijkt naar Ariël, die over zijn schouder is gedrapeerd en voegt eraan toe, "Je vriendin stond erop dat je dit terug zou krijgen."

Ik knipper met mijn ogen en pak het zakje van hem aan. Is dit hoe hij ons heeft gevonden? Door me op de een of andere manier via mijn haar te volgen?

Ik hoop dat ik me dit zal herinneren als het waas verdwenen is, zodat ik preventief mijn hoofd kan scheren.

De extase op haar gezicht verdwijnt even, Ariël

gromt half, kreunt half iets instemmend — het gaat duidelijk een miljoen keer beter met haar dan eerst.

"Sorry hiervoor." Gaius haalt een canvas zak tevoorschijn en legt die over Ariëls hoofd voordat hij haar aan een van de mannen in het zwart overhandigt, die haar naar de limousine brengt die verderop staat. "Veiligheidsvoorzorg," legt hij uit. "Dat begrijp je vast wel."

"Wacht," zeg ik, maar er gaat ook een zak over mijn hoofd — en ondanks al mijn ervaring met blinddoeken, heb ik geen enkele manier om hier uit te gluren.

De hersenmist intensiveert zonder visuele input om mijn hersenen bezig te houden. Het ene moment zit ik in een rijdende auto en dan, bijna onmiddellijk, word ik ergens naartoe geleid.

"Je moet haar snel genezen," zegt Gaius tegen iemand. "Ze kan de Raad niet onder ogen zien met die vreselijke kneuzingen en het is me uitdrukkelijk verboden om haar op mijn manier te genezen."

Ik tast nog steeds in het duister, maar ik vermoed dat iemand magie op me afvuurt, omdat het voelt alsof al mijn snijwonden en blauwe plekken worden gewist met een warme energie die zich door mijn hele lichaam verspreidt en die een plezierige ontspanning achterlaat. De splinter in mijn voorhoofd valt eruit en de kneuzingen rond mijn hals worden slechts een verre herinnering. Het is alsof ik een massage heb gekregen, een stoombad heb genomen en daarna vijftien uur heb geslapen, allemaal in een paar seconden. Ik zucht van genot en hoor Gaius goedkeurend grinniken.

"Dat is genoeg," zegt hij en leidt me weg van waar we ook zijn.

Ik moet weer in de auto zitten want ik voel de motor draaien.

Na een onbepaalde tijd stoppen we en iemand leidt me door een wirwar van gangen naar een plek die koud is en naar een oud kasteel ruikt.

Uiteindelijk banen we ons een weg naar wat als een grote kamer aanvoelt.

Iemand leidt me naar het midden van de kamer en trekt de kap van mijn hoofd.

De kamer is zwak verlicht, dus mijn ogen hoeven zich niet aan te passen. Ik ontmoet de spiegelende ogen van Gaius weer en het waas in mijn geest verdwijnt.

"Je zou je zo weer normaal moeten voelen," zegt hij en loopt weg.

Als mijn geest helemaal helder is, herken ik de geur van saliewierook in de lucht en weet ik meteen waar ik ben.

Ik had gelijk. De toekomst heeft *wel* een voorkeur voor hoe gebeurtenissen verlopen.

Aangezien ik Beatrice heb overleefd, mag ik hier sterven.

Ik sta voor de Raad in de ronde kamer uit mijn droom.

Ze staan op het punt om me te ondervragen en dan gaan ze stemmen om me te vermoorden.

HOOFDSTUK VIJFENTWINTIG

In paniek probeer ik me te herinneren wat er in mijn droom is gebeurd om me te helpen om beter te plannen. In het magische spraakgebruik wordt dit 'het publiek voor zijn' genoemd.

Als de herinnering klopt, dan zullen de Zweinstein-achtige kaarsen oplichten en zal ik me in een mini-Colosseum bevinden. De Raad zal allemaal in hun *Eyes Wide Shut*-seks-orgiekleding gekleed zijn.

Zoals ik had verwacht of voorspeld of wat de juiste term ook is, komen de kaarsen tot leven.

Ik staar naar de raadsleden in de kring om me heen en probeer niet in paniek te raken bij het aanstaande spreken in het openbaar. Als ik een paniekaanval krijg en flauwval zoals in mijn droom, dan zal mijn lot als dode vrouw bezegeld zijn.

Ze staren allemaal, maar ik weet dat er een man achter me staat met die BDSM-halsband, dus draai ik me om.

Zoals verwacht is de man slechts een paar meter van me verwijderd, zijn hand is al uitgestrekt.

Hij had niet verwacht dat ik me zou omdraaien, dus heeft hij zijn gezicht niet diep in zijn kap verborgen — daarom willen mijn ogen van de schok uit mijn hoofd springen.

Ik begrijp nu waarom de stem van deze man in de droom zo bekend was.

Ik ken hem.

Ik ken hem heel goed.

De reden dat ik zijn zeer duidelijke stem niet aan zijn identiteit had gekoppeld — naast dat ik tegen een paniekaanval vocht — moet zijn omdat het zo uit de context leek. De man die voor me staat is de laatste persoon van wie ik zou verwachten dat hij bovennatuurlijk is, wat naar ik aanneem een voorwaarde is om in deze Raad te zitten.

Het is de eigenaar van het beleggingsfonds waar ik werk.

Mijn baas, Nero Gorin.

Hij is voor mij, wat betreft paniekaanvallen, ook een soort ongeluksbrenger. Hij heeft er nu twee gezien (tenzij die in mijn droom niet telt).

"Ik moet dit om je nek doen," mompelt Nero net als eerder.

"Oké, baas," fluister ik samenzweerderig terug.

Hij pauzeert alsof hij mijn herkenning wil registreren, doet dan zijn kap af en wist alle resterende twijfels over zijn identiteit uit.

Terwijl hij de ketting om mijn nek doet, strijken

zijn vingers zachtjes over mijn huid en mijn ademhaling versnelt als kippenvel op mijn armen omhoogkomt.

Ga ik weer dromen dat ik hem kus?

Maar nee. Bij *die* droom was nooit een publiek betrokken.

In ieder geval zit er een kromme logica in zijn aanwezigheid hier. Nero is altijd griezelig goed geweest in het doorzien van leugens. Sommigen zeiden zelfs dat zijn vaardigheid 'bijna bovennatuurlijk' is. Het blijkt dat ze gelijk hadden. Tijdens mijn droom werkte de steen in deze ketting als een leugendetector: hij lichtte groen op als ik de waarheid vertelde en rood als ik per ongeluk loog — iets wat ik deze keer maar beter kan vermijden. Onder mijn nieuwe wereldparadigma lijkt het mogelijk dat Nero een deel van zijn leugendetectievermogen naar deze steen in mijn hals heeft overgebracht.

Met behulp van speciale effecten-achtige bewegingen.

Nero Gorin.

Tuurlijk.

Ik leun dichter naar het oor van mijn baas en fluister, "Laat ze me alsjeblieft niet vermoorden."

Net als in mijn droom raakt hij geruststellend mijn rug aan — en ik herinner me dat hij op de Alpha One-conferentie hetzelfde deed, vlak voordat ik flauwviel.

Nou, ik kan deze keer niet flauwvallen, dus ik trek me terug van zijn aanraking en adem preventief vijf keer in, vijf keer uit, precies zoals Lucretia — de psychiater bij *zijn* beleggingsfonds — me had geleerd. Mijn angst neemt voldoende af om andere symptomen van een beginnende paniekaanval te herkennen en ik doe mijn best om mezelf ervan te overtuigen dat ik dit allemaal onder controle heb.

Iets kalmer laat ik Nero de ketting op zijn plaats vergrendelen. Wetende hoe het zou gaan, doe ik deze keer niet de moeite om het van me af te krijgen.

Vooral omdat ik hoop dat de juiste waarheid me zal bevrijden.

Iedereen om ons heen staat te popelen om Nero zijn bliksemding te zien doen. Ik ga gewoon door met mijn ademhalingsoefening, omdat ik weet hoe dicht ik bij het punt ben om te moeten spreken.

"Dit zal je geen pijn doen," zegt Nero zacht en ik herinner me dat hij tijdens die stemming stond.

"Laat ze me niet vermoorden," wil ik hem nog een keer smeken, maar hij is al halverwege zijn stoel.

Terwijl de oceaanblauwe gloed mijn omgeving verlicht, kijk ik naar de locatie waar Kit — de in een magenta gewaad gekleed, van gezicht veranderende Aziatische vrouw — op het punt staat om te gaan staan.

"Ik ben Raadslid Kit," zegt ze zoals verwacht, met de anime-klinkende stem. "Ik ben in de procedure van vanavond de aangewezen neutrale partij. Geef voor de goede orde alsjeblieft je naam."

Omdat alles tot nu toe is verlopen zoals verwacht en dankzij mijn ademhalingsoefening, maakt het vooruitzicht mijn naam te zeggen me lang niet zo bang als in mijn droom.

Het maakt me echter banger dan wat dan ook van de *Lichamen* -tentoonstelling — en dat heeft een nieuwe lat voor horror gezet.

Ik schraap mijn keel en zeg, "Mijn voornaam is Sasha." Ik spreek alles langzaam en duidelijk uit, alsof ik president Obama probeer na te doen. "Mijn achternaam is Urban — ik heb die van mijn adoptievader gekregen, maar misschien verander ik hem binnenkort in de meisjesnaam van mijn adoptiemoeder, Ballard. Ik ken mijn biologische ouders niet, anders zou ik hun achternaam gebruiken."

De leugendetectiesteen licht daarbij groen op en dat is goed. Ik moet het zo houden.

Chester, de man in het gele gewaad, staat weer op en onthult zijn ondeugende satergezicht, nu merkbaar minder zelfvoldaan dan in mijn droom. Hij moet niet alle waarheidsgetrouwe informatie waarderen die ik in dat ene antwoord heb gestopt.

"Ik ben raadslid Chester, de eiser in de procedure van vandaag," zegt hij en deze keer denk ik dat ik weet waar ik zijn stem heb gehoord. Ik sta er nu echter niet bij stil, omdat ik al mijn energie moet richten om niet flauw te vallen, wat steeds moeilijker wordt. "Ik zal meteen ter zake komen," vervolgt hij. "Wat heb je op zondag 8 oktober om 20.00 uur gedaan?"

Hoewel ik de vraag had verwacht, draait de kamer nog steeds om me heen. Gelukkig voorkomt de diepe ademhaling misselijkheid, dus mijn stem is semi-normaal als ik elke lettergreep opnieuw duidelijk uitspreek. "Ik trad op in een show met de naam

Evening with Kacie." Ik adem diep in en wou dat ik een fles water had die ik langzaam kon losmaken en van kon nippen om mezelf meer te laten ontspannen. "Ik wist niet dat mentalisme een misdaad was waarvoor een procedure als deze nodig was, maar het spijt me heel erg als ik een regel heb overtreden die ik niet kende. Of vraag je naar die gebeurtenis omdat het de eerste keer was dat een lijk die door een dodenbezweerder met de naam Beatrice was opgeroepen me aanviel?"

De ketting glanst groen en ik geniet van de geschokte blik van onbegrip op Chesters gezicht. Hij had absoluut niet verwacht dat ik dat allemaal zou zeggen.

Iedereen in de kamer negeert fatsoen om te bespreken wat ik zojuist heb gezegd.

Wanneer het geluidsniveau decibels van de cafetaria van de middelbare school bereikt, staat Vlad met zwarte kap op en schraapt zijn keel.

Iedereen zwijgt.

Vlad heeft duidelijk invloed.

"De Ordehandhavers hebben het lijk van de dodenbezweerder die ze noemt teruggevonden." Hij kijkt me vreemd goedkeurend aan en draait zich dan om naar de Raad. "Ik wilde dit ter sprake brengen nadat we het lot van Sasha hadden bepaald."

De stress speelt misschien parten met mijn zicht, maar ziet Chester er opgelucht uit als hij het lot van Beatrice verneemt?

"Als Sasha ons van een dodenbezweerder heeft

289

verlost, dan had je het ons moeten vertellen," zegt Darian, dit keer zonder introductie.

Het voorhoofd van Vlad bereikt een nieuw niveau van somberheid als hij naar Darian staart. "Zij was niet degene die de doodsteek toe heeft gebracht en bovendien weet je hoe mijn mensen over dodenbezweerders denken. Ik ben de beklaagde meer dankbaar dan de rest van jullie. Als leider van de Ordehandhavers denk ik echter niet dat mijn dankbaarheid voor deze procedure relevant is."

"Het is relevant," zegt Darian zonder veel vertrouwen. "Het spreekt tot haar karakter."

"Kunnen we de procedure hervatten?" zegt Chester. "Of laten we haar gewoon neutraliseren en er klaar mee zijn." Hij lijkt weer wat van zijn goede humeur te hebben teruggevonden.

"Ik zie niet veel nut meer in de procedure," zegt Darian en kijkt naar Vlad, die lijkt te knikken, hoewel bijna onmerkbaar. "We weten dat ze niet wist dat het optreden tegen de regels was — en we weten dat ze geadopteerd is, wat betekent dat niemand haar de regels had kunnen leren."

"Ben je bekend met de term 'Cognizant'?" vraagt Chester me in plaats van de ijzersterke argumenten van Darian te erkennen. "Je moet antwoord geven. Nu."

Ik vecht met al mijn kracht tegen mijn angst om in het openbaar te spreken, adem diep in, tel tot vijf en adem uit. "Ja. Ik kwam deze term voor het eerst tegen op de avond na het tv-optreden, toen ik wijlen dodenbezweerder Beatrice tijdens haar gesprek met haar werkgever afluisterde."

De steen om mijn nek glanst groen en ik hap nog een keer diep naar adem. Ik was bang dat het het woord 'afluisteren' zou verwerpen in plaats van 'gehoord in een psychische droom', maar het lijkt erop dat de steen flexibel genoeg is om mijn voorspelling als een vorm van afluisteren te beschouwen.

De reactie in de zaal is onbetaalbaar. Als ik giftige slangen in de gewaden van iedereen hier had gestopt, denk ik niet dat het zo'n grote opschudding zou hebben veroorzaakt.

"Dames en heren, alstublieft," roept Kit uiteindelijk. "De procedure is nog niet afgerond."

"Wie was haar werkgever?" Vlad staat op en negeert Kits oproep tot orde. "Dat is belangrijker dan —"

"Volgens mij is hij in deze kamer," zeg ik en het groen van de steen bevestigt mijn bewering.

De kamer valt in een doodse stilte en ik haal nog een keer langzaam adem. Dit was het moment waarop de steen had kunnen aantonen dat ik een leugenaar was, maar dat deed het niet. De waarheid is dat ik een theorie heb over wie de werkgever van Beatrice is, maar ik weet het natuurlijk niet zeker, daarom heb ik het strategische woord 'denken' in mijn verklaring gebruikt. Gelukkig lijkt het gelukt te zijn.

Natuurlijk, als mijn theorie niet *klopt*, zal dat het voordeel dat ik heb behaald ongedaan maken.

Ik palm de telefoon van Beatrice in mijn zak en haal hem tevoorschijn, ervoor zorgend dat mijn verdachte niet doorheeft dat ik de telefoon in mijn hand heb. De andere raadsleden kunnen het misschien zien, maar ze zouden niet weten hoe relevant het is.

"Wie is hij?" Het is verbazingwekkend hoe eng het prachtige gezicht van Vlad kan zijn. Als ik het niet had gezien, dan had ik het niet voor mogelijk gehouden.

"Hoe is dit eigenlijk relevant?" vraagt Chester en ik bespeur bezorgdheid in zijn vraag.

Ik scan stiekem de recente telefoontjes van Beatrice en zoek een contact op met de naam 'Joker'. Het klinkt dichtbij genoeg om een bijnaam te zijn, mijn verdachte houdt van spottend praten en ziet er over het algemeen als iemand uit die ten koste van anderen grappen maakt.

Ik kruis mijn vingers en toets het nummer in.

Terwijl de telefoon van Beatrice verbinding maakt met zendmasten, realiseer ik me dat er een miljoen dingen mis kunnen gaan, zelfs als ik gelijk heb. De Raad zou een regel 'geen mobiele telefoons tijdens de procedure' kunnen hebben. Of mijn verdachte kan zijn mobiel vergeten zijn — of die niet hebben opgeladen.

Het themalied van *The Walking Dead* weerklinkt in de kamer.

Het komt uit de richting van Chester.

Ik hef theatraal de telefoon boven mijn hoofd. "In mijn hand heb ik de telefoon van Beatrice," zeg ik snel en de steen glanst groen en bevestigt mijn woorden. "Ik heb net haar werkgever gebeld en de telefoon van Chester begon te rinkelen."

De steen glanst weer groen.

Ik was bang dat de steen het niet goed zou keuren. Dit kan tenslotte de telefoon van minstens zeven raadsleden zijn die naast Chester zitten. Maar de steen weet dat ik geloof dat Chester Beatrice opdrachten gaf en het moet weten dat ik eindelijk zijn stem heb herkend, dus het bevestigde mijn woorden.

"Hoe durf je!" Chester maakt zich groot van verontwaardiging, maar loopt snel leeg als Vlad hem boos aankijkt. Als een blik iemand kon ontmannen, dan zou Chester al een falsetstem hebben.

Darian staat op en onthult zijn gezicht. Hij ziet er stralend uit in zijn overwinning. "Dames en heren. De hypocrisie van eiser Chester lijkt geen grenzen te kennen. Hij is geen 'Bode', dus als hij het woord 'Cognizant' tegen deze Beatrice heeft gezegd, een persoon buiten het mandaat, dan maakte hij in feite misbruik van de uitzondering op het mandaat die de Raad geniet. En er kan een argument worden aangevoerd dat hij het mandaat helemaal heeft gebroken —"

"Beatrice was een Cognizant," zegt Chester. "Met haar over ons praten, verbreekt het mandaat niet."

"Als je niet in de Raad zat, dan had je zo'n gesprek niet overleefd," zegt Vlad. Hij klinkt alsof hij heel blij zou zijn als Chester zou sterven door bloed uit elke opening te laten lopen — zoals wat bijna met Ariël gebeurde toen ik haar ondervroeg.

"Ik denk dat we de aanklachten tegen Sasha moeten afwijzen en een nieuwe procedure moeten starten," zegt Darian vrolijk. "Deze keer moeten we de acties van Chester bespreken."

"Wat ik wel of niet heb gedaan, heeft geen invloed op deze procedure," zegt Chester door knarsende tanden.

Vlad kijkt met afschuw naar Chester, maar zegt, "Hij heeft gelijk. Zullen we stemmen?"

"Alsjeblieft, allemaal," zegt Chester. "Denk na over wat je —"

"We hebben genoeg van je gehoord." De stem van Vlad galmt met zo'n boosaardigheid door de kamer dat Chester en de helft van de aanwezigen, waaronder ikzelf, witter worden.

Kit schraapt ongemakkelijk haar keel.

"Mijn excuses voor mijn uitbarsting," zegt Vlad tegen haar. "Praat alsjeblieft."

"Iedereen die voor clementie is, sta op," zegt Kit plechtig en ik houd mijn adem in.

De laatste keer dat ze deze stemming deden, werd ik ter dood veroordeeld.

HOOFDSTUK ZESENTWINTIG

In mijn visie stonden slechts een paar van deze mensen op om mijn leven te redden.

Maar nu, alsof ik me vanwege mijn geweldige spreekvaardigheden (en het gebrek aan flauwvallen) op een staande ovatie voorbereid, staat iedereen behalve Chester op.

Ik kan het niet geloven.

Ik heb toch de koppige toekomst verslagen.

Ik ben veilig.

"Het is clementie," zegt Kit plechtig. "Vlad, kunnen jouw Ordehandhavers haar beschermen totdat ze de Mandaatceremonie ondergaat?"

Als antwoord loopt Gaius met een tiental in het zwart geklede figuren de kamer binnen. Zij moeten Vlads ordehandhavers zijn. Heeft hij ze telepathisch opgeroepen of kan hij beter stiekem appen dan een tienermeisje?

"De ceremonie zou direct na de volgende procedure

moeten beginnen," zegt Darian als iedereen weer gaat zitten.

De figuren met kappen op in de kamer knikken goedkeurend.

"Wacht," roept Chester, steeds wanhopiger. "Hoe ben je in dat tv-programma terechtgekomen? Was raadslid Darian er op wat voor manier dan ook bij betrokken?"

De kamer valt weer stil.

Gaius had gezegd dat dit soort beschuldigingen vandaag niet zouden gebeuren, maar ik denk dat Chester niets meer te verliezen heeft en aangezien hij Darian niet lijkt te mogen, wil hij hem ook mee ten onder slepen.

Ik zou het niet erg vinden om Darian te verlinken — hij heeft me duidelijk ergens ingetrokken dat mijn leven had kunnen kosten — maar Gaius heft zijn zonnebril op en kijkt me aan. In zijn ogen lees ik een herinnering aan de eerdere dreigementen aan het adres van Ariël, voor het geval ik over de betrokkenheid van hem en Darian zou uitweiden.

"Antwoord." Chesters stem is nu hees.

Een sterke hand raakt geruststellend mijn rug aan en dan zijn er vingers rond mijn nek, waardoor hete rillingen over mijn rug lopen. Het volgende moment zijn de polygraaf-testjuwelen af.

Ik denk dat ik officieel uit de problemen ben en wat Chester ook van me eist, maakt geen deel uit van mijn procedure.

"Bedankt, Nero," denk ik bij mezelf. Hardop

antwoord ik, "Ik heb dat tv-programma op basis van mijn verdienste als illusionist gekregen. Tijdens deze procedure heb ik Darian voor het eerst ontmoet."

Aangezien de steen niet om mijn nek zit, benadrukt geen rode gloed mijn leugens.

"Je mag gaan," zegt Kit en ze zwaait met haar hand over haar gezicht zoals ze dat tijdens mijn visioen deed. Onmiddellijk verandert haar gezicht in het mijne — wat ik als een compliment beschouw, vooral omdat *deze* Sasha er veel zelfverzekerder uitziet dan ik me voel.

"Een momentje," zeg ik, terwijl ik probeer zo dapper te zijn als Kits versie van mijn gezicht.

Iedereen kijkt me met hernieuwde interesse aan.

"Ik heb op basis van de context van deze gesprekken een paar dingen uitgevogeld," zeg ik langzaam. Door al deze aandacht stijgt mijn adrenaline weer. "Heb ik gelijk als ik denk dat ik, nadat ik onder dit mandaat val, niet in staat zal zijn om over bepaalde onderwerpen te spreken?"

"Alle details kom je later te weten," zegt Kit met mijn eigen stem.

"Hoe zit het met mijn magie?" vraag ik.

"Het mandaat zal je verbieden om je krachten aan het publiek te tonen, als je dat bedoelt," zegt Vlad en voor het eerst hoor ik iets als empathie in zijn stem — een emotie die vreemd lijkt voor die stembanden.

"Ze bedoelt haar trucs," zegt Darian en voor een man die me veel verschuldigd zou moeten zijn, klinkt hij helemaal niet ondersteunend genoeg.

"Ja. Ik bedoel mijn *effecten*," zeg ik. "Ik begrijp dat op tv gaan niet mogelijk is, hoewel niet helemaal waarom dat zo is, maar hoe zit het met andere situaties? Ik heb een baan waarbij ik in een restaurant optreed. Misschien wil ik ooit een show in Vegas hebben –"

"Alles dat als bovennatuurlijke krachten kan worden beschouwd, zal verboden worden," zegt Vlad, de eerdere hint van vriendelijkheid is weg uit zijn stem.

"Zelfs als het nep is?" Ik kan het niet helpen om het te vragen.

"Het mandaat gaat net zo goed over de reacties van mensen als over je bedoelingen of methoden," zegt Darian. "Het spijt me. Je zult een andere hobby moeten zoeken."

Een hobby.

Noemde hij mijn levensdroom net een hobby?

Nero's hand raakt mijn rug weer aan. Hij en ik hebben een keer een grote ruzie gehad, nadat hij me had beledigd door mijn mentalisme een hobby te noemen, dus hij weet waarschijnlijk dat ik op het punt stond om deze kamer even te laten weten wat ik ervan vind.

Zijn aanraking herinnert me eraan waar ik ben en ik besef dat iets terugzeggen een heel slecht idee zou zijn. Ik ben net aan de dood ontsnapt en nu vertel ik ze eigenlijk dat Chester gelijk had over mij.

Ik adem in en probeer mezelf te kalmeren. Ik weet dat ik dankbaar moet zijn dat ik het er levend vanaf heb gebracht, maar ik heb het gevoel dat iemand me net heeft verteld dat Fluffster is overleden. En een stel kittens. En een stel puppy's. En Felix misschien ook.

"Ik wilde het alleen even duidelijk hebben, dat is alles," zeg ik zo kalm als ik kan. "Ik ben niet van plan om ongehoorzaam te zijn. Nu alles duidelijk is, ben ik klaar voor mijn Mandaatceremonie of wat dan ook."

Gaius ziet dit als zijn teken om naar me toe te lopen om me te halen.

Zodra we de kamer verlaten, zegt hij, "Je bent of de dapperste of de domste die ooit voor de Raad heeft gestaan. Ik kan niet geloven dat je bleef praten nadat je was geseponeerd — en je je leven op het spel zette voor stomme trucs."

"Het is een kunstvorm." Ik staar naar de oude gang om ons heen. Het zou met gemak bij een middeleeuws kasteel kunnen horen. "Illusionisme was mijn toekomst."

"Je hebt geen goocheltrucs nodig," zegt hij. "Je bent een echte ziener."

Zijn woorden zorgen ervoor dat ik me nog slechter voel over mijn lot. Mijn nieuwe krachten zouden voor mijn carrière als mentalist een enorme zegen zijn geweest. Ik had kunnen doen alsof ik nep was, terwijl ik echt ben. Maar aan de andere kant, dit is wat veel van mijn toeschouwers al vermoeden dat het geval is, hoezeer ik ook ontken dat ik helderziend ben, dus misschien is het toch niet zo'n slim idee.

Terwijl we lopen, fantaseer ik toch over een show die ik nooit zal kunnen doen. Een show waar ik echte paranormale krachten met alle methoden van misleiding had kunnen combineren die ik tot mijn beschikking had.

De hoofden van mensen zouden van verbazing bijna ontploffen.

Dan bedenk ik me nog een optredengerelateerd feit.

Ik heb zojuist voor een groep vijandige vreemden gestaan zonder een paniekaanval te krijgen. Dat betekent dat ik waarschijnlijk voor een vriendelijke groep vreemden een show zou kunnen doen, het is alleen dat het me nu wordt verboden om dat te doen —

"Dit is waar de ceremonie plaats zal vinden," zegt Gaius en ik zie dat we het einde van de kerkerachtige gang hebben bereikt.

De kamer in kwestie ziet eruit als een middeleeuwse martelkamer, alleen zijn the Rack en de Iron Maiden-apparaten verwijderd om met de tijd mee te gaan. Er bevindt zich aan de voorkant van de kamer een grote stenen plaat die eruitziet alsof deze onlangs voor mensenoffers is gebruikt. Achter de plaat bevindt zich een set orgelpijpen — omdat het het perfecte instrument is om te bespelen als je organen van mensen eruit trekt. Tegenover de plaat staan rijen stenen banken en het is niet moeilijk om je een horde opgewonden sadisten voor te stellen die daar zitten, geboeid door het aanschouwen van de pijn van de ongelukkige slachtoffers.

"Ga zitten." Gaius gebaart naar de dichtstbijzijnde bank.

Ik ga zitten. De bank is koud en hard. Misschien was het ook als een milde vorm van marteling bedoeld.

"Wat gaat er nu gebeuren?" vraag ik. "Wat gaat er met me gebeuren?"

"Dat hangt ervan af." Gaius zet zijn voet op een andere bank en zet zijn zonnebril recht. "Als je niemand kwaad maakt zodat ze de ceremonie helemaal afblazen, dan zou je daarna beschermd moeten zijn en een mentor moeten hebben. Je overlevingskansen zullen nog groter zijn als Chester uit de Raad wordt gezet."

"Denk je dat hij eruit wordt gegooid?" vraag ik en sluit een pact met mezelf om me zo goed mogelijk te gedragen, in ieder geval tot de ceremonie voorbij is. "En als ze hem vergeven, wat is dan het risico?"

"Hij is een politicus — slijmeriger dan een kruising tussen een slak en een paling. Zij allemaal, maar Chester in het bijzonder, zou van die man van *House of Cards* een heilige maken." Hij zegt dit bewonderend en ik heb het gevoel dat hij zelf graag in de Raad zou willen zitten als hij kon — en dat hij er precies tussen zou passen. "Als ik jou was, dan zou ik heel hard hopen dat Chester de privileges van de Raad verliest," vervolgt Gaius. "Dan zou hij ongevaarlijk voor je zijn."

Ik kijk hem fronsend aan. "Wat is Chesters probleem eigenlijk met mij?"

Gaius haalt zijn schouders op. "Chester is een kansmanipulator. Zijn soort houdt in het algemeen niet van zieners, maar hij haat ze op persoonlijk vlak — vooral Darian, de ziener die hij verantwoordelijk houdt voor de zelfmoord van zijn vrouw. Dus hij heeft waarschijnlijk geprobeerd om hem via jou te pakken te nemen."

Ik knipper niet-begrijpend.

"Darian had voorspeld dat Chesters weerwolfvrouw de oorzaak van de dood van hun dochter zou zijn," legt Gaius uit, "dus heeft de moeder een drastische voorzorgsmaatregel genomen."

"Oké..." Ik snap er helemaal niks van, dus concentreer ik me op het meer relevante onderwerp. "Maar waarom zou mij doden Darian pijn doen?"

"Ik geloof dat Darian grote plannen met je heeft, plannen die deel moeten uitmaken van een toekomst die hij wil verwezenlijken," zegt Gaius terwijl zijn telefoon een waarschuwing geeft. Hij kijkt ernaar, glimlacht en antwoordt indrukwekkend snel. Zijn duimen bewegen met bovennatuurlijke snelheid — iets wat me na alles wat ik heb gezien niet verbaasd.

"Wat dat plan ook is," vervolgt hij, terwijl hij zijn telefoon weglegt, "het was voor Darian duidelijk nodig dat je krachten vergroot werden, dus heeft hij dat tv-optreden voor je opgezet. Chester moet erachter zijn gekomen en geprobeerd hebben om Darians ambities te dwarsbomen."

"Ik begrijp het." Ik bijt op de binnenkant van mijn wang. "Denk je dat Chester uit de Raad zal worden gezet?"

"De baas zal het op hem gemunt hebben, dat is zeker," zegt Gaius. "Hij zal een voorbeeld willen stellen voor iedereen die een deal met de dodenbezweerders wil sluiten."

Ik knik. Vlad leek echt boos tijdens die bespreking.

Boos, omdat hij een hekel heeft aan dodenbezweerders.

En ik herinner me vaag dat *vampiers* een hekel hebben aan dodenbezweerders.

Tussen het bloed likken en dit stukje info, kan ik niet anders dan de enige mogelijke conclusie trekken. "Zijn jij en Vlad vampiers? Of is het onbeleefd om dat te vragen?"

Gaius grinnikt, dus hopelijk is hij niet boos. "Het zou onbeleefd zijn om het voor je ceremonie aan iemand te vragen die onder het mandaat valt, omdat ze de dood riskeren als ze zouden antwoorden. Maar gelukkig voor jou ben ik een van de Bodes en kan ik dus een niet-ingewijde Cognizant zoals jij dingen leren."

"Oké." Ik vouw mijn benen onder mijn kont in de hoop wat comfortabeler op de stenen bank te zitten. "Dus ben je het of ben je het niet?"

"Het is geen groot geheim," zegt hij. "Ja. Wij Ordebewakers zijn allemaal vampiers. We hebben handige vaardigheden als het om het verbergen van rommel, het overtuigen van mensen, het onderwerpen van een dolende Cognizant en dergelijke gaat. Maar ik ben bang dat je vooroordelen hebt over wat een vampier eigenlijk is, gebaseerd op je menselijke opvoeding en zo."

"Oh? Dus je drinkt *geen* bloed? Jullie zijn niet de ondoden?" Er klinkt meer sarcasme door in mijn stem.

"Je bent geen wezen met een bleke huid en hoektanden, met een fetisj voor zwarte kleding?"

"Nou, nee, die dingen zijn we allemaal." Hij zet zijn bril af en laat zijn ijskoude ogen zien. "Knoflook en zilver doet ons niets en religieuze symbolen doen ons nog minder. En we schitteren zeker niet."

"Geweldig. Je hebt alle goede kanten en geen van de zwakheden van de vampiers uit de mythe. Ben je ook ongevoelig voor staken?"

"Deze vraagstelling *is* onbeleefd. Het klinkt tegenstrijdig, alsof je wilt weten hoe je ons kwaad kunt doen." Hij grijnst naar me en laat zijn hoektanden zien – wat me zegt dat hij ze wanneer hij maar wil tevoorschijn kan toveren. "We zijn gewoon leden van de Cognizanten, net als iedereen. We beginnen levend en veranderen in vampiers als we sterven."

Hij zou waarschijnlijk een vraag of ze een uitnodiging nodig hebben om een huis binnen te gaan ook onbeleefd vinden, dus ik vraag het niet. Ik kreeg bovendien de duidelijke indruk dat hij en Vlad mijn toestemming nodig hadden om mijn appartement binnen te komen.

Als ik vampiers op deze manier analyseer, gaat mijn hoofd tollen. Hoewel ik ze al in mijn paradigma heb geaccepteerd, had een deel van mij het tot nu toe ontkend. Eigenlijk denk ik dat een deel van mij het zal ontkennen totdat iemand sterft en voor mijn neus in een vampier verandert, dat hij dan mijn bloed zal drinken en misschien nog iets anders vampierachtigs doet – zoals in een vleermuis veranderen, ervan uitgaande dat ze dat kunnen.

"Ik stel voor dat we over iets anders praten," zegt Gaius alsof hij mijn gedachten kan lezen — nog een kracht die de vampiers zouden kunnen hebben.

"Tuurlijk," zeg ik. "Ik vroeg me af... Waarom heb je Darian tijdens mijn tv-debacle geholpen? Gezien je eerdere dreigement, neem ik aan dat je niet in de officiële hoedanigheid van Ordebewaker hebt gehandeld."

Gaius krijgt rimpels in zijn voorhoofd. Probeert hij met Vlad te wedijveren in zwaarmoedigheid of is chagrijnig zijn iets dat ze je in Vampier 101 leren?

"Als je echt wilt dat er in de toekomst iets gebeurt," zegt hij met tegenzin, "dan is het handig als een krachtige ziener je een gunst verschuldigd is."

Voordat ik hem verder kan ondervragen, klinkt er een geluid van voetstappen en komt Ariël de kamer binnen. In haar handen heeft ze een fles en een telefoon.

"Je bent in orde," zegt ze en de opluchting in haar stem herinnert me aan het grote gevaar dat ik heb weten te ontwijken. Of *misschien* heb ontweken, in afwachting van Chesters lot en dit hele ceremoniegedoe. "Je verwondingen –"

"Ik heb haar naar een van onze genezers gebracht," onderbreekt Gaius. "Ik kan echter niet zeggen naar wie — Raadsgeheim en zo."

Ariël en ik zijn in verschillende auto's op weg hierheen gereden en ik denk dat zij geen genezende behandeling zoals ik heeft gekregen. Toch ziet ze er helemaal goed uit. Meer dan prima eigenlijk. Ze straalt. Als onze menstruatie niet gesynchroniseerd was, dan zou ik me afvragen of ze zwanger is. Komt het door het vampierbloed van Gaius? Als dat zo is, hoe werkt dat dan in godsnaam? Nanotechnologie?

"Dank je," zegt Ariël oprecht dankbaar tegen Gaius.

Ze komt naar me toe en geeft me de fles. Het heeft een vanillesmaak — het is een maaltijdvervangend drankje. Mijn maag rommelt, dus ik haal de dop van de Ensure en neem een slok. Ik moet echt honger hebben, want het drankje smaakt meer naar een heerlijke milkshake dan naar een flauwe mix van maïsmaltodextrine en lecithine.

"Waarom krijg ik vloeibaar eten?" vraag ik nadat ik nog een slok heb genomen.

"Als ik jou was, dan zou ik voor de ceremonie helemaal niet eten," zegt Gaius en Ariël kijkt hem met samengeknepen ogen aan.

"Waarom niet?" Ik neem nog een slok en kijk ze allebei bezorgd aan. "Doet het pijn?"

"Daar kan zij niets over zeggen." Hij wijst naar Ariël. "Maar ik wel."

Hij staat een beetje zelfvoldaan te zijn, duidelijk vastbesloten om me te laten zweten.

Ik neem nog een slok om te laten zien dat het me niets kan schelen, maar mijn hartslag gaat omhoog. Er is maar zoveel dat ik op één dag aan kan en ik heb in Vegas mijn limiet overschreden.

Ariël typt iets op haar telefoon en de telefoon van Gaius piept weer met een berichtje.

Ik kijk de twee speculatief aan. Hebben ze elkaars nummer?

"Je vriendin wil dat ik je vertel hoe onder de indruk ze is van mijn openhartigheid en knappe uiterlijk," zegt Gaius en Ariël rolt met haar ogen, maar ze zegt nog steeds niets. "Ze wil ook dat ik je vertel dat de ceremonie iets is waar elke volwassen Cognizant doorheen gaat. Dat zelfs Felix —"

"Wacht." Ik verslik me bijna in mijn drankje. "Is Felix ook een Cognizant?"

Ariël nadert Gaius, leunt naar voren en fluistert een paar seconden lang iets in zijn oor.

"Ja," zegt Gaius als ze klaar is.

Ariël stompt hem op zijn schouder, dus voegt hij eraan toe, "Oh, ze wilde je ook laten weten dat Felix niet zo nutteloos is als je zou denken." Ze stompt hem harder, maar hij moet ongelooflijk sterk zijn, want hij ondergaat het zonder met zijn ogen te knipperen. Terwijl hij Ariël met onechte naïviteit aankijkt, doet zijn mooie gezicht me aan een kat denken die met zijn prooi speelt.

Ariël appt hem weer, haar vingers dansen boos over haar telefoon.

Hij leest het bericht en zegt, "Goed dan. Het was Felix die heeft geholpen om Beatrice te lokaliseren. Je hebt Ariël de details van het gesprek tussen Beatrice en haar werkgever verteld, dus heeft Felix de NSA gehackt en die details gebruikt om een opname te vinden van het telefoongesprek dat je had genoemd. Van daaruit heeft hij Beatrices kant van het gesprek geanalyseerd en stelde hij vast dat ze in Vegas was, in het Luxorhotel — hoewel hij erachter had moeten komen dat het Chester was die aan de andere kant van het gesprek zat."

Ariël fluistert weer iets in zijn oor en hoewel ik het niet kan horen, weet ik zeker dat ze Felix verdedigt.

"Ja, maar zijn enige nut is om zulke dingen uit te zoeken," zegt hij tegen haar. "Chesters kansmanipulaties kunnen alleen —"

Het is vreemd om ze zo te zien discussiëren. Toen Gaius me na het optreden naar huis bracht, kreeg ik het gevoel dat ze elkaar net voor het eerst hadden ontmoet en dat ze hem haatte. Nu klinken ze echter als een kibbelend stel. Zij en ik zullen dit moeten bespreken als ze vrijuit met me kan praten — na deze ceremonie die ik steeds meer begin te vrezen.

"Hoe komt het dat zoveel mensen in mijn leven Cognizant zijn?" vraag ik. "Trouwens, hoeveel Cognizanten zijn er in de wereld? En" — ik kijk naar Ariël — "wisten jij en Felix dat ik er een was? Als dat zo is, waarom heb je me dan op tv laten gaan?"

Ariël begint te typen, maar voordat hij het bericht krijgt, zegt Gaius, "Ik kan veel van deze vragen beantwoorden. Ik ben er door mijn rol als Bode aan gewend. Veel hiervan willen alle Cognizantjongelingen ook weten — dat en of ze nog naar menselijke scholen moeten, wat volgens mij niet jouw zorg is, aangezien je zo oud bent en zo."

"Wacht," zeg ik, terwijl ik de steek onder water naar mijn leeftijd negeer. "Kunnen ouders hier niet eens met hun kinderen over praten?"

"Dat is juist," zegt hij. "Het mandaat verbiedt het. Een goede verspreiding van dit soort informatie is de sleutel tot ieders veiligheid — en de reden voor Bodes."

"Oké, goed," zeg ik. "Maar kun je nu alsjeblieft je Bode-ding doen?"

"Er zijn maar heel weinig Cognizanten in deze wereld, minder dan een procent van een procent, maar we trekken elkaar aan." Hij knipoogt naar Ariël. "Het is een kracht die we allemaal hebben, hoewel degenen die kansen kunnen manipuleren, zoals Chester, het in overvloed hebben. Daarom clusteren we zo veel bij elkaar. We verliezen ons liever in de anonimiteit van grote steden en de aantrekkingskracht leidt ons allemaal naar dezelfde buurten, vaak dezelfde gebouwen — een beetje zoals sommige andere minderheden in New York."

Hij stopt met praten totdat Ariël, die hem opnieuw appte, hem een elleboogstoot geeft om verder te gaan. "Ariël wist niet dat je een Cognizant was," zegt hij. "Toen je de markt begon te voorspellen" — hij kijkt op zijn telefoon — "en de verkiezingsresultaten en grote geopolitieke gebeurtenissen in meerdere landen voorspelde, samen met de aardbeving in Mexico —"

"De helft daarvan was geluk," zeg ik. "De andere helft was gewoon feiten analyseren en logica gebruiken. Wat betreft de aardbeving in Mexico" — ik kijk Ariël geërgerd aan — "dat was een mentalisme-effect. Meer niet. Dat heb ik je gezegd."

"Je hebt me niet verteld hoe je het hebt gedaan," zegt Ariël voor het eerst en zelfs haar stem klinkt op de een of andere manier krachtiger. "Hoe heb je dat voor elkaar gekregen? Heb je iemand op de show verleidt en hem gevraagd om die envelop voor je te verwisselen?"

"Je bent nu warmer, maar ik heb een hekel aan het sletterige beeld van mij dat je nu in je hoofd hebt," zeg ik. "Ik heb zelfs met niemand geflirt voor dat effect."

"Een betere vraag is: waarom ben je überhaupt zo gefascineerd door het voorspellen van de toekomst?" zegt Gaius. Hij heeft waarschijnlijk Darians vernietigende video van mijn methode gezien, dus hij sympathiseert niet met Ariëls nieuwsgierigheid.

"Ik ben er niet door gefascineerd," zeg ik, maar er vormt zich een hol gevoel in mijn maag. "De voorspelling van de krantenkop is een klassieker — iets wat mentalisten al sinds mensenheugenis doen. En alle magische boeken zeggen dat je effecten persoonlijk moeten zijn, dus ik ging voor de voorspelling, omdat prognoses — zij het van financiële aard — deel uitmaken van mijn werk. Ik doe ook mee aan het Good Judgment Project, en —"

"Ken je iemand anders die net zo goed in prognoses is als jij?" vraagt Gaius.

Ik overweeg het voordat ik antwoord. Ik ben niet de beste voorspeller in het Good Judgment Project en ook niet de beste (of gelukkigste) financiële analist ter wereld. Maar ik zit in het hoogste percentiel van beide en ik weet niet zeker of iemand anders dat kan zeggen. Ik heb ook het vermogen om verhaalwendingen te zien en mijn vermogen om op verkeersongevallen te anticiperen —

"Dacht het niet," zegt hij triomfantelijk.

Ariël schrijft nog een bericht en de telefoon van Gaius rinkelt weer.

Hij kijkt ernaar en zegt, "Ariël wil dat ik je vertel dat ze niet wilde dat je op tv kwam, maar niet wist hoe ze je tegen moest houden."

Ariël typt haastig meer tekst en voegt eraan toe, "Ze wist in ieder geval niet zeker dat je een Cognizant bent."

Ik herinner me hoe weinig steun ik van mijn huisgenoten kreeg als het om mijn tv-carrière ging — een feit dat me meer dwarszat dan ik toe wil geven. Nu zie ik dat ze echt hun best hebben gedaan om goede vrienden te zijn —

Ariël schopt Gaius tegen zijn enkel.

Hij kijkt naar zijn telefoon, rolt met zijn ogen en zegt in zijn beste imitatie van Ariëls stem, "Het spijt haar heel erg dat ze dat tv-optreden niet heeft verhinderd." Hij schakelt over op zijn normale stem. "Als je het mij vraagt, dan is er niets om spijt voor te hebben. Ariël zou blij moeten zijn dat ze je niet tegen heeft gehouden. Dat tv-optreden heeft je heel veel kracht gegeven — en je bent ermee weggekomen."

"Daarover gesproken..." Ik kijk naar elk van hen, niet wetend wie ik het het beste kan vragen. "Hoe gaat dit in zijn werk? Zou ik Magneto-achtige krachten hebben gekregen als ik in de show lepelbuiging had gedaan?

Ariël kijkt naar Gaius voor hulp, dus hij zucht en zegt, "Niemand heeft gedaan wat jij hebt gedaan en overleefde het om erover te kunnen vertellen. Ik vermoed dat je helemaal geen macht over metaal had gekregen. Niet tenzij een van je voorouders zo'n vermogen had en zelfs in dat geval zijn dubbele krachten buitengewoon zeldzaam. Nee. Gezien hoe krachtig je helderziendheid was zonder enige training, wed ik dat je ouders zieners moeten zijn geweest. Dus het was heel toevallig voor je om te doen alsof je de toekomst voorspelde — bijna alsof een deel van je voorzag dat je door dit te doen je krachten enorm zou vergroten."

"Als een deel van mij me dit mezelf aan heeft laten doen, dan moet ik stiekem suïcidaal zijn," zeg ik. "Hoe dan ook, zeg je dat ik al een ziener was, maar dat het geloof van mensen in mij me sterker heeft gemaakt?" Ik herinner me de stroom van energie op het podium die deze theorie ondersteunt. "Betekent dit dat overtuigingen op de een of andere manier de realiteit kunnen veranderen als een Cognizant erbij betrokken is?"

"Niet precies, maar ik ben niet zo goed in metafysica, dus ik zal je het versimpelde verhaal geven dat ik de jongeren geef — de rest zul je later leren." Hij schraapt zijn keel en zijn gezicht krijgt een professorale uitdrukking. "Vroeger, toen bijgeloof de boventoon voerde, werden de Cognizanten als goden aanbeden — en dat deed hun macht groeien."

Ariël rolt met haar ogen, maar Gaius kijkt haar met samengeknepen ogen aan en gaat verder. "Sommige van je Cognizant-voorouders hebben dankzij die aanbidding veel macht vergaard. Ze kregen toen kinderen met dezelfde kracht, hoewel soms afgezwakt. Generaties later zit diezelfde kracht nog steeds in je."

Mijn hoofd doet pijn en niet alleen omdat zijn 'verklaring' meer vragen oproept dan het beantwoordt.

"Rond de Middeleeuwen was het tijd voor de Cognizanten om met het verkrijgen van macht door menselijk geloof te gebruiken te stoppen. Anders zouden we de toorn van mensen onder ogen zien, die op dat moment de technologie van oorlog hadden geperfectioneerd, ons te slim af waren, en ze begonnen te vermoeden dat wezens van onze soort zich misschien met hun zaken bemoeiden — wat we natuurlijk deden." Hij ziet er bedachtzaam uit en ik vraag me af of hij oud genoeg is om daar in de middeleeuwen bij te zijn geweest. Ik zal hem daarover moeten vragen, maar eerst concentreer ik me op wat hij me vertelt.

"Het mandaat is de standaardoplossing die door onze soort in dat stadium van menselijke ontwikkeling wordt gebruikt," vervolgt hij. "Het mandaat beperkt hoe een Cognizant macht kan krijgen — en, indirect, hoeveel macht iemand kan hebben. Maar belangrijker is dat het ervoor zorgt dat zelfs marteling er niet toe kan leiden dat een van ons onze geheimen prijsgeeft."

Hij kijkt veelbetekenend de kamer rond — misschien had ik gelijk toen ik dacht dat dit in het verleden een martelkamer was.

Ik slik gedachteloos nog een slok Ensure door en probeer mijn ademhaling te normaliseren. Het zal me veel tijd kosten om dit allemaal te verwerken. Ik blijf bij de vraag die me het meest dwarszit en zeg, "Als geloof tot macht leidt, zou dat dan niet betekenen dat de machtigste van allemaal de goden van de moderne religies zouden zijn?"

Hij trekt een gezicht. "Ik heb medelijden met degene die je mentor wordt. Laat ik proberen om daar antwoord op te geven." Hij kijkt naar Ariël voor hulp, maar ze haalt alleen haar schouders op. "Als mensen in de kracht van een Cognizant geloven, dan brengen ze een deel van hun energie — bij gebrek aan een betere term — over naar de bron van hun geloof." Hij krabt op zijn hoofd. Het is duidelijk dat zijn gebruikelijke Cognizantjongeren geen moeilijke vragen stellen. "Zulke 'geloofsenergie', of hoe we het ook willen noemen, kan alleen door een levende Cognizant worden gebruikt. Dus als Vishnu bijvoorbeeld de macht van zijn gelovigen had gekregen, dan had hij een van ons moeten zijn — iets wat al dan niet het geval was. En zelfs als Vishnu een Cognizant was geweest, dan zouden zijn volgelingen tijdens zijn leven precies de juiste dingen over hem moeten geloven."

"Interessant." Ik drink mijn Ensure leeg en zet de lege fles naast me op de bank. "Gezien wat je zei, heb je als vampier geen baat bij het geloof in vampiers?"

"Weinigen geloven echt dat we bestaan, maar ja, we delen allemaal de energie van de weinigen die wel de juiste dingen over ons geloven," zegt hij. "Maar we hebben mensen niet gedwongen om zoveel van ons te houden — we zijn gewoon onweerstaanbaar."

Een tiental monnikachtige figuren in grijze gewaden lopen de kamer binnen, hun gezichten zijn verborgen door kappen. Een is de oude vloer aan het vegen en zijn broeders zetten zwarte kaarsen in de kamer op. Ze doen allemaal alsof we niet bestaan — en misschien zijn ze gedwongen om dat te denken.

"De voorbereidingen voor je ceremonie zijn begonnen," zegt Gaius, terwijl hij als een superschurk in zijn handen wrijft. "Heb je er zin in?"

"Enorm," zeg ik, terwijl de Ensure in mijn maag in antivries verandert.

"Enige update over het proces?" vraagt Ariël hardop. Ik denk dat die verklaring vaag en neutraal genoeg is voor het mandaat om het toe te staan.

Mijn oren spitsen zich. Chesters lot kan het mijne beïnvloeden.

Gaius lijkt even ver weg te zijn en fronst dan met zijn wenkbrauwen. "Ik heb slecht nieuws. Zet je schrap."

Ariël en ik staren hem als versteend aan.

Hij barst in lachen uit.

Ariëls handen veranderen in vuisten, maar ik staar hem niet-begrijpend aan.

"Je had de blikken op jullie gezichten moeten zien," zegt hij tijdens een stilte in zijn vrolijkheid. "Ik zat gewoon met jullie te dollen. Chester is uit de Raad gezet."

Ariël geeft hem een uppercut tegen zijn kaak, waardoor hij weer in lachen uitbarst.

Ik adem diep om van de bijna-hartaanval te bekomen.

"Sorry daarvoor," zegt hij na een tijdje. "Chester is geen bedreiging meer voor je. Dus, op voorwaarde dat je de ceremonie met je leven en geest intact overleeft, zit je goed."

"Wat bedoelt hij met, 'mijn leven en geest intact?'" Ik vraag het aan Ariël, maar ze weigert om te reageren, of ze kan het niet vanwege het mandaat.

"Serieus" — ik kijk Gaius smekend aan — "wat gebeurt er tijdens de ceremonie?"

Een duistere en sombere muziek trilt door de kamer en verstomt het antwoord van Gaius. Terwijl ik op zoek ben naar de bron van het geluid, zie ik een van de figuren met een kap aan het orgelklavier vol overgave zitten spelen. Na een paar zeer bekende melancholische akkoorden herken ik het stuk als Bachs *toccata en fuga in d-mineur*. Door het feit dat ik het herken, zou mijn muziekprofessor aan Columbia trots in haar broek hebben geplast.

De geur van wierook zweeft door de kamer en figuren in grijze gewaden lopen met slingerachtige wierookvaten rond, die vergelijkbaar zijn met degene die je bij de mis zou zien, maar dan staan er nu sinistere symbolen op geschreven. De symbolen doen me aan de tekens denken die Beatrice op de lijken had gemaakt.

Ik sta op zodat ik in Gaius zijn oor kan schreeuwen, maar een van de figuren in een gewaad grijpt mijn arm en leidt me weg.

Ik kijk over mijn schouder naar Ariël. Ze ziet er bezorgd uit en bevestigt zo dat de ceremonie net zo gevaarlijk moet zijn als dat Gaius had gesuggereerd.

Toch verzet ik me niet tegen de monnikachtige figuur. Ik wil op mijn best zijn. Ariël volgt ons op een afstand en daardoor voel ik me iets meer opgelucht. Terwijl we lopen, gluur ik per ongeluk onder de kap van mijn begeleider en heb er meteen spijt van. Zijn gezicht ziet eruit als iemand die zijn gezicht heeft verbrand en het vuur vervolgens met zuur heeft gedoofd.

Hij merkt mijn ongemak op en trekt de kap naar voren om mijn zicht te belemmeren, maar de beweging onthult zijn gehavende handen.

We komen bij een nis achterin en de man in gewaad duwt me zachtjes naar binnen.

Binnen hangt aan een gouden haak een gewaad — een van de typen die van voren open zijn en een masker.

Dit moet mijn outfit voor de ceremonie zijn.

Het masker is van een sereen vrouwelijk gezicht dat van marmer is gemaakt. Er is een gladheid waar de ogen zouden moeten zijn en een oogbol in het midden van het voorhoofd die in het oneindige en verder staart.

Ik druk het koude masker tegen mijn gezicht. Tot mijn verbazing en opluchting kan ik er doorheen kijken. Iemand heeft kleine gaatjes rond de ogen geboord — een interessante methode om te gluren die ik in mijn mentale encyclopedie van het maken van blinddoeken opsla.

Ariël stapt de nis in terwijl ik de mantel om mijn schouders wikkel.

Ze kijkt me aan en schudt haar hoofd.

De muziek is nu nog harder, dus ik moet in haar oor schreeuwen. "Heb ik hem achterstevoren aangetrokken?"

"Je mag er niets onder dragen," schreeuwt ze terug.

"Wat?" Ik bekijk de mantel nog een keer. Als ik niets onder de ruwe, schuurpapierachtige doek draag, dan zal ik me buitengewoon ongemakkelijk voelen. Ik weet ook niet zeker hoeveel van mijn lichaam het zou bedekken.

"Het is traditie," roept Ariël weer. "Je moet je uitkleden."

Ze gaat weg voordat ik in discussie kan gaan. Ik herinner mezelf aan mijn 'beste gedrag-pact' en kleed me voorzichtig uit. De koude tocht onder de mantel bezorgt me kippenvel, een slecht geval van kippenvel.

Ariël is er niet om me te vertellen of ik op blote voeten moet gaan, dus doe ik mijn laarzen weer aan. Ik kan ze later altijd weer uitdoen. Ik plaats dan het rare masker op mijn gezicht en knoop de veter achter mijn hoofd vast.

Als ik mijn geïmproviseerde kleedkamer verlaat,

zie ik dat de kaarsen in de martelkamer al zijn aangestoken en de leden van de Raad zitten op de stenen banken. Ze dragen allemaal nog steeds hun veelkleurige gewaden, maar nu dragen ze ook maskers van marmer, elk op hun eigen manier spookachtig. Ik denk dat ze van plan zijn om ze zo op te zetten.

Een kolossaal persoon in een raadsgewaad staat naast de offerplaat. Hij (hoewel het een 'zij' zou kunnen zijn) moet een overactieve hypofyse hebben - of staat op stelten. Met bijna twee meter lang en ongelooflijk brede schouders, draagt de figuur een fronsend masker dat er als een waterspuwer uitziet, maar met een tentakel als neus. Hij of zij heeft een gigantische staf in zijn of haar hand die eruitziet alsof hij uit een hele boomstam is gesneden.

"Ik stel jullie voor aan Sasha," zegt hij — nu weet ik bijna zeker dat het een 'hij' is — met een diepe stem die Barry White als een chipmunk zou doen klinken. Hij heeft geen moeite om over de orgelmuziek heen te schreeuwen, maar zodra zijn stem weerklinkt, stopt de muziek.

"Sasha," roept iedereen.

"Hallo," dwing ik mezelf om te zeggen, terwijl mijn hartslag omhoogschiet. Ik hoop echt, echt, echt dat ik onder deze omstandigheden geen grote toespraak hoef te houden.

"Voordat de ceremonie kan beginnen, moet er een Mentor naar voren komen," zegt de reus en hij slaat met de onderkant van zijn staf met een luide knal op de grond, waardoor het podium en de plaat merkbaar gaan trillen.

Ik kijk naar de menigte en realiseer me dat er naast de raadsleden nog meer mensen zijn. Ik denk dat dat logisch is. Ik kan niet verwachten dat een raadslid een mentor voor een nederige nieuweling zoals ik zal zijn.

Iedereen ziet er gespannen uit en na een paar ogenblikken begin ik me onrustig te voelen. Zal dit net zo zijn als die tijd toen niemand me in hun voetbalteam wilde hebben? Dat zou net zo gênant zijn als een toespraak verpesten.

Chester staat op. Aan zijn vingers bungelt een masker met een psychotische grijns die aan de Joker of de monsterclown uit *It* doet denken.

"Chester," zegt de reus. "Is er iemand die hem wil uitdagen?"

Wat?

Chester als mijn mentor?

Hij wilde me dood hebben. Lijkt dat voor hen geen belangenverstrengeling?

Met moeite blijf ik stil en concentreer ik me nog steeds op mijn beste gedragsproject.

Darian staat op. Het masker dat aan zijn hand hangt, is blind, met een oog op het voorhoofd zoals dat van mij, alleen met meer mannelijke trekken.

Ik slaak een zucht van verlichting. Darian heeft me in deze puinhoop gebracht, maar ik denk niet dat hij me dood wil hebben. Als Gaius gelijk heeft en Darian heeft plannen voor mij, dan betrekken ze me duidelijk als een krachtige ziener — en nu als zijn leerling.

"Raadslid Darian," zegt de reus en ik zie Chester ineenkrimpen. Toen *hij* werd aangekondigd, werd de eretitel van het raadslid weggelaten, waarschijnlijk voor het eerst in lange tijd.

"Ik geef me over," zegt Chester tussen zijn tanden door en hij gaat weer zitten en zet zijn masker op.

Ik verberg een glimlach. Darian zal nu een hogere rang hebben dan hem.

"Iemand anders?" vraagt de reus.

De kamer is stil.

Ik begin vragen te bedenken die ik aan Darian zal stellen als er een ander figuur opstaat.

De kamer barst in opgewonden gefluister uit en zelfs de reus op het podium lijkt geschokt als hij zegt, "Raadslid Nero?"

"Ik geef me over," zegt Darian meteen. "Ik geef me over," herhaalt hij voor de goede orde, zijn Britse accent is zwaarder dan normaal. Hij ploft zo snel neer dat zijn gewaad als een parachute in de lucht wappert.

Voordat hij zijn masker opzet, zie ik een angstige verwarring op zijn gezicht.

Heeft hij dit met zijn paranormale vermogens niet aan zien komen? In mijn visioen had Chester inderdaad gezegd dat zieners niet alwetend waren. Of is hij bang voor Nero?

Misschien allebei?

Niemand vraagt naar mijn voorkeur, wat jammer is. Ik zou veel liever de leerling van Darian zijn. Ik heb geen superkrachten nodig om te weten dat als Nero mijn mentor is, ik voorgoed aan mijn baan bij het beleggingsfonds geketend ben.

Voordat ik met mezelf in discussie kan gaan over de wijsheid van iets te zeggen, zonder rekening te houden met mijn eed van goed gedrag, zetten de raadsleden hun maskers op en wordt de orgelmuziek hervat.

Het mentorgedeelte van de ceremonie lijkt voorbij te zijn en ik zit aan Nero vast.

Hoeveel erger kan dit nog worden?

De reus gebaart naar de plaat.

Ik kijk naar hem, dan naar de koude steen en zeg fluisteren, "Je maakt een grapje."

"Ga erop," zegt hij, zijn stem galmt in mijn buik. "Probeer te ontspannen."

"Probeer te ontspannen," is wat artsen, vooral gynaecologen, graag zeggen vlak voordat ze iets onuitsprekelijk onaangenaams doen.

Binnensmonds vloekend ga ik op de plaat liggen.

De kaarsen dimmen en uit de onderkant van de staf van de reus groeit een grote cirkel van magische energie — een rood plasma-achtig ding dat een verre verwant van de poort moet zijn die Ariël en ik op JFK binnen zijn gegaan.

De kaarsen gaan helemaal uit.

De reus rukt mijn mantel open.

Mijn borst gaat op en neer door de oppervlakkige ademhalingen, waardoor mijn blootliggende borsten in de kille lucht op en neer stuiteren.

Ik bedek mezelf met mijn handen.

Komt er dan toch een orgie? Ik hoop het niet. Mijn

beleid inzake goed gedrag kent zijn grenzen — grenzen die we al met dit openbare uitkleden hebben overschreden.

De reus heft zijn staf plechtig in de lucht.

Het valt me op hoeveel de rood oplichtende cirkel op een ijzeren brandmerk lijkt.

Sta ik op het punt om als vee gebrandmerkt te worden?

"*Probeer te ontspannen,*" mijn achterwerk. Ik verplaats me om me uit de voeten te maken, klaar om de Raad te vertellen om dat ding ergens te schuiven waar de zon niet schijnt, maar de reus moet inzien wat ik van plan ben en hij heeft een eigen plan.

Zijn bewegingen zijn te snel voor iemand van zo'n groot formaat, hij laat de gloeiende staf op mijn buik neerkomen voordat ik hem kan ontwijken.

Ik adem zo diep in dat ik bang ben dat mijn longen zullen barsten.

Mijn huid sist niet waar het merk het aanraakt, maar als dat wel het geval was, dan zou het brandende gevoel de voorkeur hebben gehad boven de interne pijn die ik ervaar.

Het voelt alsof mijn essentie wordt gebrandmerkt. Alsof dat wat me maakt tot wie ik ben gewelddadig wordt herschikt.

Ik lig op de plaat te stuiptrekken en schreeuw iets onmenselijks. Het is alsof iemand het gejammer heeft opgenomen van alle varkens die ooit zijn geslacht en deze opname via mijn stembanden afspeelt.

Als in de verte hoor ik de gigantische dreun, "Haar

macht zou te groot kunnen zijn voor het mandaat om onder controle te houden."

"Er is geen keus," zegt iemand op gezaghebbende toon, maar ik hoor de rest van het gesprek niet, omdat de pijn hoe onmogelijk ook nog verder toeneemt.

Een oceaan van schuim, Ensure-kots en bloed spuwt uit mijn mond en misschien komen er nog meer gênante lichaamsvloeistoffen uit andere plaatsen.

De magische energie sijpelt in elk van mijn zenuwuiteinden en schiet met ieder van hen als een noot in een helse symfonie. Wanneer deze muziek van pijn een bijzonder ondraaglijk hoogtepunt bereikt, breekt er iets in me.

Ik heb het gevoel dat ik val, dat ik door de plaat, de aardkorst, de teerachtige mantel en het vloeibare ijzer naar beneden stort en dan tegen de vaste binnenste kern bots die zo heet is als het oppervlak van de zon.

Met weer een onmenselijke schreeuw die als een schot waterstoffluoride door mijn keel scheurt, raak ik buitenbewustzijn.

HOOFDSTUK ZEVENENTWINTIG

IK WORD WAKKER MET EEN SCHREEUW OP MIJN LIPPEN.

Ik doe mijn ogen open en ben opgelucht dat ik in mijn knusse bed lig, zonder een offerplaat te zien.

Volgens de wekker op mijn nachtkastje is het 9.37 uur. De gordijnen hebben de kamer donker genoeg gehouden om me na zonsopgang goed te laten slapen.

Ik gooi de deken van me af. Iemand heeft me in mijn favoriete pyjama met pokerthema gekleed. Ik til het pyjamatopje op en onderzoek mijn buik. Er is geen afschuwelijke brandwond waar het brandmerk me heeft geraakt, wat logisch is aangezien ik er nog nooit een op Ariëls vlees heb gezien en ze moet dezelfde gruwelijke ceremonie hebben meegemaakt.

De deur gaat open.

"Als ik het over de duivel heb," zeg ik, verbaasd dat mijn stem niet schor is van al het geschreeuw en overgeven tijdens de ceremonie.

"Hoe voel je je?" Ariël komt dichterbij en gaat voorzichtig op de rand van mijn bed zitten.

"Verrassend goed," zeg ik, terwijl ik in gedachten mijn hele lichaam afspeur en geen problemen ontdek. "Ze moeten me weer naar die genezer hebben gebracht."

"Ze hadden geen keuze." Ariël pakt mijn hand en knijpt er even in. "Het was verschrikkelijk. Ik had niet gedacht dat je het zou halen."

Ik ga rechtop zitten en kijk haar fronsend aan. "Je zei dat de ceremonie iets is waar elke Cognizant doorheen moet."

"De aard van de ceremonie is om het mandaat met je kracht te verweven," zegt ze, terwijl ze mijn hand loslaat. "Als je meer kracht hebt, dan is het proces moeilijker."

"Oh, hé." Ik schuif mijn voeten in de pantoffels die iemand voor me heeft neergezet. "Nu kunnen we over alle Cognizantgeheimen praten zonder dat je gaat bloeden."

"Nou, ja." Ariël staat op en reikt naar voren om de jaloezieën open te trekken en warme zonnestralen de kamer binnen te laten. "Je valt nu onder het mandaat. Gefeliciteerd. Nu zul je ook bloeden en/of sterven als je iets probeert uit te leggen aan iemand die niet onder het mandaat valt."

"Ik weet toch niet genoeg om iemand iets uit te leggen," zeg ik terwijl ik me uitrek. "Nu we het daar toch over hebben, wat was die plek waar we op weg naar Vegas doorheen zijn gegaan? Die met paarse lucht en roze wolken?"

"Dat is een van de Andere Werelden," zegt ze over haar schouder en draait zich dan weer naar me toe. "Wacht eens even. Hoe heb je met je blinddoek om de lucht kunnen zien?"

"Laat ook maar." Ik verberg mijn kwaadaardige grijns voor haar door mijn bed op te maken. "Is dat waar alle Cognizanten vandaan komen? Uit een van deze Andere Werelden?"

"Ja," zegt Ariël. "Dat is wat ik heb geleerd."

"En waar zijn de Andere Werelden?" Ik trek mijn deken recht. "Zijn ze in een ander sterrenstelsel? Of bevinden ze zich in een totaal ander universum?"

"Wat maakt het uit?"

"Het maakt heel veel uit." Ik loop naar de kast en zoek iets warms. "Verschillende universums kunnen verschillende natuurwetten hebben."

"Hoe weten we dat de wetten van de fysica in verre delen van ons eigen universum niet anders zijn?" vraagt Ariël.

"Ik weet het niet." Ik pak mijn meest pluizige trui en trek hem aan. "Ik weet gewoon dat een bezoek aan een ander universum cooler is dan een andere planeet."

"De Ander Werelden zijn werelden parallel aan deze, dus ik denk dat ze in een andere dimensie of universum bestaan — op welke manier dat ook zou moeten werken."

Ik draai me om en begin te knikken, verstijf dan en

mijn mond valt open. Voor het eerst vandaag kijk ik echt naar Ariël en ik kan niet geloven wat ik zie.

Een rood, aura-achtig veld omringt mijn huisgenoot, met een groot, gloeiend ontwerp in het midden. Het ontwerp lijkt precies op het brandmerk waarmee ik tijdens de ceremonie werd gemarkeerd — een herinnering die me doet huiveren.

Ik wrijf in mijn ogen, maar het visuele artefact gaat niet weg. Ik kan niet geloven dat ik het niet eerder heb opgemerkt.

"Wat is dat?" Ik zwaai met mijn hand in de lucht om Ariël heen. "Wat is die gloed om je heen?"

"Dat is het mandaat," zegt Ariël. "Zo kun je andere mensen opsporen die eronder vallen. Hoe moet je anders weten wie er een van ons is?"

Ik haal mijn schouders op. "Ik heb er niet veel over nagedacht."

"Dat is voor het eerst." Ze knipoogt naar me. "Dit is als een nieuw zintuig dat we allemaal na de ceremonie krijgen. Je zult er op den duur aan wennen. Ik merk het nu niet meer op, tenzij ik het nodig heb."

"Een nieuw zintuig," mompel ik binnensmonds en kijk de kamer rond op zoek naar Fluffster.

"Ik heb de kleine man al gevoed," zegt Ariël, om de een of andere reden mijn blik ontwijkend. "En heb hem water gegeven. En ik heb zijn stofbad in de kamer van Felix neergezet. Hij vermaakt zich daar voorlopig wel. Je hebt veel nieuwe dingen om in je op te nemen en ik wilde niet dat je voor het ontbijt door iets werd afgeleid."

"Ontbijt?" Mijn maag rommelt luid.

"Ik heb havermout gemaakt," zegt Ariël, terwijl ze naar de keuken loopt.

Ik volg haar, kwijlend als de hond van Pavlov.

"Ga zitten," beveelt Ariël en ik gehoorzaam gewillig.

"Je moet zo naar je werk." Ze schept een kopje havermout in een kom en bestrooit het met noten en gedroogd fruit. "Je nieuwe mentor stond erop dat je terugging naar je normale routine — en je wilt hem niet kwaad maken, geloof me."

"Natuurlijk wil die slavendrijver me weer aan het werk hebben," zeg ik geïrriteerd terwijl ik mijn lepel in de havermout laat draaien. "Het verbaast me dat hij me uit heeft laten slapen."

"Misschien moet je die man wat speling geven." Ariël serveert zichzelf het dubbele van mijn hoeveelheid havermout en driemaal de noten. "Hij organiseert vanavond je jubileum en dat had hij niet hoeven te doen. Het is meestal de familie, niet je mentor, die die rekening betaalt."

"Mijn wat?" Mijn lepel zweeft naast mijn mond. "Vertel me alsjeblieft niet dat er nog meer ceremonies zijn. Ik denk niet dat ik nog een ceremonie kan overleven, zelfs niet een met een parmantige naam."

"Nee, gekkie, zo'n jubileum is het niet," zegt ze. "Het is leuk. Het is waar je door onze samenleving formeel als een Cognizant wordt erkend. Iedereen die je kent, zal er zijn en er wordt gedanst, er is alcohol, eten —"

"Dus het is een soort debutantenbal?" Ik doe eindelijk wat havermout in mijn mond.

"Jongens doen het ook," zegt ze terwijl ze op een lepel van haar eigen havermout blaast. "Het lijkt meer op een bar mitswa."

"Waar gaat dit plaatsvinden?" vraag ik met een volle mond. "En wanneer zal het gebeuren?"

"Het is in de balzaal bij je fonds," zegt Ariël en ze straalt opgewonden. "Het begint vanavond, om zes uur."

Dus Nero laat me hiervoor eerder met werken stoppen. Hij haalt duidelijk alles uit de kast.

Ik concentreer me even op mijn eten en verwerk de informatie. Ik wil net zo graag een feestje geven als dat ik een bloedzuiger op mijn voorhoofd wil, maar zolang het geen andere ceremonie is, meng ik me liever tussen de mensen met een drankje in mijn handen dan dat ik aandelen moet onderzoeken. Bovendien zal Ariël het naar haar zin hebben. Ze zou het nog leuk vinden om naar de RDW te gaan als er gedanst zou worden.

Ik herinner me iets onaangenaams waarover ik met haar wilde praten. Ik slik mijn hap door en vraag voorzichtig, "Denk je dat Gaius er zal zijn?"

"Elke Cognizant die erbij wil zijn, heeft die optie," zegt ze en haar gezicht wordt onleesbaar bij het horen van de naam Gaius.

Subtiliteit werkt niet, dus ik ga voor een meer directe aanpak. "Speelt er iets tussen jullie twee?"

"Wat zou je op zo'n krankzinnig idee brengen?" Ze voegt meer noten aan haar havermout toe en kijkt me zo ernstig aan dat ik me bijna afvraag of ik de situatie verkeerd interpreteer.

Bijna.

"Nou, dat is goed om te horen," zeg ik nadat ik onze staarwedstrijd heb verloren. "Hij had gedreigd om je te vermoorden als ik de Raad over de betrokkenheid van hem en Darian bij het tv-optreden zou vertellen."

"Ah." Ze wuift het met haar hand weg, alsof doodsbedreigingen een kleine ergernis is — iets in de trant van met een chihuahua in het park lopen zonder een riem bij je te hebben. "Dat is gewoon BS-politiek. Het verbaast me eigenlijk dat Gaius überhaupt met Darian samenwerkte — en dat Vlad het goedkeurde, ervan uitgaande dat hij dat deed."

"Gaius zei dat hij een gunst van Darian wil — een visioen, denk ik." Ik ga naar de koelkast, pak een pak sinaasappelsap en twee glazen en neem ze mee terug naar de tafel.

"Hij moet echt zijn toekomst willen weten. *Ik* zou niet naar een ziener gaan, ook al stond ik op het punt om weer naar Irak te worden uitgezonden," zegt ze en ze knikt als dank voor het sinaasappelsap dat ik voor haar inschenk. "Niet beledigend bedoeld, natuurlijk."

"Ik zie mezelf niet als een ziener, dus geen probleem. Maar waarom wil je er niets mee te maken hebben?"

"Als je dat wel doet, dan kun je er zeker van zijn dat je een pion bent geworden die de ziener zal gebruiken en indien nodig zal offeren." Ariël drinkt haar sap naar op. "Nogmaals, ik weet zeker dat jij niet zo zult zijn als je je krachten onder de knie hebt – tenminste, zo zal je niet zijn als het op mij aankomt. Hopelijk."

Een onaangenaam gevoel vormt zich in mijn maag bij het idee om Darians pion te zijn. Het lijkt goed bij hem te passen, behalve het deel waar hij niet mijn mentor is geworden. Maakt mij dat de pion van Nero?

"Is Nero ook een ziener?" vraag ik. "Iedereen lijkt om de een of andere reden bang voor hem te zijn."

Ariël verslikt zich in haar sap en hoest een paar keer voordat ze zegt, "Ik weet niet zeker wat hij is. Sommige Cognizanten houden de details van hun macht graag geheim. Iedereen weet alleen dat hij gevaarlijk is en niet iemand met wie je wilt rotzooien. Maar als je er ooit achter komt wat hij is, vertel het me dan alsjeblieft. Ik sterf van nieuwsgierigheid."

"En jij?" vraag ik, beseffend dat dit mijn eerste vraag had moeten zijn. "Wat voor een Cognizant ben jij? Wat zijn jouw krachten? Tenzij dat ook een geheim is?"

"Oh, dat." Ariël slikt nog een kleine lepel van haar eten door. "Ik ben een vrij nutteloos soort Cognizant. Het enige wat ik heb, is kracht en snelheid, dat was het."

"Als je het mij vraagt, zijn dat behoorlijk bruikbare krachten. Ik zou graag met je willen ruilen." Ik voeg nog wat gedroogd fruit aan mijn kom toe, in de veronderstelling dat ik na de beproeving van gisteravond wat extra zoetigheid verdien. "Dus jouw soort Cognizant is ook een wezen uit een legende? Zoals een weerwolf?"

"Het is een beetje gênant," zegt ze.

Ik grijns. "Het kan niet beschamender zijn dan mijn gebrek aan een seksleven — en daar heb ik je over verteld. En je hebt het trouwens gisteren in het bijzijn van Felix gezegd. Dus je bent me iets verschuldigd."

"Goed dan." Ze neemt een grote lepel havermout en laat me wachten tot ze klaar is met kauwen. "Heb je ooit van Heracles gehoord?"

Deze keer verslik *ik* me bijna in mijn sap. "Je bedoelt Hercules? Als in, de Twaalf Labours? Als in, de tekenfilm van Disney? Als in die film met The Rock? Als in —"

"Ja, die," zegt ze terwijl ze met haar ogen rolt. "Er is mij verteld dat mijn betovergrootvader het vreselijk vond dat de Romeinen hem een andere naam hadden gegeven. Hij werd als Heracles geboren, niet als Hercules. Maar ja, dat was mijn voorouder."

Gezien mijn recente acceptatie van het bestaan van dodenbezweerders en vampiers, weet ik niet zeker waarom deze nieuwe verschuiving in mijn paradigma zo schokkend is, maar dat is het wel. Er is gewoon iets zo vreemds aan —

"Ik heb dit nog nooit aan iemand verteld," zegt Ariël. "Beloof me dat je het tussen ons houdt. Als Felix me met mijn afkomst zou plagen, dan zou ik per ongeluk zijn hoofd eraf kunnen draaien — en ik zou het mezelf nooit vergeven als ik dat zou doen."

"Tuurlijk." Ik grinnik. "Ik laat Felix zijn hoofd behouden. Wat is *hij* trouwens? Zeg alsjeblieft dat hij een kabouter is en dat zijn familie in het geheim de Lucky Charms-granen heeft opgericht. Of misschien —"

"Weet je hoeveel Oezbekistan van Ierland

333

verschilt?" Ariël gebaart met haar lepel. "Ik kan je het menselijke mythe-equivalent voor zijn soort Cognizant niet vertellen. Hij weet het niet of heeft dat niet met me gedeeld. Wat ik wel weet, is dat zijn vader zand en glas kan laten doen wat hij wil en Felix heeft daar een variant van geërfd."

"Laat me raden," zeg ik met een schijn triomf. "Hij kan een glazen dildo bevelen om —"

"Gatver." Ariël bedekt haar mond met haar hand. "Ik heb nu te veel verschrikkelijke beelden in mijn hoofd."

"Maar serieus." Ik verzamel de restjes van mijn havermout op mijn lepel. "Wat kan hij doen?"

"Ik wil hem niet het plezier ontnemen om je er alles over te vertellen," zegt Ariël ondeugend. "In alle glorieus saaie kleine details."

"Prima," zeg ik terwijl ik mijn eten opmaak. "Doe maar zo."

"Ik zal met je ruilen," zegt Ariël. "Vertel me hoe je de tv-voorspelling hebt gedaan en ik zal je vertellen wat de kracht van Felix is."

"Je gaat me hierover niet met rust laten, zie ik. Goed dan. Aangezien ik mijn mentalisme voor altijd ben kwijtgeraakt, zie ik er geen kwaad in om je te laten zien hoe ik heb gedaan wat ik heb gedaan. Ik ben zo terug."

Ik pak mijn laptop uit mijn kamer en kom terug.

Ik ga aan tafel zitten en navigeer naar mijn e-mail. Ik sta op het punt om de e-mail van Darian met de video te zoeken als ik zie dat mijn inbox met e-mails van al mijn kennissen overstroomt. De helft heeft het over mijn voorspelling, maar de andere helft heeft een meer sinister ogende onderwerpregels, die naar een YouTube-video verwijzen.

Ik volg de link van een van de berichten naar een YouTube-video met de titel 'Neppe helderziende ontmaskerd'.

Zonder de laptop naar Ariël te draaien, speel ik de eerste paar seconden van de video af.

Het is degene die ik haar wilde laten zien. Het is nu alleen door miljoenen mensen gezien — mensen die denken dat ik een oplichter ben.

Ariël moet mijn gezicht witter zien worden, want ze fronst en vraagt, "Wat is er aan de hand?"

Ik draai de laptop om zodat ze het kan zien en druk op afspelen.

De video begint een beveiligingsopname af te spelen van wat er die zondagmiddag is gebeurd, vele uren voordat ik naar de studio kwam. Het laat zien dat ik een bruin UPS-uniform draag dat nog steeds achter in mijn kast verborgen ligt. In de video doe ik alsof ik een pakketje heb voor Kacie's assistent, de man die later zal zweren dat hij zijn ogen nooit van de envelop heeft afgewend die ik weken van tevoren naar de studio heb gestuurd. Natuurlijk, zodra ze me doorlaten, ruil ik mijn gemailde voorspelling voor de envelop die ik in mijn handen heb — en de beveiligingscamera zoomt in op mijn gezicht als ik het vuile werk doe en maakt een geweldige politiefoto van me.

De reacties onder deze video zijn bruut en ik ben gestopt met ze te lezen uit angst om de laptop tegen de muur te gooien — iets waar ik echt zin in heb.

De teleurstelling van Ariël is voelbaar. "Dus je hebt gewoon de zondagskrant gekocht, de kop van de aardbeving gekopieerd — wat elke andere kop had kunnen zijn — in een envelop gestopt die er hetzelfde uitziet als degene die je eerder naar de studio had gestuurd en je hebt toen gedaan alsof je UPS was en je hebt toen de oorspronkelijke 'voorspelling' geruild."

Ik zucht. "Daarom leg ik deze dingen niet uit. Was het niet veel leuker om je af te vragen hoe het was gedaan?"

"Ik denk het wel," zegt Ariël en ze typt iets in de YouTube-zoekbalk. "Dat is vreemd," zegt ze even later. "Ik kan je originele optreden niet vinden."

Ik schuif de laptop naar me toe en zoek de video in kwestie, maar ik vind ook niets.

"De Raad moet niet willen dat ik nog meer macht krijg van mensen die denken dat ik legitiem ben," zeg ik, terwijl mijn eigen teleurstelling me hard raakt. "Darian moet degene zijn geweest die de ontmaskeringsvideo heeft geplaatst."

"Zelfs als mensen niet meer geloven dat je legitiem bent, verlies je je krachten niet," zegt Ariël, die mijn bron van onrust niet begrijpt. "Als je eenmaal de kracht hebt, dan is het voor altijd van jou."

"Deze stomme krachten interesseren me niet," zeg ik, terwijl ik de laptop met te veel kracht sluit. "Niemand zal me ooit nog voor een tv-show uitnodigen. Of naar een show van mij komen. Ik zal voor altijd 'die nepper' zijn."

"Het maakt toch niet uit." Ariël legt een troostende hand op mijn schouder. "De Raad zou je vermoorden als je weer op tv zou gaan. Maakt dat dit niet een betwistbaar punt?"

"Het is mijn reputatie." Met mijn ellebogen op tafel, bedek ik mijn ogen met mijn handpalmen. "Ze hebben iets van me gemaakt wat ik altijd heb veracht."

"Maar je bent een *echte* helderziende," zegt ze. "Als je het probeerde, dan zou je niet meer van die oplichters kunnen verschillen waar je altijd over hebt geklaagd. Jij *bent* het echte werk. Trouwens, sinds wanneer interesseert het je wat mensen denken?"

"Je hebt gelijk." Ik laat mijn handen zakken. "Geen gemopper meer. Ik moet weer aan het werk. Vertel me snel over Felix."

"Goed dan," zegt ze. "Felix kan die beheersen." Ze gebaart naar de laptop. "Siliconen zijn aan silica verwant — dat is zand, het domein van zijn vader — en Felix kan op magische wijze met siliconen van nullen enen maken en vice versa, wat hem bij het hacken helpt. Of dat zei hij tenminste, hoewel ik moet toegeven dat ik veel details niet heb gehoord."

"Computers besturen? Dat is eigenlijk heel gaaf. Een nuttige kracht voor de moderne tijd."

"Doe alsof je verrast bent als hij je dit vertelt," zegt Ariël, terwijl ze haar handen in een biddende positie legt. "Of vertel hem in ieder geval niet dat ik degene was die het aan je heeft verteld."

"Ik kan een geheim bewaren." Ik sta op om mijn bord in de vaatwasser te zetten.

"Ik moet studeren," zegt Ariël en rekt zich uit als een bergleeuw. "Ik zie je bij het jubileum."

"Tot later," zeg ik, en ik maak me klaar om te vertrekken.

ALS IK OP HET WERK AANKOM, wacht er een e-mail van Nero op me. Hij wil dat ik voor het einde van de dag onderzoek doe naar een farmaceutisch bedrijf. Geen hint van het jubileum en geen hint van onze nieuwe mentor/leerling-relatie.

Waarom ben ik niet verbaasd?

Aangezien ik vanavond voor mijn optreden in het restaurant ingeroosterd sta, bel ik de manager, maar ik kan mezelf er niet toe brengen om hem de waarheid te vertellen — dat ik voor altijd klaar ben met optreden. In plaats daarvan zeg ik dat ik een werkreis van een maand heb en dat ze mijn plek aan een andere goochelaar moeten geven. Ik raad zelfs een man aan.

De hele zaak doet bijna fysiek pijn en ik voel me nog erger als ik met het onderzoeken van het bedrijf begin waar Nero om heeft gevraagd. Ik zie mijn hele leven een constante stroom van onderzoek naar aandelen worden, zonder het sprankje hoop dat het optreden in het restaurant me altijd had gegeven.

Tegen de lunch heb ik mijn aanbeveling klaar: het

aandeel is een goede koop. Ik plan mijn antwoord om om 17:59 uur verstuurd te worden.

Als ik het nu stuur, dan zal Nero me gewoon een ander aandeel geven om te analyseren.

Ik ben op weg om te gaan lunchen als Venessa, een van Nero's assistenten, me bij de lift opwacht.

"Meneer Gorin wil dat je bij de Oscar de la Renta-winkel in de Upper East Side langsgaat," zegt ze met een onleesbaar gezicht. "Hier is het kaartje voor de verkoopster die je moet hebben."

Verward tot stilte pak ik het kaartje aan en kijk hoe Venessa vertrekt.

Met mijn telefoon zoek ik de winkel op, wat een luxe kledingboetiek blijkt te zijn. Wil Nero diversifiëren door in couture te investeren?

Ik ga voor de lunch naar een sushirestaurant en terwijl ik daar zit, zie ik een paar mensen met een mandaataura om hen heen. Is het mijn verbeelding of knikken ze naar me? Het zou kunnen. Het moet een traktatie zijn voor de ene Cognizant om een andere in deze drukte te zien.

"Neem me niet kwalijk," zegt de ober als hij mijn rekening komt brengen. "Ben jij die nephelderziende?"

Dit is waar ik bang voor was geweest. Mensen zullen me nu herkennen als de nepper. Hopelijk zullen ze het zich niet lang herinneren, want ik wil me niet elke keer zo rot voelen.

"Ik heb een tegenvraag voor je," zeg ik tegen de ober. "Ben jij die ober die een goede fooi zou krijgen, maar die nu zijn best doet om dat niet te krijgen?"

De man legt de rekening op tafel en ontsnapt aan mijn vernietigende blik.

Ik geef hem nog steeds de twintig procent die ik van plan was om te geven, verlaat dan de sushizaak en ga op weg naar de Upper East Side, waar de boetiek is gevestigd.

Als ik de winkel binnenkom, bekijk ik de indrukwekkende jurken die worden uitgestald en vergaap ik me aan de nog indrukwekkendere prijzen. Als mensen dit echt voor mooi gevormde stof betalen, dan willen we inderdaad een deel van deze actie.

"Sasha?" zegt een verkoopster, terwijl ze me met een grondig ingestudeerde glimlach aanspreekt. "Meneer Gorin heeft me je foto gemaild, maar in het echt ben je nog mooier."

Ze heeft geen aura van het mandaat, dus ik kies mijn woorden zorgvuldig. "Bedankt. Waar gaat dit over? Ik moet binnenkort weer aan het werk, dus…"

Terwijl ik spreek, vormt zich een theorie in mijn hoofd, maar ik verwerp het. Ik bedoel, dat zou hij toch niet hebben gedaan, ofwel?

"Het gaat om de jurk voor je speciale gelegenheid," zegt de verkoopster met een onwrikbare glimlach. "Hij is klaar."

Ze leidt me dieper de winkel in en we passeren een schoenendisplay dat er als een catwalk uitziet. Als Ariël erachter komt dat ik dit zonder haar heb gedaan, dan zal er flink gepruild gaan worden.

"Dit is hij," zegt de verkoopster, naar een kleine zwarte jurk wijzend die duidelijk op de iconische look van Audrey Hepburn in *Breakfast at Tiffany's* geïnspireerd is. "Pas het eens aan, alsjeblieft."

Met het gevoel alsof ik in een van mijn vreemdere visioenen zit, baan ik me een weg naar de kleedkamer. Voordat ik naar binnen ga, duwt de verkoopster me ook een Christian Louboutin-doos in de handen en ploft er een juwelendoos bovenop.

Ik sluit de deur en pas de jurk.

Het ziet er geweldig uit en past me tot op de millimeter nauwkeurig. Heeft iemand in het geheim een afgietsel van mijn lichaam genomen en de jurk eromheen ontworpen of ben ik hier slaapwandelend binnengekomen en hebben ze me toen opgemeten? Het alternatief — dat Nero me nauwkeurig genoeg heeft bekeken om mijn maten zo precies te weten — is te verontrustend om over na te denken.

Vervolgens open ik de schoenendoos. In tegenstelling tot Ariël heb ik nog nooit een emotionele band met dingen ervaren die ik aan mijn voeten draag (behalve als ik er op de een of andere manier een magische prop in heb verstopt), maar deze keer krijg ik bijna een schoenengasme. Glinsterend zilver, met een fijne sluiting om de enkel, en ze passen me net zo perfect als de jurk.

Ik zucht en schud mijn hoofd voordat ik verder ga met de ketting. Het is uit een dozijn grote diamanten samengesteld, met de waarheidsteen als middelpunt. Als ik hem omdoe, valt hij prachtig over mijn borst, omlijst door het lage decolleté van de jurk.

Tenzij de diamanten nep zijn, moet Nero aan deze outfit een klein fortuin hebben uitgegeven.

"Je ziet er fantastisch uit," zegt de verkoopster als ik uit de kleedkamer kom. "Meneer Gorin wilde dat ik je vertelde dat alles in dit ensemble een geschenk is, inclusief de ketting."

Ik knik stom met mijn hoofd, niet in staat om te stoppen met naar mezelf te staren.

De verkoopster geeft me een kaartje. "Meneer Gorin heeft een afspraak voor je gemaakt bij een kapsalon in de buurt. Je moet als je daar bent naar Sally vragen."

En zo gaat de gekheid door. Ik ga terug naar de paskamer en trek mijn gewone kleren weer aan. De verkoopster neemt de jurk van me aan en verzekert me dat ze vanavond alles naar het fonds zal brengen voor het evenement.

Het is officieel. Nero speelt vandaag voor de goede fee.

Is dat het soort Cognizant dat hij is? Een fee?

Ik vind dat moeilijk te geloven.

Als ik bij de kapsalon aankom, blijkt dat Nero een knipbeurt van duizend dollar heeft geboekt. Van daaruit speel ik een make-over-paaseierenjacht door de hele stad, waarbij ik mooie manicures en pedicures, een gezichtsbehandeling en chique make-up krijg.

Tegen de tijd dat ik terugkom bij het fonds, is het al na zessen, dus ik ben te laat voor mijn eigen jubileum. De verkoopster van de winkel is er zoals beloofd met mijn jurk, schoenen en ketting en ze helpt me snel om alles aan te trekken. Toch is het half zeven als ik klaar ben, maar ze verzekert me dat het oké is om modieus laat te zijn.

Terwijl ik op mijn nieuwe naaldhakken zo snel mogelijk loop, negeer ik de ongelovige blikken van de handelaren en analisten die ik op weg naar de lift passeer.

Als de lift op de balzaalvloer opengaat, stap ik naar buiten, klaar voor deze nieuwe Cognizantbeproeving. Hopelijk hoeven ze me deze keer na de festiviteiten niet naar een genezer te slepen.

Een serveerster met champagne begroet me met een glimlach, dus ik pak een glas en loop de grote ruimte in.

Nero is hier ook helemaal losgegaan.

Een buffet voor honderden mensen loopt over van lekkernijen, er zijn meerdere bloemstukken, ballonnen en zelfs een ijssculptuur in de vorm van een figuur met een kap en een masker, zoals ik bij de ceremonie had gedragen. Er is ook een DJ die de muziek regelt, een rookmachine op de dansvloer, een open bar en een horde obers die met dienbladen met hors d'oeuvres rondrennen.

Helaas laat al deze weelde zien hoe weinig mensen hier eigenlijk voor het jubileum zijn. Ik tel er minder dan een dozijn. Naast Ariël en Felix zie ik Kit (het raadslid dat haar gezicht kan veranderen), Pada (de lijkverwijderaar), Darian, Gaius en een paar andere vampierordebewakers die ik bij de tv-studio en bij de *Lichamen*-tentoonstelling in Vegas heb gezien. De rest zijn mensen van het fonds wiens namen ik amper ken, maar die blijkbaar ook Cognizant zijn.

Tot mijn verbazing is Lucretia, onze psychiater, een van hen.

Ariël en Felix komen als eerste naar me toe, beiden zijn gekleed als voor een première op de rode loper.

"Wauw," zegt Ariël en ze fluit naar me. "Wie ben je en wat heb je met Sasha gedaan?"

De kaken van Felix hangen open en ik denk dat ik kwijl zie als hij me van top tot teen bekijkt.

"Je ziet er geweldig uit," zegt hij ademloos. "Hoe? Ik bedoel, waarom? Ik bedoel... laat maar. Je ziet er fantastisch uit."

Ik bedank hem en we kletsen even. Hij vertelt me over zijn macht over computers en hoe het werkt, hoewel ik dankzij de luide muziek en mijn gebrek aan een doctoraat in de informatica maar een enkel woord begrijp.

"Alles heeft tegenwoordig een transistor," zegt hij tot slot. "Dus door ze onder controle te hebben, ben ik eigenlijk een technobezweerder."

Hij legt me dan uit wat een technobezweerder is en het klinkt sowieso heel erg als wat hij al die jaren is geweest — iemand die technologie naar zijn hand kan zetten.

"Ik moet je iets vertellen," zegt Felix, die zijn uitleg beëindigt wanneer Ariël begint te geeuwen. Een ernstige uitdrukking vervangt de opwinding op zijn gezicht. "Je moet wel beloven dat je niet boos wordt."

"Ah. Het klinkt alsof ik precies op tijd ben," zegt

Darian, die naderbij komt. Zijn strakke smoking en zwarte das maken op de een of andere manier zijn Britse accent meer uitgesproken. "Dus, lieve Felix, je stond op het punt om eindelijk wat ballen te laten groeien en te bekennen?"

Geschrokken kijkt Felix naar Darian en kijkt me dan met een schuldig gezicht aan — en een kern van achterdocht ontwaakt in mijn geest.

"Jij was het," zeg ik tegen Felix. "Jij hebt me op de radar van Darian gezet, nietwaar?"

Ik moet beschuldigend klinken, want Felix krimpt ineen en zegt defensief, "Je begon links en rechts dingen te voorspellen en je bleef maar over je tv-carrière praten. Ik dacht dat als je een Cognizant *was*, iemand een Bode zou sturen om met je te praten. Toen Darian me inhuurde om Chesters bankrekening op de Kaaimaneilanden te hacken, heb ik je situatie aan Darian verteld, aangezien hij een ziener is en jij er ook een leek te zijn. Ik had nooit vermoed dat hij zich zou omdraaien en jouw tv-optreden zou vergemakkelijken. Jullie zijn allebei zieners en ik weet dat hij dat waardeert, dus ik had niet gedacht dat hij je bijna zou laten vermoorden."

"Ik heb haar *niet* bijna laten vermoorden." Darian nipt achteloos van de cocktail in zijn hand. "Ik heb zelfs haar leven gered."

"Je hebt mijn leven gered?" Ik weersta de neiging om mijn glaasje bubbels over zijn hoofd te gooien en neem in plaats daarvan een grote slok. "Hoe zou het er dan uit hebben gezien als je me dood had gewild?"

"Oh, kom op." Darians groene ogen zijn op mij gericht en ik heb het gevoel dat hij op dit moment mijn toekomst aan het voorspellen is. "Je herinnert je toch nog wel de app die ik je heb gestuurd? 'Geweldige gedaan gisteravond,' stond er heel bondig in."

"Ja," zeg ik aarzelend, terwijl ik een grotere slok van mijn drankje neem. Dan weet ik het. "Die app heeft verhinderd dat ik de lift in ben gegaan," zeg ik verbaasd. "Daardoor kreeg Rose de kans om me te roepen, wat tot de reis naar de dierenarts en flauwvallen tijdens mijn werk en de rest heeft geleid."

"Precies," zegt Darian trots. "Als je mijn app niet had gekregen, dan had je de kat niet meegenomen en was je in een taxi naar je werk gegaan in plaats van op je dierbare Vespa. Je chauffeur zou je reflexen en vooruitziende blik niet hebben gehad en je zou bij een van de auto-ongelukken zijn omgekomen die Beatrice zo vriendelijk voor je had voorbereid. En als je het door een wonder had overleefd, dan zou je zonder de redding van Vlad in die gang zijn omgekomen. Denk eraan, je hebt hem alleen maar ontmoet omdat je de kat terugbracht. Graag gedaan."

Mijn hoofd tolt.

Zou het waar zijn?

Zou Darians kracht hem in staat kunnen stellen om zo'n ingewikkeld lang spel te spelen?

Het feit dat hij van al die aanvallen op de hoogte is, lijkt dat te bevestigen. Ariël is de enige aan wie ik het hele verhaal heb verteld en ik betwijfel dat ze hem in vertrouwen heeft genomen.

"Maar hoe zit het met mijn visioenen?" vraag ik gevoelloos. "Ik heb mezelf zien sterven."

"Zo snel?" Zijn hele houding verandert en ik word het middelpunt van zijn onverdeelde aandacht. "Deel het alsjeblieft."

"Vertel hem niets." Ariël geeft haar lege glas aan een passerende serveerster. "Niet voordat hij heeft uitgelegd waarom het eerste kadaver je tijdens het tv-programma aanviel. Betekent dat niet dat Chester al van je wist voordat je beroemd werd? Voor die show wisten alleen Darian, Felix en ik dat je misschien een nieuwe ziener was en we hebben het Chester niet verteld. Ofwel, Felix?"

"Nee," zegt Felix verontwaardigd. "Ik ben niet achterlijk."

"Je bent Nero vergeten," zegt Kit die links van Darian staat. Ze moet zich bij ons hebben gevoegd toen ik niet keek. "Ik vermoed dat hij van Sasha's krachten op de hoogte was."

Darian fronst zijn wenkbrauwen.

Felix slikt een cracker met zwarte kaviaar door en zegt, "Ik heb een theorie."

Iedereen kijkt hem met wisselende nieuwsgierigheid aan.

"Darian en Chester bespioneren elkaar onophoudelijk," zegt Felix terwijl hij naar beneden kijkt. Alle aandacht maakt hem duidelijk ongemakkelijk. "Ik wed dat zodra Darian met een van zijn mensen over Sasha sprak, een van Chesters mensen die in de binnenste cirkel van

Darian zat het heeft gehoord en het aan hem heeft gemeld."

"Belachelijk," zegt Darian, maar hij lijkt niet zo zeker van zichzelf te zijn. "Mijn mensen zijn loyaal."

"Iedereen kan worden omgekocht en gekocht," zegt Kit nuchter. "En als er ook maar een kleine kans op zo'n afluistermogelijkheid was, dan zou Chesters kracht zijn agent hebben geholpen om het te exploiteren."

"Hoe het ook zij," zegt Darian. "Zijn krachten hebben hem uiteindelijk niet geholpen. We hebben gezien wie er gewonnen heeft als het om Sasha gaat."

"Ja, dat hebben we zeker," zegt Kit met een grijns. "Nero."

Darian kijkt haar ziedend aan. "Ik kan maar beter nog een drankje halen," zegt hij gespannen en draait zich dan naar me toe. "Proost, Sasha. Mijn jubileumcadeau aan jou zit op de post. Ik weet zeker dat onze paden elkaar snel zullen kruisen."

Ik kom in de verleiding om naar het geschenk te vragen, maar Darian gaat te snel weg om me de kans te geven. Hij moet boos zijn dat Nero mijn mentor is geworden, hoewel ik niet helemaal begrijp waarom.

Over Nero gesproken, ik zie hem nergens, hoewel ik denk dat hij nog steeds in zijn kantoor aan het werk is. Het gerucht rond het fonds gaat dat hij zelden voor de nacht het kantoor verlaat, daarom verwacht hij vaak dat de rest van ons hele avonden door werken.

"Ik ga me tussen de mensen mengen," zeg ik en ik

maak mezelf los uit de kleine cirkel die we hadden gevormd. "Excuseer me."

Ik kijk om me heen terwijl ik wandel. Er is nu nog meer voedsel om ons heen, maar het gaat nog steeds om dezelfde kleine groep mensen. De ijssculptuur is aan het smelten en de dansvloer is bijna onzichtbaar in de dikke mist die de rookmachine heeft uitgestoten, waardoor er in dat deel van de kamer het gevoel van een magisch bos is ontstaan.

Ik pak een klein broodje zalmtartaar en loop naar Lucretia, die aan de rand van de mist met Gaius staat te praten.

Ze draagt een zwarte jurk met een wit vierkant erop en ze ziet er net zo prachtig uit als gewoonlijk. Hij ziet er daarentegen niet zo heel anders uit dan normaal. Zijn zwarte smoking lijkt veel op de zwarte pakken die hij en de andere Ordebewakers altijd dragen. Ik merk wel dat zijn mandaataura anders is dan die van alle anderen. Hij is vager en heeft een andere kleur — moet iets met het zijn van een Bode te maken hebben.

"Dus je bent een Cognizant," zeg ik tegen de psychiater, terwijl ik haar heel regelmatig uitziende mandaataura onderzoek.

"Inderdaad." Lucretia glimlacht.

"En — en dit is maar een gok — ben jij hetzelfde type Cognizant als hij?" Ik kijk naar Gaius. "Of is het onjuist om een Cognizant op hun bleke huid te beoordelen?"

"In mijn geval zit je niet ver van de waarheid. Ik ben

een pre-vampier," zegt Lucretia en alsof ze haar punt wil benadrukken, slurpt ze de gigantische rauwe oester in haar hand op.

Gaius kijkt haar met een verafschuwde blik aan. Ik denk dat vampiers erg kieskeurig zijn over hun legendarische vloeibare dieet.

"Wat is een pre-vampier?" vraag ik, hoewel ik het op basis van de context kan raden.

"Pre-vampiers zijn een soort van bijzonder langlevende Cognizant," zegt ze, terwijl ze nog een oester uit een nabijgelegen schaal pakt. "Ze veranderen in vampiers als ze sterven."

"Wat is een lang leven voor een Cognizant?" vraag ik. "Hoe lang leven gewone Cognizanten?"

"Als het mag," zegt Gaius, aan een kopje met een stroperige donkere vloeistof nippend die aan beelden van plasmazakken uit het ziekenhuis en bloedende mensenoffers doet denken. "Als Bode beantwoord ik deze vragen de hele tijd."

"Uitstekend." Lucretia schrokt de hap in haar hand op. "Ik moet wat van die kreeftensalade gaan halen."

"Alle Cognizanten leven veel langer dan mensen," zegt Gaius op zijn professorale toon. "Maar het exacte aantal jaren verschilt voor ieder van ons. Lucretia" — hij wijst naar de voedselopschrokkende psychiater — "leeft bijvoorbeeld al langer dan dit land bestaat."

"Je maakt een grapje." Ik kijk vol ongeloof naar de beeldschone vrouw.

"Nee, helemaal niet. Ik ben bloedserieus." Hij grijnst.

"Wauw." Of de alcohol of de informatie maakt me duizelig. "Hoe zit het met zieners? Hoe lang leven wij?"

"Ik weet niet zeker hoe oud Darian is, maar ik heb hem een verhaal horen vertellen over hoe hij koning George III voor zijn Amerikaanse koloniën probeerde te waarschuwen en hun vervelende ambitie om de onafhankelijkheid uit te roepen — wat zoals gewoonlijk Chesters plan was om onenigheid onder de mensen aan te wakkeren," zegt Gaius. "Je eigen levensduur zou van je afkomst afhangen, maar niemand heeft enig idee wie je ouders zijn — en niet omdat ze het niet geprobeerd hebben om uit te zoeken, geloof me."

Een stortvloed van vragen over mijn biologische ouders staat op het punt om uit mijn mond te spuwen, maar ik voel iemand achter me staan en draai me op mijn hoge hakken om om het potentiële gevaar het hoofd te bieden.

"Ik hoop dat ik je niet stoor," zegt Nero en hij glimlacht — iets wat hij bijna nooit doet.

Mijn wangen worden om de een of andere reden warm. Hij moet tot nu toe in de diepten van de mist op de dansvloer op de loer hebben gelegen — het is of dat en anders kan hij onzichtbaar worden.

Ik probeer mijn hoofd koel te houden en neem zijn uiterlijk in me op.

Hij heeft zich eindelijk geschoren en draagt een maatpak.

Afgezien van dat en de glimlach, lijkt er iets niet helemaal goed te zijn aan mijn baas die mijn mentor is geworden en het duurt even voordat ik doorheb wat dat iets is.

Hij ziet er *ontspannen* uit, zijn gebruikelijke intensiteit is voor nu gedempt.

"Ik zal jullie twee belangrijke Mentor-Leerling-zaken laten bespreken," zegt Gaius buigend en hij loopt naar Ariël toe.

"Mag ik deze dans?" mompelt Nero en hij steekt als een echte heer zijn hand naar me uit.

Als reactie daarop omhult de mist ons en begint de DJ een langzaam nummer te draaien.

Ik inhaleer water en glycoldampen als een vape-enthousiasteling. Ik staar lang genoeg naar Nero en zijn hand om de eerste woorden van "I Don't Want to Miss a Thing" van Aerosmith te herkennen.

Op een zeer on-Nero-achtige manier staat mijn gewoonlijk ongeduldige baas sereen op mijn antwoord te wachten.

Ik doe een stap achteruit, de mist wervelt om me heen en ik vind mijn stem lang genoeg om te zeggen" "Ik wil niet —"

"Kom op," zegt Nero, die in dit gesprek meer emotie toont dan ik ooit van hem heb gezien. "Je kunt geen jubileum hebben zonder te dansen."

Hij verkleint de afstand tussen ons en slaat zijn hand om de mijne.

Naast het vertellen van de waarheid, moet zijn Cognizantvermogen ook hypnose zijn, want ik sta hem toe me naar de dansvloer te leiden. De mist om ons heen doet aan sprookjes van reizigers denken die een licht volgen tot ze in een moeras vast komen te zitten.

Ik loop tegen een serveerster aan, die als een geest uit de mist komt, en ik verontschuldig me uitgebreid voordat ik nog een glas champagne pak. Ik drink het snel leeg, geef haar het lege glas terug en ze verdwijnt weer in de mist.

Nero kijkt me vrolijk vanuit zijn ooghoeken aan — nog een primeur.

Ik kijk weg en vang een glimp op van Gaius die vlakbij met Ariël aan het schuifelen is en verlies ze dan net zo snel weer uit het oog. Ook al stonden ze naar mijn smaak veel te dicht bij elkaar, ik ben bemoedigd door het feit dat Nero en ik niet de enige dansers in de zaal zijn.

We banen ons een weg dieper de mist in totdat de rest van de kamer volledig is verduisterd.

We stoppen.

Nero kijkt me aan.

Verwarring en verlegenheid doen mijn hart sneller kloppen als we naar elkaar staren — ik ongemakkelijk en hij als een roofdier dat zich klaarmaakt om op zijn prooi te springen.

Hij neemt mijn rechterhand in zijn linker en komt zo dichtbij dat ik zijn eau de cologne kan ruiken, kruidig en peperig met bloemige ondertonen.

Voordat ik kan uitademen, landt zijn rechterhand weer op mijn rug.

Net als de vorige keren dat Nero mijn rug

aanraakte, heb ik het gevoel dat ik op het punt sta om flauw te vallen.

Hij trekt me dichter tegen zich aan en al snel bewegen we op de maat van de muziek, terwijl de mist majestueus om ons heen wervelt. Ik heb mezelf nooit klein gevonden, maar ik voel me in zijn armen heel klein. Zijn gespierde lichaam oefent een zwaartekrachtachtig magnetisme uit en ik moet mezelf constant dwingen om me terug te trekken voordat ik me als een luiaard aan een boom aan hem vastklamp.

Hij leunt naar voren, zijn lippen dicht bij mijn oor. "Nu ik je mentor ben, zullen onze interacties anders zijn," mompelt hij en ik kan zijn adem tegen mijn oorlel voelen. "Het spijt me als ik eerder koud en afstandelijk was."

Verbijsterde stilte is de beste reactie die ik voor elkaar kan krijgen.

Dan trekt hij me nog dichterbij en om de een of andere ondoorgrondelijke reden trek ik me niet terug.

Wat is er met me aan de hand?

Dit is niet weer een droom.

Dit is mijn *baas*.

Als er iets tussen ons zou gebeuren, dan zullen ze me er bij het fonds altijd aan herinneren. En het is niet alleen deze baan die in gevaar zou komen. Het mentorschap, wat dat ook inhoudt, zou ook in gevaar komen.

En wat denkt *hij* wel niet? Seksuele intimidatie — ervan uitgaande dat ik me niet inbeeld wat maar beter een zaklamp in zijn zak kan zijn — is niet iets om mee te rommelen.

"Denk niet te veel na," mompelt Nero terwijl hij op me neerkijkt, en voordat ik kan knipperen, buigt hij zijn hoofd en kust me.

Op de mond.

Er gaat een moment voorbij met onze monden op elkaar gedrukt en ik kan niet geloven dat ik hem niet wegduw of hem tegen zijn zaklamp schop of iets doe waarvan ik had voorspeld dat ik het in deze situatie zou doen.

Het is duidelijk dat ik toch een slechte ziener ben.

Dan weet ik het.

Ik ben geen slechte ziener.

Ik had gedroomd dat ik Nero zou kussen nog voordat het tv-programma mijn kracht had versterkt. Ik had het als een ongepaste fantasie van me afgeschoven, maar nu lijkt het alsof die droom een visioen van dit moment was.

Als ik bewijs nodig had dat ik altijd een ziener ben geweest, dan is dit het.

In het echt.

Mijn hart bonst en mijn adem trilt in mijn borst als ik zijn tong voel. Ik zou hem weg moeten duwen, ervoor moeten zorgen dat dit niet verder gaat, maar in plaats daarvan kus ik Nero terug met de felheid van iemand die de afgelopen twee jaar niet heeft gedronken. Rillingen lopen over mijn rug en mijn huid voelt overdreven warm en strak aan.

De door mist verduisterde lichten in de kamer

dimmen, de geluiden van het lied vervagen en de wereld om ons heen verdwijnt als ik mezelf in de overdosis oxytocine verlies.

Het is alsof ik in een wolk zweef, wat zeker een bijwerking van al die verdomde damp moet zijn.

Dan verandert er iets aan de kus.

Nero's mannelijke lippen worden zacht en zijn tong wordt klein en delicaat. Hij proeft en ruikt ook ineens naar kersenbloesem.

Ik schok van de schrik, maar dan snap ik het.

Dit is weer een andere droom — de vreemdste van mijn leven.

Ik open mijn ogen, klaar om wakker te worden, maar ik ben nog steeds wakker en nog steeds bij het jubileum.

Mijn hersenen hebben echter moeite om te begrijpen waar ik naar kijk.

Het is niet Nero die ik zoen.

Of beter gezegd, het is niet langer Nero... zelfs geen man.

Zitten er hallucinogenen in het sap van de rookmachine?

Ik verzamel mijn verstrooide verstand en duw de vrouw weg — en dan herken ik haar.

Het is Kit, het raadslid dat haar gezicht kan veranderen — en blijkbaar haar hele lichaam, tot zaklamp, mannelijke geur, kleding en alles aan toe.

Met een bonkende hartslag doe ik een stap achteruit. "Was jij het al die tijd?" Mijn stem gaat omhoog. "Liet je me denken dat ik met Nero danste?

Dat ik hem *kuste?*" Woedend raak ik mijn gezwollen lippen aan.

"Van elk lid van de Raad dat het jubileum bijwoont, worden geschenken verwacht," zegt Kit met Nero's stem. "Dit is natuurlijk nog maar het begin van mijn geschenk. Ik heb het penthouse bij de Four Seasons geboekt. We kunnen zodra je er klaar voor bent vertrekken om daar de nacht door te brengen."

Ik staar haar aan, niet in staat om te geloven wat ik hoor — en wat er net is gebeurd.

Ik heb Nero terug gekust. Nep Nero, maar toch.

Misschien zijn het geen hallucinogenen, maar zitten er Cognizantseksferomonen in deze stomme mist?

Ik denk niet dat ik zo erg als nu ben geschrokken toen ik over vampiers en zombies hoorde.

Had deze vrouw, die mij amper kent, verwacht dat ik zou reageren zoals ik deed? Zo ja, heeft ze het met behulp van haar Cognizantkrachten ontdekt of ben ik pathetisch transparant voor iedereen behalve mezelf?

"Dus," zegt Kit, terwijl ze haar stem weer verandert om als een anime-meisje te klinken. "Wat zeg je ervan?"

"Nee." Ik doe nog een stap achteruit en discussieer met mezelf of ik in de mist zal vluchten. Dan herinner ik me dat leden van de Raad machtig zijn en niet beledigd of voor de gek gehouden mogen worden en ik voeg er haastig aan toe, "Toch bedankt. Dit is al een geweldig cadeau. Ik kan Nero nu van mijn bucketlist afstrepen. En met hem dansen. En een meisje kussen."

"Is mijn geslacht de reden voor je terughoudendheid?" Ze laat zichzelf eruitzien als een hete Aziatische man die gemakkelijk haar broer zou kunnen zijn. "Of is het mijn afkomst?" De man wordt blank.

Ik schud heftig mijn hoofd. "Ik ben niet racistisch of seksistisch. Dat is bovendien geen betwistbaar punt, aangezien het toch je plan was om op Nero te lijken?"

"Ik hoef er niet als Nero uit te zien," zegt Kit. Haar zwarte ogen worden groen, haar neus wordt sterker en een sik ontspruit rond haar mond terwijl ze in Darian verandert.

Hij/zij schenkt me een veelbelovende glimlach.

Mijn hartslag springt weer omhoog. "Echt, ik ben vereerd," weet ik uit te brengen, terwijl ik nog een stap achteruit doe. "Maar nee. Bedankt."

"Als je het maar zeker weet," zegt Kit en nu lijkt ze op Felix. Alleen deze Felix is naakt en onverwacht gespierd.

Heeft ze vrijheden genomen met zijn uiterlijk of ziet hij er zonder kleren echt zo uit?

"Ik weet het behoorlijk zeker," zeg ik moeizaam, terwijl ik de sterren bedank dat de echte Felix dit door de mist niet kan zien. "Maar nogmaals bedankt."

"Laatste kans." Ze laat zichzelf er als Ariël uitzien — gekleed (en ik gebruik deze term losjes) in de iconische slavenbikini van prinses Leia.

Hoe wist ze dat ik mijn huisgenoot altijd probeer te overtuigen om dat voor Halloween te dragen? En wat probeert ze hiermee te zeggen?

"Nog steeds nee, dank je," zeg ik op beslistere toon. "Het is niet de vorm die je aanneemt. Of jij. Ik heb gewoon een emotionele band nodig voordat ik van intimiteit kan genieten. En dit is niet beledigend bedoeld, maar ik ken je amper."

"Een andere keer dan?" zegt ze, terwijl haar gezicht terugkeert naar haar gebruikelijke zelf. Haar lichaam behoudt echter Ariëls uitgesproken perfectie, samen met de bikini van de slavin. "Nadat we elkaar beter hebben leren kennen, misschien?"

"Misschien," zeg ik zo vrijblijvend mogelijk. "Ik zou in de verre, verre toekomst zeker ontvankelijker zijn voor zo'n idee als je niet meer zo'n stunt uithaalt."

"Zeg maar niets meer," zegt ze, terwijl ze haar lichaam terugdraait naar haar in kimono geklede zelf. "Als je me nu wilt excuseren, ik moet ter ere van jou een toespraak gaan houden."

Ze knipoogt en loopt door de mist in de richting van het podium van de dj.

Kort nadat ze weg is, neemt het gesis van de rookmachine af en stopt de muziek.

Mijn telefoon piept met een berichtmelding.

Blij om afgeleid te zijn van mijn tumultueuze gevoelens, neem ik een kijkje.

Het is een berichtje van Nero.

De echte Nero.

Er is iets tussengekomen en ik zal niet naar het jubileum kunnen komen. Als raadslid en je mentor heb ik wel een geschenk voor je. Je loonsverhoging voor het hele jaar is vijftig procent van je salaris en morgen zou er een halfjaarbonus van vijftig mille op je rekening moeten staan. En nu we het toch over morgen hebben, ik wil dat je voor

onze portefeuille twee nieuwe biotech-aandelen onderzoekt.
Ik heb het voor 11 uur nodig.

Ik herlees de woorden een paar keer en verwonder me over hoe ik mijn baas had kunnen kussen. Misschien kwam het niet door de mist. Misschien produceert Kit zelf een soort magische feromonen als onderdeel van haar kracht, een soort substantie die het gezond verstand overstemt.

Als alternatief kan dit een bijwerking van ernstige stress zijn en als dat zo is, dan zou ik toch therapie van Lucretia moeten overwegen. Hoewel ik niet denk dat ik het met haar zou kunnen hebben over het kussen van Nero — of eerlijk gezegd wie dan ook. Ik ga gewoon mijn best doen om dit incident uit mijn hoofd te zetten.

De mist trekt zo ver weg dat ik de mensen in de kamer weer kan zien. Kit schraapt haar keel door de gigantische luidsprekers.

"Als ik even een ieders aandacht mag," zegt ze in de microfoon van de DJ en iedereen kijkt haar oprecht opgewonden aan. "Als lid van de Raad wil ik Sasha officieel in de gelederen van de Cognizant verwelkomen."

Iedereen klapt, juicht en lopen naar me toe met twee drankjes. Ik kom er al snel achter dat één drankje voor mij is en één voor hen.

Door alcohol veroorzaakt geheugenverlies klinkt op dit moment geweldig, dus ik nip van elk drankje terwijl Kit extatisch wordt over hoe geweldig het is om een nieuwe Cognizant te zijn.

"Wacht maar af, Sasha," zegt ze aan het einde van haar verhaal. "Je hebt geen idee hoe opwindend je leven vanaf nu zal zijn."

Ik zwaai en bedank haar en alle anderen, terwijl ik probeer er zo uitgelaten mogelijk uit te zien als ik me voorstel dat iemand tijdens een jubileum zou moeten zijn. Maar mijn emoties zijn turbulent en mijn gedachten verstrooid, met een in het bijzonder die mijn stemming verzuurt.

Het laatste wat ze heeft gezegd klinkt verdacht veel als een oude Chinese vloek, "Moge je in interessante tijden leven." Misschien was het een vergelding voor het feit dat ze me niet in bed heeft gekregen, misschien bedoelde ze het niet zo, maar ik kan het niet helpen om steeds maar weer aan één ding te denken.

Als de laatste paar dagen representatief zijn voor de opwinding die ik als Cognizant zal beleven, dan hoop ik dat ik de week zal overleven.

VOORPROEFJES

Ik hoop dat je van Sasha's verhaal hebt genoten! Haar avonturen gaan verder in *Ziener van ongeluk*.

Wil je van mijn nieuwe releases op de hoogte worden gehouden? Meld je aan op <u>www.dimazales.com/book-series/nederlands/</u> voor mijn e-maillijst!

En sla nu de pagina om voor een sneak peek van *Ziener van ongeluk*.

FRAGMENT UIT ZIENER VAN ONGELUK

Ik ben dus een ziener. Een Cognizant onder het mandaat.

Het leven zou nu gemakkelijk moeten zijn, toch?

Fout.

Met alle 'ongelukken' die me blijven overkomen, heb ik mazzel als ik de week overleef. Dat wil zeggen, als mijn gekke baas me niet eerst doodwerkt...

————

Ik kreun en open mijn ogen.

De slaapkamer draait en een horde drummers gebruikt mijn hersens om 'Death Metal's greatest hits' te oefenen.

Hoeveel heb ik bij het jubileum gedronken?

Het enige wat ik me herinner zijn mensen met twee glazen alcohol, één voor hen, één voor mij — en ik die onder groepsdruk bezwijkt.

Ik ga rechtop zitten en laat mijn voeten in mijn pantoffels glijden. Door te bewegen voelt mijn schedel aan als een witte dwergster die op het punt staat om in een supernova te ontploffen.

Met bovenmenselijke inspanning slaag ik er op de een of andere manier in om mijn weg naar de badkamer te vinden.

Als lopen met een kater een sport was, dan zou ik een gouden medaille krijgen.

Een bleke geest van mijn toch al fletse zelf kijkt me vanuit de badkamerspiegel met enorme bloeddoorlopen ogen en een gitzwarte bos haar aan.

Als ik naar het toilet kijk, krijg ik flashbacks waarin ik het witte marmer omhels en ik herinner me vaag dat Ariël en Felix voor de eer vochten wie mijn haar vast mocht houden.

Na een grondige douche en vijf minuten tandenpoetsen, wordt mijn geest helder genoeg om te besluiten dat deze kater de ergste van mijn leven is.

Ik drink nooit meer.

Ik had tenminste een goede reden om zo dronken te worden — het jubileum is een groot gebeuren. Het was mijn intrede in de Cognizantenmaatschappij, het geheime ras met helderzienden (zoals ik), vampiers, afstammelingen van Hercules zoals mijn huisgenoot Ariël, en wat voor technoding Felix ook is.

Ik strompel terug mijn kamer in en ik ben heel erg

aan het overwegen om niet naar het werk te gaan. Het probleem met dit idee is dat mijn baas Nero in de Cognizantenwereld nu mijn mentor is — een rol met een nog onduidelijke betekenis. Gisteravond, nadat hij me over een salarisverhoging had geïnformeerd, eiste hij dat ik om elf uur 's ochtends twee nieuwe biotech-aandelen voor onze portefeuille zou onderzoeken — en het is al kwart voor acht, dus ik heb niet veel tijd.

In de veronderstelling dat ik het probleem in kleinere stukjes zou moeten breken, besluit ik om naar de keuken te gaan en wat vloeistoffen en elektrolyten in mezelf te proppen, om te zien of dat me weer het gevoel zal geven dat ik mens ben. Hoewel misschien de uitdrukking nu 'me als een Cognizant voelen' zou moeten zijn, omdat we geen mensen lijken te zijn.

Ik trek mijn meest comfortabele werkkleding aan, waggel de keuken in en vind daar Felix.

"Goedemorgen, feestbeest," zegt hij met een irritant opgewekte glimlach terwijl hij naar het gasfornuis wijst. "Wil je eieren of havermout?"

Het gezicht van Felix is een mengelmoes van Slavische, Aziatische en Midden-Oosterse trekken en hij is de enige persoon die ik ken die er vertederend uitziet als hij met een doorlopende wenkbrauw wiebelt.

"Wat het beste tegen een kater werkt," zeg ik krassend, terwijl de geur van eten me voor de verandering niet kan verleiden.

Felix knikt en prutst bij het fornuis terwijl ik de keuken zie draaien.

"Ik heb wat zout en bananen in je havermout gedaan," zegt hij even later, zijn stem veel te luid voor mijn comfort. Hij zet met een schedelverpletterende knal de kom voor me neer. "Ik zal ook wat sap en thee voor je inschenken."

Als hij me de vloeistoffen geeft, slurp ik het sap als een medicijn in één teug op en slurp ik aan de thee terwijl ik wacht tot de havermout is afgekoeld.

"Heb je Ariël met die vampier zien dansen?" zegt Felix samenzweerderig, terwijl hij met nog een te luide klap zijn eigen bord met eieren op tafel zet. "Wat dacht ze in vredesnaam?"

"Bedoel je Gaius?" Ik pak wat banaan met mijn lepel. "Ze zegt dat ze gewoon vrienden zijn."

"Gewoon vrienden," mompelt Felix. "*Wij* zijn gewoon vrienden en als ik zo tegen haar aan zou wrijven, dan zou ze waarschijnlijk mijn nek breken."

Hij bloost als hij dit zegt. Dan kijkt hij naar de deur en wordt zo rood als een biet.

Ariël slentert parmantig de kamer in. Hoewel haar jubileummake-up verdwenen is, ziet ze er nog steeds uit alsof ze voor een cover van het tijdschrift *Maxim* zou kunnen poseren. Ze knippert met haar perfecte wimpers naar Felix en vraagt, "Wie zou je nek breken en waarom?"

"Niemand. Geen reden." Felix stopt eten in zijn mond.

"Oké," zegt Ariël, en ze raast door de keuken als een zwoele Tasmaanse duivel uit een tekenfilm. Kastdeuren slaan dicht, borden kletteren tegen het aanrecht en borden rammelen in de gootsteen. Ik ben er vrij zeker van dat ik een barst in het kopje zie verschijnen dat ze vasthoudt terwijl ze het tegen de keukenkraan tikt in een poging om water te krijgen. Voordat ik haar kan smeken om op te houden met zo'n herrie te maken, pakt ze een bord eieren en een kop koffie en loopt naar de tafel.

"Wil je gaan zitten," zegt Felix tegen haar terwijl ze een seconde later opspringt om op dezelfde uitzinnige manier melk te pakken. "Is dit je tiende kopje koffie of zo?"

Ariël gedraagt zich meer alsof ze amfetaminen gebruikt, maar ik zeg het niet hardop, want dat zou haar alleen maar van streek maken. Mijn huisgenoot gebruikt een reeks legale en, naar ik vermoed, een aantal niet-zo-legale medicijnen om haar te helpen om met de PTSS om te gaan die ze ontkent te hebben. Felix en ik maken het haar over het algemeen niet moeilijk, omdat het slikken van die pillen haar kwaliteit van leven lijkt te verbeteren.

"Ik ben gewoon opgewonden na gisteravond zoveel plezier te hebben gehad." Ariëls enorme glimlach verblindt mijn katerogen.

"Zoveel 'plezier'." Ik maak luchtcitaten om ervoor te zorgen dat niemand mijn sarcasme mist. "Ik zou nu wel een guillotine kunnen gebruiken."

"Is je kater echt zo erg?" Ariëls glimlach vervaagt een beetje. "Ik kan je aan een infuus aansluiten, als je wilt. Ze zeggen dat het bij uitdrogingsverschijnselen helpt."

"Ik denk dat ik pas," zeg ik terwijl ik van mijn thee nip. "Maar ik zal genoeg Tylenol innemen om een olifant te genezen of te doden."

Ariël springt op en loopt naar het medicijnkastje. Bijna onmiddellijk is ze terug met een flesje pijnstillers en een glas water.

Dankbaar schuif ik een handje pillen in mijn mond en spoel ze weg met water. Hopelijk kan mijn lever het aan.

"Je kunt maar beter snel herstellen. Het jubileum was slechts de eerste stap in onze viering," zegt Ariël terwijl ik verder eet.

Ik verslik me bijna in mijn havermout. "Meer feest?"

"Natuurlijk." Ze kijkt me weer stralend aan. "Ik neem je mee naar de Earth Club."

Ik stel me luide clubbeats voor en mijn linkeroog krijgt een onwillekeurige zenuwtic, de hoofdpijn pulseert vrolijk aan de basis van mijn hersenpan.

Felix kijkt me aan. "Weet je zeker dat het een goed idee is om haar daar zo snel mee naar toe te nemen?"

"Nee. Geen goed idee," zeg ik terwijl ik de brok in mijn keel doorslik. "Ik ga liever naar een schietbaan om me door iemand door mijn hoofd te laten schieten."

"Ik heb niet gezegd dat we vandaag gaan," zegt Ariël, nog steeds op haar hypermanier. "We hoeven niet eens morgen te gaan. We gaan zaterdag, dan zal toch iedereen er zijn."

"Wat bedoel je met iedereen?" Ik masseer mijn bonkende slapen.

"De Cognizanten," zegt Ariël en ze prikt een stuk ei

aan haar vork. "De Earth Club is waar we samenzijn zonder onze aard te verbergen."

"Dat maakt het wel wat interessanter," zeg ik voorzichtig en eet een halve lepel havermout op. "Misschien over een paar jaar, als die hoofdpijn weg is —"

"Het bevindt zich in de Andere Wereld." Ariëls glimlach dreigt haar gezicht te breken. "Het is je kans om er officieel heen te gaan — ik weet dat je dat zou willen."

"Ik zal erover nadenken," zeg ik en nip weer van mijn thee. "Maar geen alcohol bij de club als ik ga. Voor mij nooit meer alcohol."

"Tuurlijk." Ariël haalt met een schokkerige beweging haar vingers door haar haren, ze is nog steeds als een gek aan het stralen. "Ze hebben elke drug die de mens kent — en een aantal die de mens niet kent."

Mijn eerdere zorgen over Ariëls nuchterheid keren keihard terug. Ik zie dat Felix me aandachtig aankijkt — zijn gedachten moeten de mijne weergalmen.

"Ga je met ons mee?" vraag ik aan Felix. Wat ik onuitgesproken laat, is, "Misschien kun je me helpen om haar in de gaten te houden?"

Felix aarzelt en knikt dan. "Ja. Goed. Ik ga wel mee."

Ariël springt bijna op en neer in haar stoel. "Dit wordt zo leuk, jongens."

In de kortstondige stilte die volgt, hoor ik het getrippel van pluizige voeten. Met een golf van schuldgevoel realiseer ik me dat ik in mijn katerleed helemaal vergeten ben om Fluffster te voeren — mijn chinchilla.

Gelukkig ziet Fluffster er niet bijzonder chagrijnig uit, dus hopelijk is hij net wakker geworden en heeft hij zich niet gerealiseerd dat ik hem was vergeten. In feite ziet hij er vandaag extra helder uit en heeft hij een borstelige staart, zijn kleine neus rimpelt te midden van majestueus lange snorharen en zijn grote oren staan als radioantenneschotels rechtop klaar om buitenaardse uitzendingen te ontvangen.

Mijn huisgenoten wisselen een vreemde blik uit en staren me dan aan.

Ik kijk naar hen en dan bezorgt naar Fluffster — en dan zie ik het.

Fluffster heeft een klein aura.

De gloed is vergelijkbaar met die van mijn beide huisgenoten, wat in hun geval betekent dat ze onder het mandaat vallen, net als ik.

Met andere woorden, Cognizanten.

"Felix. Ariël." Ik wijs naar de aura. "Zien jullie ook de gloed die *mensen* onder het mandaat aan zou moeten duiden? Weten jullie waarom mijn schattige knaagdier er een heeft?"

"Het is een lang verhaal." Felix legt een botermes neer en kijkt Ariël aan.

"Fluffster is niet wat of wie je denkt dat hij is," zegt Ariël met een stralende glimlach.

Fluffster komt dichterbij, springt op mijn knie en dan op de tafel. Hij heeft nog nooit zoveel behendigheid getoond. Hij kijkt dan met zijn mooie zwarte ogen heel aandachtig naar Ariël.

"Nee," zegt Ariël, schijnbaar tegen Fluffster. "Het is beter als jij het haar vertelt." Fluffster kijkt op dezelfde manier naar Felix, alsof hij hem wil hypnotiseren.

"Kijk niet naar mij," zegt Felix. "Ik denk dat het uit jouw mond moet komen. Of uit je chinchillabrein. Of wat dan ook."

"Me *vertellen*?" De kamer begint weer te draaien en het is niet langer vanwege de kater. "Jongens, alsjeblieft. Dit is de slechtste dag voor grappen."

Fluffster staat op zijn hurken op de tafel en het kan mijn verbeelding zijn, maar gebaarde hij net nou met zijn kleine handachtige pootjes?

"Ik zou niet weten waar ik moest beginnen." Ariël legt haar vork met een luide klap neer, haar glimlach verdwijnt als ze voluit naar mijn huisdier kijkt. "Het is jouw poppenkast. Handel jij het maar af."

Fluffster begint op de tafel te ijsberen. Af en toe kijkt hij naar Felix of Ariël en dan naar mij.

"Oké," zegt Felix ten slotte tegen mijn huisdier. Dan draait hij zich naar mij om. "Heb je ooit van de domovoj gehoord?"

"Ja," zeg ik en mijn hoofdpijn evolueert zich heel snel in een volledige migraine. "Het is een soort Russische huisgeest of zoiets, toch? Vlad en Pada noemden Fluffster zo, dus ik heb het opgezocht."

"Klopt," zegt Felix. "De domovoj spelen een prominente rol in de Slavische folklore. En volgens mijn vader zijn ze binnen hun eigen invloedssfeer een groep machtige Cognizanten en hij" — Felix wijst naar Fluffster — "is een van hen."

Ik staar naar het kleine dier. "Maar hij is een chinchilla. Een knaagdier afkomstig uit het Andesgebergte in Zuid-Amerika — zo ver van Rusland vandaan als je het maar kunt krijgen. Ik heb hem bij de dierenwinkel gekocht. Dit slaat nergens op."

Zowel Felix als Ariël kijken naar Fluffster en ontwijken mijn blik.

"Dit is niet grappig," zeg ik. "Ga je me serieus vertellen dat Fluffster een weerchinchilla is? Of moet hij een chinchilla zijn die door een hondsdolle kerel uit Siberië is gebeten, waardoor hij een weerman is geworden — een schattig harig wezen dat bij volle maan in een harige Russische kerel verandert?"

"Ik ben in de Verenigde Staten opgegroeid en weet niet zo veel over de manier waarop de domovoj werkt," zegt Felix. "Wat ik wel weet, is gebaseerd op wat mijn vader me heeft verteld. De domovoj blijven meestal in een niet-substantiële vorm, maar soms nemen ze de vorm van een overleden huisdier aan — meestal een hond of een kat... "

Ik staar iedereen om de beurt aan, het haar in mijn nek staat overeind.

Fluffster loopt naar mijn havermoutkom, gaat weer op zijn hurken staan en kijkt recht in mijn gezicht.

Mijn ogen worden groot en ik knipper herhaaldelijk.

Fluffster heeft altijd al een intelligente blik gehad, maar nooit zo diep. Nooit zo intens.

"Het spijt me heel erg dat je er op deze manier achter moest komen," zegt een zachte stem in mijn hoofd — en hoewel het puur mentaal is, heeft het een zweem van een Russisch accent.

———

Bezoek www.dimazales.com/book-series/nederlands/ voor meer informatie!

OVER DE AUTEUR

Dima Zales is een *New York Times-* en *USA Today-*bestsellerauteur van sciencefiction en fantasie. Voordat hij schrijver werd, werkte hij in de softwareontwikkelingsindustrie in New York, zowel als programmeur als als leidinggevende. Van hoogfrequente handelssoftware voor grote banken tot mobiele apps voor populaire tijdschriften, Dima heeft het allemaal gedaan. In 2013 verliet hij de software-industrie om zich op zijn carrière als schrijver te concentreren en verhuisde hij naar Palm Coast, Florida, waar hij momenteel woont.

Bezoek www.dimazales.com/book-series/nederlands/ voor meer informatie.

www.ingramcontent.com/pod-product-compliance
Lightning Source LLC
Chambersburg PA
CBHW010523100726
47903CB00011B/2877